GLÓRIAS E MISÉRIAS

ANTÓNIO NETO GUERREIRO

GLÓRIAS E MISÉRIAS

1ª Edição

São Paulo
António Manuel Neto Guerreiro
2014

Revisão: Luiz Gonzaga S. Neto
Diagramação: Luiz Antonio B. T. Dutra
Capa: Emerson Honório de Oliveira
http://emeoliv.deviantart.com/
e-mail: emeoliv@gmail.com
(14) 9-9135-2573

Dados Internacionais de Catalogação da Publicação (CIP)
(Câmara Brasileira do Livro, SP, Brasil)

Guerreiro, António Manuel Neto
Glórias e misérias / António Manuel Neto Guerreiro. -- 1 ed. -- São Paulo: Ed. do Autor, 2014

16 x 23 cm. 320 p.
ISBN 978-85-903392-2-9

1. Ficção Brasileira I. Título.

14-09440 CDD-869.93

Índices para catálogos sistemáticos:
1. Ficção : Literatura brasileira 869.93

netoguerreiro@superig.com.br
promotoria.antonioneto@yahoo.com.br
www.antonionetoguerreiro.com
Facebook: www.facebook.com/autoranguerreiro

Impresso no Brasil
Primavera 2014

Sumário

Parte III

Nota prévia

Nascer, viver e morrer. Eis a condição da humanidade. Nascemos porque temos que nascer e morremos porque temos que morrer. Não podemos escolher entre o "não nascer" ou o "não morrer". Assim é a natureza: impiedosa, oprimindo-nos buliçosa e sutilmente, demonstrando total desinteresse por nossos desejos; brincando de destruir nossas fantasias. Pobres coitados dos revolucionários de plantão: nunca ganharão a batalha contra a incontida natureza – ou será que um dia a gravidade lhes será complacente?

Entretanto, dentro do lapso temporal entre o nascer e o morrer encontramos o "viver": momento único de uma existência de curto prazo e incerta, porém de "causar inveja aos deuses", como tão bem explana o personagem de Aquiles no filme "Tróia".

A vida é singular, única, excepcional, contraditória, confusa, bela, triste, alegre – um paradoxo, cheia de glórias e misérias, onde encontramos momentos de felicidade e tantos outros de tristeza. Afinal, isso é a vida! Pois de que adiantaria insuflarmo-nos de mentiras apenas para tentarmos fugir da realidade, se a mesma sempre vem ao nosso encontro?

António Neto Guerreiro, neste seu novo romance, em seu belo estilo realista já consagrado em suas obras anteriores, consegue nos relembrar que somos mortais, que somos temporais, que a vida não é apenas tristeza ou alegria, mas que ela se constitui do equilíbrio imperfeito de todos os tipos de acontecimentos e sensações.

E qual o melhor cenário para se tratar deste tema senão a cidade de São Paulo e o atual estado político e social brasileiro?

O autor, com seus 86 anos de vida, presenteia-nos com um pouco de sua vasta experiência e conhecimento obtidos ao longo de seus anos, bem e mal, vividos. As misérias normalmente aparecem enquanto menos esperamos; e algumas glórias precisam ser conquistadas!

Eu desejo, caros(as) leitores(as), que este momento de leitura se torne um momento de glória em suas vidas. E espero que vocês consigam obter nem que seja uma única centelha de aprendizagem sobre a vida, mediante o que o autor tem a nos ensinar. Poucos são aqueles que conseguem ter a chance – e a glória – de trabalhar e conviver ao lado de alguém com uma bagagem tão rica, intelectual e moralmente falando. Eu só tenho a agradecer por fazer parte deste pequeno período de convivência e de aprendizagem, mas de muito valor, ao lado deste grande romancista, historiador, empresário, imperfeito e mortal, ser humano chamado António Neto Guerreiro.

Esperemos que Aquiles esteja errado, e que os deuses nos sejam mais indulgentes do que invejosos.

Luiz Antonio B. T. Dutra
Agosto de 2014

Parte I

I
Das azeitonas às frutas tropicais

Uma azeitona não deve ser comida de uma só vez, num só bocado, asseverava José Casemiro aos conhecidos e amigos, naquela manhã de domingo, na praça da pequena aldeia de Portela de Messines, que pertencia à freguesia de São Bartolomeu de Messines, no Algarve.

Para Casemiro, homem de costumes austeros e mesquinhos, a azeitona havia demorado um ano inteiro para ficar madura e em condições de ser consumida e, portanto, seria irracional degluti-la de uma só vez. Essas e outras convicções sovinas refletiam o lado parco do povo de Portela de Messines e só reforçavam o desejo de Francisco Lopes, pai de Raul e de seus dois irmãos, que ali nasceram, de deixar a aldeia e procurar um lugar onde supunha poder construir um futuro melhor para os filhos.

A aldeia da Portela era uma pequena aglomeração de moradores, com cerca de 30 casas ocupadas por camponeses e lavradores remediados. Estes últimos, apesar de empregarem os trabalhadores do campo, não dispunham de fortunas nem viviam no luxo. Ninguém ali se destacava por seus teres e haveres. Os poucos habitantes dessa comunidade de costumes atávicos viviam sem água encanada e saneamento e ajudavam-se mutuamente, conforme suas posses e disposições.

Numa tarde de abril, Francisco pediu para Raul ir buscar, depois que saísse da escola, umas botas que estavam no sapateiro para nelas serem colocadas meias-solas. O tempo, então, ensolarado, de repente se toldou. Uma grande trovoada se armou e começou a cair um esgarrão de água acompanhado de uma ventania medonha que sacudia violentamente os arvoredos da beira da estrada. Enormes bagas de água sopradas pelo vento pareciam inundar o mundo. Não tendo onde se proteger da torrente, Raul se refugiou num miserável casebre rente à estrada, onde morava Manuel Espanhita, homem também de poucos recursos que ganhava a vida fazendo cadeiras de tabúa.

Raul, desde sempre, vira aquele homem andar por ruas e estradas cambaleando como se estivesse bêbado. Contudo, nunca teve coragem de falar cara a cara com o Espanhita, a fim de saber o porquê daquele andar sem firmeza em suas pernas. Por isso, naquele dia, como a chuva não cessava, afoitou-se a perguntar ao Espanhita por que diacho ele andava sempre cambaleando!

— Ai, menino! — disse o Espanhita, fitando-o dos pés à cabeça — Isto é uma longa e complicada estória. Talvez hoje lhe possa esclarecê-la. — Afirmou o Espanhita, sem pestanejar.

— Como a chuva parece que veio pra ficar e pareces disposto a ouvir, vou te contar tim-tim por tim-tim este meu triste fado. Todavia, posso contar-te apenas algumas partes desta estória assim por alto, porque algumas partes eu já as esqueci. — esclareceu o Espanhita, sempre com a cabeça bamboleando.

— Oh, tio Espanhita, conte, conte, porque gosto muito de ouvir essas estórias antigas da nossa gente... — e continuou o Espanhita:

— Bem, essa estória começou quando eu estava prestando o serviço militar no quartel do 4º Regimento de Infantaria, na cidade de Lagos. Porém, antes de lá servir, eu tinha apalavrado um namoro com a Isabel Escolástica, tua vizinha, não é verdade?

— Ah, sim, conheço minha vizinha muito bem! — confirmou Raul. — Mas e depois?

— Depois? Bem... depois, numa folga de sábado do quartel, me contaram que ela estava de namoro com o Manuel da Lapa. Conheces também o Manuel da Lapa, não conheces?

— Conheço, conheço! É aquele sapateiro bêbado, não é?

— Esse mesmo! Mas eu não acreditei no que me disseram as más línguas da tua aldeia e fui conferir, entendeste? Então, me pus à espreita naquele sábado à noitinha para ver se era verdade o que me tinham contado. Ora, ainda não era passada meia hora e lá estava o gingão do Manuel da Lapa de samarra ao ombro, conversando com a rapariga com quem eu havia entabulado namoro. Aí, me fui chegando pra mais perto dos dois e, inopinadamente, perguntei à Isabel por que é que ela me tinha traído. Foi quando o Manuel da Lapa veio para cima de mim, querendo brigar comigo. Como te disse antes, eu estava servindo o exército em Lagos. No quartel, me deram uma pistola que carregava sempre comigo, enquanto eu estivesse prestando os meus serviços ao Estado como soldado. Ora, quando ele avançou pra cima mim com o punho fechado e alçado para me dar um soco, tirei a pistola da algibeira e dei-lhe um tiro. O homem caiu estatelado na minha frente, inerte parecendo morto. Pensando que tinha matado o miserável do meu rival, virei a pistola para a minha cabeça e puxei o gatilho pensando em me matar também. Mas a bala, penetrando no meu cérebro, se veio alojar no occipital. Então, as pessoas, me vendo esvair em sangue, correram e me levaram para o Hospital de Silves. Só te conto que permaneci no hospital por mais de 60 dias. Foram mais de 30 dias de uma agonia atroz entre a vida e a morte. Por fim, acabei sobrevivendo e saindo do hospital sarado do ferimento. Porém, perdi totalmente o equilíbrio e, desde esse acidente, tenho andado às voltas com a vida, pensando em qualquer dia me suicidar e acabar de vez com esta vida miserável que carrego comigo há uma porção de anos. — Raul voltou-se para o Espanhita e lhe perguntou:

— Como é que o Manuel da Lapa escapou dessa com vida? Sim, porque o vejo andar normalmente por aí, sempre nas tabernas. Como escapou ele?

— A bala o pegou de raspão. Foi maior o susto que o mal que a bala lhe fez! Como ele sempre foi um escagaçado, um medroso, um caga na saquinha, só do susto ele desmaiou. Eu é que arranjei sarna para me coçar ao ficar com esta maldita sequela pelo tiro que me dei e que me tem atrapalhado a vida toda. — Explicou o Espanhita com ar triste e desgostoso da vida miserável e solitária que levava.

A chuva tinha cessado. Como era quase de noite, Raul pegou o caminho de casa para jantar com sua família. Porém, ficou com aquele caso do Espanhita inculcado para o resto da vida.

O pai de Raul, prevendo o miserável futuro dos seus três filhos, já decidira vender uns pedacinhos de terra que tinha herdado de seus pais naquele pobre lugar. Há muito sonhava, sem confidenciar a ninguém, em viver no Brasil. Foi tudo relativamente rápido. Amealhou poucos recursos com as terras e juntou-os aos seus insignificantes haveres. Emigrou para o Brasil, com toda a sua família, num navio, misto de carga e passageiros, chamado Juan de Garay, de bandeira argentina.

Raul era o filho mais velho de Francisco e de Albertina Sequeira Lopes. Por ser o mais velho, era o mais próximo e o que lutava ombro a ombro com o pai a fim de sustentar a família Lopes, composta de cinco pessoas.

Raul chegou ao Brasil com apenas 11 anos de idade, logo depois de ter prestado os exames da 4ª série na escola Rés da Portela. Deixara sua pequena aldeia para vir morar em São Paulo, naquela época ainda uma cidade pequena. Garoto esperto e vivo, conseguiu logo um emprego na quitanda de um patrício, o senhor Arnaldo, contudo com salário mixuruca. Ele até que gostava do trabalho que exercia, mas tinha de carregar nas costas grandes sacos de batatas, de cebolas e enormes grades de couves portuguesas tronchudas, as quais o patrão vendia aos restaurantes dos arredores de sua quitanda. Os alimentos eram utilizados em cozidos e bacalhaus à portuguesa. Contudo, o pobre Raul mal podia levantar aqueles sacos do chão, pesados demais para um garoto da sua idade. Por outro lado, havia compensações como a de poder comer frutas à vontade. O patrão português, homem grandalhão e obeso, não se importava que os empregados comessem frutas e outras coisas que tinha na casa. Isso porque, quando pequeno, o quitandeiro passara umas fomes dos diabos no emprego que tivera, já que o seu patrão não admitia que os empregados se alimentassem das frutas do seu estabelecimento.

Por isso, Raul tinha certa simpatia pelo patrão. Mormente também porque, quando ele saía para fazer entregas, às vezes se entretinha a ver as vitrinas das lojas de roupas, especialmente vestidos de senhoras, com aqueles manequins delgados e elegantes, chiques e da última moda. Outras vezes, pasmava ao ver as pessoas bem vestidas nas portas dos hotéis e cinemas, para além de olhar mulheres de vida fácil, com suas saias curtas e coladas ao corpo, deixando à imaginação suas formas íntimas, suas carnes. Com um olhar lânguido e comprido, ele fitava-lhes as curvas. Ficava com água na boca só de vê-las passear pelas ruas ou penduradas às janelas dos lupanares de um primeiro andar, onde elas recebiam os homens. Enfim, por estas e por outras, Raul admirava o seu patrão porque achava que ele era até bacana e humano...

Numa noite, quando chegou em casa, depois do trabalho, foi beijar a mãe que estava sentada fazendo meias. Com reservas e desconfianças e muita ladina, a mãe lhe perguntou:

— Oh, Raul, estás tão magro, descorado e amarelo! Sentes-te doente, sentes alguma dor ou tens apenas algum mal-estar?

Recuando dois passos, respondeu à mãe, de súbito:

— Eu, não! Não estou doente coisa nenhuma, mãe! Por que a mãe me faz essa pergunta tão repentina?

— Sei lá, vejo-te tão descorado que acho que alguma coisa está acontecendo contigo! Mas se tu te sentes bem, já aqui não está quem falou. Porém, vê se te alimentas melhor, ouviste! Não descuides da alimentação, está bem, filho?

Abraçando a mãe e mostrando-se grato em vê-la preocupada

só porque ele tivesse perdido um pouco das suas cores, Raul respondeu:

— Não se preocupe, mãe, não estou doente. Não sinto nada de anormal. Acho que por eu ter crescido um pouco nestes últimos meses, talvez tenha perdido um pouco as minhas cores. Naturalmente, deve ser por causa disso. — Insistiu Raul, querendo convencer a mãe de que gozava de boa saúde.

Tendo sempre vivido no meio rural de sua terra, o rapazote pouco ou nada sabia de que estava a mudar da meninice para a adolescência e que isto lhe trazia modificações de comportamento e certas sensibilidades que não notava. Todavia, esperto e conversador, deduziu logo que tinha convencido a mãe de que estava bem de saúde e nada de mais o incomodava.

Depois desta arenga com a mãe, encafuou-se no seu quarto, que ficava nos fundos de uma casita que o pai tinha alugado. Olhando para o teto, ficava de olhos fixos e pensava nas mulheres de roupas curtas que observava nas ruas e que lhe perturbavam a imaginação. Tinha sonhos eróticos, por vezes acordando todo molhado numa sofreguidão alucinante.

Por esses tempos, já tinha completado os 12 anos. Aquelas vontades de abraçar algumas daquelas mulheres fáceis deixavam-no imóvel e inerte até pegar de novo no sono, quando já vinha raiando a madrugada. Daí a poucos minutos, a mãe vinha acordá-lo para ir trabalhar na quitanda do senhor Arnaldo. Cabeceando de sono, sentava-se na cama e sentia-se infeliz. Então, ficava mais um pouco na cama, quando a mãe de novo o vinha acordar, e gritava-lhe:

— Levanta-te daí, seu mariola, porque já são quase 10 horas e tu, que já deverias estar no teu trabalho, ainda estás deitado, seu patife de uma figa!

O rapazinho saltava da cama, jogava um pouco de água no rosto e saía porta afora sem comer nada. Naturalmente, esta má alimentação, logo pela manhã, não convinha a um corpo em desenvolvimento. Daí o seu rosto amarelado e cheio de espinhas.

Esta vida durou pouco tempo, contudo, porque o pai de Raul alugou um sobradinho na Rua Cubatão, onde fez moradia em cima e, em baixo, montou uma quitanda, para onde trouxe o filho para trabalhar. Raul não gostou muito do negócio, pois tinha de levantar muito cedo para ir com o pai à central de abastecimento, Ceasa, comprar frutas e verduras para vender na quitanda. Além disso, não tinha salário, pois, no dizer do pai, ele comia e bebia em casa e tinha obrigação de trabalhar sem remuneração. Mas a mãe pensou e propôs que ele continuasse os estudos interrompidos em Portugal. Como o Colégio das Bandeiras ficava a dois passos da casa onde morava a família, a mãe matriculou-o no curso ginasial. Raul não era muito inclinado aos estudos, mas, esperto, conseguia levar as matérias com alguma facilidade. Tinha alguma dificuldade em História e Geografia do Brasil. De resto, ia bem. Os quatro anos do curso ginasial ele levou com facilidade. Por isso, a mãe quis que ele continuasse a estudar no mesmo colégio. No entanto, as matérias do colegial eram mais difíceis e complicadas porque entravam Física, Biologia e outras que ele nunca escutara. Ainda assim ele se saía bem.

Quando Raul se aproximou dos 17 anos, seu pai entendeu que

ele já era capaz de ir sozinho ao Ceasa comprar as mercadorias para vender na quitanda. Para o rapaz não havia problema em realizar a tarefa, mas sim no excesso de horas de trabalho. Levantava-se às cinco horas da manhã todos os dias e deitava-se às onze da noite. Muito puxado para um rapazote em crescimento, claro. Além do mais, ele tinha arrumado, no Colégio das Bandeiras, uma namoradinha, colega de estudos, de forma que não lhe sobrava tempo para dar atenção a ela. Então, ele resmungava com a mãe por ter de trabalhar tanto. Ao que ela lhe respondia:

— És novo e tens bom lombo, podes trabalhar! O teu pai, coitado, é que já anda cansado e não aguenta mais trabalhar como tu.

De fato, aos 17 anos, Raul era quase um homem feito. Com 1,82 metros de altura e pesando 75 quilos, era um rapaz forte e dos mais bem feitos da escola. A mãe conversou com o pai sobre as queixas de Raul. O pai, então, resolveu alternar com o filho as idas diárias ao Ceasa para buscar verduras e frutas. Com isso, Raul ganhava dois ou três dias por semana para ficar para ficar deitado na cama pela manhã, em preguiças e contemplações. No seu imaginário, antevia a nudez esguia de Lurdes, sua namorada. Namoravam escondidos dos pais, tanto Raul como Lurdes. Se ele era um homem perfeito, ela não lhe ficava atrás, pois, com quase a mesma idade, era uma bela moça, muito jeitosa e elegante.

Raul não sabia da origem de sua namorada e também não lhe queria perguntar. Pensava que, dada a sua origem humilde, se ele quisesse saber das raízes dela, naturalmente teria de confessar-lhe também as suas. Isto, pensava ele, poderia atrapalhar o seu relacionamento. Já iam ambos no quarto mês de namoro quando, certo dia, Raul, encarando Lurdes, seriamente lhe perguntou:

— Oh, Lurdes, se eu lhe perguntar sobre determinado assunto que me intriga um pouco, você não fica ofendida comigo, fica?

Lurdes, curiosa, estendeu as palmas das mãos para frente e disse:

— Depende da pergunta. Se não tiver nada de maldade, com certeza que não! — exclamou, dando uma risadinha para o namorado, mostrando seus dentes brancos como pérolas.

— Bem, é o seguinte: não sei se você guardou o dia em que nós começamos a namorar. Pelas minhas contas, fez quatro meses, ontem! E nem você nem eu sabemos nada sobre nossas famílias. No que toca a minha família, quero dizer-te que somos muito humildes, mas trabalhadores e honestos. E a sua, como é? São descendentes de portugueses, de italianos ou de que povos?

— Bom, já que você pensa assim, também te posso dizer da minha família. Não tenho nada a esconder. Da parte do meu pai, são portugueses; de parte da minha mãe, são italianos. Felizmente os meus pais se dão bem e são felizes!

Como Raul observou algumas vezes a mãe de Lurdes a vir trazê-la de automóvel ao colégio, outra vez indagou:

— E o teu pai, o que faz ele? Posso saber?

— O meu pai... — disse a moça — o meu pai tem uma indústria metalúrgica ali no fim da Rua Pelotas! Você sabe onde fica essa rua?

— Sei, sim. Olha, Lurdes, não te quero enganar. Meu pai é pessoa humilde. Vivemos de uma pequena quitanda que ele montou ali na Rua Cubatão. É dali que o meu pai tira o dinheiro para sustentar a família. Por conseguinte, não quero que você se iluda a meu respeito. Eu e minha família temos raízes muito humildes, entendeu? Somos unidos e muito simples.

— Raul, não lhe perguntei nada a seu respeito, se é rico ou se é pobre. Também nunca pensei que fosse rico. Namoro com você porque gosto. Não ando atrás de riquezas, se quer saber! — disse Lurdes, estendendo-lhe seus lábios quentes e pintados com batom para um longo beijo. Despediram-se porque a mãe de Lurdes a viera buscar à escola, pois estava chovendo muito naquele dia. Na manhã seguinte, Lurdes contou ao namorado que tinha falado à mãe sobre ele e sua família.

— E qual é a opinião de sua mãe a meu respeito? Ela disse alguma coisa, se concorda ou não com o nosso namoro?

— Bem, ela me perguntou se eu gostava de você. Quis saber como era você aparentemente. Disse-lhe como você é e também que gostava muito do seu feitio, que te adorava. — Depois, voltou-se para ele e disse:

— Sabe, a minha mãe é uma pessoa muito prática, moderna, não quer tirar a liberdade aos filhos de escolherem os seus amigos, os seus namorados, entende, Raul?

— Ótimo. — Exclamou Raul esfregando as mãos. — Sendo assim, você aceitaria visitar e conhecer uma família humilde? Se você aceitar, vou apresentar você amanhã aos meus pais, está bem?

— Oh, Raul! Em primeiro lugar, quero que você saiba que, se eu me casar, será com você e não com alguém de sua família.

Então, esse assunto de humildade pode esquecer que não estou ligando para isso. As pessoas para mim valem o que valem e não pelo que tem ou que aparentam ter.

— Então, você aprova a ideia de eu lhe apresentar a minha família?

— Claro, se você faz questão de eu conhecer a sua gente, só tenho de lhe agradecer.

A casa da família de Raul ficava na esquina da Rua Cubatão com a Estela. Na manhã seguinte, de mãos dadas, os namorados subiram a Rua Estela. Quando chegaram, Raul entrou no pequeno estabelecimento do pai, que atendia dois clientes e olhou admirado o filho por este chegar, sem lhe avisar, com uma jovem moça pela mão porta adentro. Porém, não lhe perguntou nada. O filho é que se adiantou e apresentou a namorada ao pai. Naturalmente, o pai de Raul, homem de meia altura, um pouco seco, deu um passo em frente e, apertando a mão da moça, disse:

— Oh, muito prazer em conhecê-la. Francisco Lopes ao seu dispor... — Lurdes, retribuindo o que o pai de Raul lhe dissera, o cumprimentou, com certo nervosismo:

— Muita satisfação, senhor Francisco.

Foram poucos minutos de acanhamento entre a namorada de Raul e o seu pai. Logo se refizeram naquele pequeno lapso de tempo e conversaram. De olhos baixos, ela respondia apenas ao que o pai de Raul lhe perguntava. Ao fim de meia hora, já se habituara ao que Francisco Lopes lhe dizia e começou a conversar com ele normalmente sobre estudos e outros assuntos sem grande importância para ambos. As primeiras impressões se dissiparam e a conversa passou a ser agradável, trivial e franca.

Ao lado da namorada, Raul estava feliz de vê-la conversar com o pai desembaraçadamente. Entrou no meio da conversa e perguntou o que o pai achava da sua namorada. Francisco, que não esperava esta pergunta do filho, ali na frente da moça, respondeu e indagou ao mesmo tempo:

— Raul, mal conheço a tua namorada! Como posso ter uma opinião sólida para te dar. Apenas te pergunto: Tu gostas dela? Se gostares dela e ela gostar de ti, continuem, vão em frente. Tu e ela, que podem vir a se casar, são quem decidem. Entendes-me, meu filho?

Este diálogo entre os três foi de todos o mais complicado e frontal. Mas nisto, a mãe de Raul vinha descendo à quitanda para perguntar ao marido o que ele queria que fizesse para o almoço: se favas ou grãos de bico. Ao pisar na soleira da porta, deu um tropeção num gato que Francisco criara desde pequeno para pegar os ratos que lhe causavam estragos no estabelecimento. Colocara no animal o nome de Marquês por causa de seus olhos amortecidos, fazendo lembrar os do primeiro-ministro do Rei D. José I, de Portugal, o Marquês de Pombal.

Ao levar o esbarrão da mulher, o bichano deu um estrondoso miado que chamou a atenção dos três que estavam conversando. A mulher, que não notara que o animal estava ali, praguejou:

— Oh, diabo de bicho, que anda sempre estendido aí pelo chão, interrompendo a passagem das pessoas! — e indagou ao marido:

— Por que não pões esse bicho para fora de casa, ó Francisco?

Observando que a esposa foi quem topara sem querer no gato,

Francisco retrucou:

— Albertina, tu é que devias olhar aonde pões os pés. Porque o pobre do gato estava aí deitado, descansando, e tu é que vieste lá de cima e lhe deste um pontapé! Que culpa tem o gato? — reclamou com razão o marido.

Vendo a mãe reclamar do gato e não reparar que ali estava uma visita, Raul chamou a atenção dela, dizendo-lhe que trouxera Lurdes para a família conhecer. Ao ver aquela moça tão bonita, a mãe perguntou a Raul:

— Mas essa é a tua namorada, Raul? É aquela de quem tu falas com tanto entusiasmo, é?

— É, mãe, é ela mesma. O que é a senhora acha dela?

— Me parece uma bela jovem. E vocês estudam juntos na mesma classe? — indagou a mãe, com algum espanto.

— Não, estudamos em classes separadas.

Depois da apresentação e da conversa, os namorados subiram aos aposentos, onde morava a família. O sobradinho era simples, uma salinha de estar, dois quartos, cozinha e um banheiro. O irmão e a irmã caçula de Raul estavam na escola. O irmão estudava no mesmo colégio de Raul, mas cursava o ginasial. A irmã fazia o primário num colégio do Estado ali perto. Assim, Lurdes não teve a oportunidade de conhecer os irmãos do namorado. A mãe de Raul fez um cafezinho, que os namorados tomaram mesmo de pé. Saíram conversando animadamente pela escada que descia para a quitanda. Enfim, Lurdes ficou conhecendo os pais de Raul.

O namoro continuou e, de quando em quando, Raul levava a namorada à casa dos pais apenas para se cumprimentarem e trocarem algumas opiniões. Alguns meses depois, foi a vez de Lurdes apresentar os seus pais ao namorado. Num sábado antes do almoço, a mãe de Lurdes, depois de pegar a filha, passou pela casa de Raul e levou os dois para almoçarem em casa.

A residência dos pais de Lurdes ficava no Planalto Paulista. Era uma vivenda elegante e moderna, muito diferente da casinha onde os pais de Raul moravam. Dir-se-ia que não era um palacete, mas também não era uma casa qualquer. Havia algum requinte na residência dos Correias de Melo que denotava certa harmonia no ambiente. Raul ficou surpreso de encontrar na residência da namorada tanta leveza, frescor e beleza.

Como sabemos, Raul era um rapaz modesto. Aquele aparato de tantas e tão ricas peças na decoração da vivenda chamara-lhe a atenção para a vida faustosa que ela deveria levar na casa dos pais. Está claro que ali, no instante em que a namorada lhe estava a apresentar os pais e a sua confortável vivenda, nada comentaria a respeito dos luxos exagerados da família Correia de Melo.

O almoço com um séquito de garçons e empregadas a servi-los foi outra situação que deixou o rapaz boquiaberto. Comparava-o à condição singela de sua família. Habituada àquelas extravagâncias da sua família, Lurdes nem se apercebeu que o namorado estava observando atentamente tudo à sua volta. Lógico que ele pensava que aqueles rompantes de grandeza da namorada não tinham nada a ver com o que se passava na casa dos seus pais. Mas não deixou de registrar a opulência apresentada no almoço, que transcorreu agradável e tranquilo. Naquela tarde de sábado, a mãe de Lurdes levou a filha e o namorado ao cinema, de carro. Deixou-os na porta do cinema Cruzeiro, que ficava no Largo Ana Rosa, para verem o filme "Assim Caminha a Humanidade", cujos atores principais eram Rock Hudson, Elizabeth Taylor e James Dean.

Quando Raul se viu a sós com Lurdes, antes de entrar no cinema, levou a namorada para uma lanchonete ao lado da sala. Sentaram-se numas cadeiras de tabuinhas, tomaram um suco de laranja e conversaram. Raul não dissera nada à namorada na frente dos pais, mas depois a sós, ele esclareceu várias situações que, no seu entender, não foram razoáveis. Por exemplo, ela não tê-lo preparado para o almoço, assim como ele tivera o cuidado de dizer a ela como era a sua casa e sua família, enfim, como eram as coisas da sua gente. Naturalmente, Raul, sem lhe dizer palavras de reprovação, fez-lhe ver que, de certa maneira, ele tinha ficado baixo-astral por causa da pretensa superioridade que ela e sua família tinham demonstrado, o que fizera com que se sentisse inferiorizado naquela manhã. O amuo durou algumas horas, mas depois tudo voltou ao normal, para felicidade dos dois que se gostavam muito.

Raul ainda chegou a falar sobre o assunto com a mãe que, coloquial e carinhosamente, disse-lhe:

— Se tu gostas de verdade da tua namorada e tencionas casar com ela, não lhe podes impor nada, meu filho! Agora, se não gostas, manda-a às favas e pronto, está tudo acabado!

Todavia, o rapaz gostava muito de Lurdes. Era sua primeira namorada, já com alguns meses de um bonito e platônico amor. Por isso, era muito duro para ele deixá-la. Mas, depois de pensar quase meia hora, voltou-se para a mãe e disse:

— Sabe, mãe, Lurdes é a minha primeira namorada. Afeiçoei-me muito a ela. Acho que ela não fez aquilo com maldade! A família até pode ser que usasse de maldade nessa história toda, mas ela não.

— Bem, filho, é como te disse. Se gostares fica, se não gostares larga-a. É essa a minha opinião. Tu és quem sabes da tua vida. Só te peço é que não percas o ano que custa tanto ao teu pai pagá-lo.

— Oh, mãe, não pense uma coisa dessas a meu respeito. Os estudos estão em primeiro lugar, são coisas sagradas, pode se tranquilizar a esse respeito.

Raul ficou muito grato à mãe por ela não exigir nenhuma tomada de posição contra a namorada naquele caso. Continuou o relacionamento com Lurdes como dantes, mas sempre de olho nas suas atitudes e observações. Acabou por concluir que Lurdes era uma pessoa sem o menor interesse de menosprezá-lo ou de inferiorizá-lo.

O final do ano aproximava-se e as provas aí estavam para os professores averiguarem se os alunos tinham se aplicado durante todo o ano letivo. As notas de Lurdes saíram primeiro que as de Raul. Todavia, se as notas dela foram muito boas, as dele não lhe ficavam atrás.

E as férias começaram alegres e quentes. Lurdes combinara com a família de irem passar um pouco das férias na praia. Entretanto, a família de Raul não tinha casa na praia e, por isso, o jeito era passar as férias em São Paulo, junto de sua família.

II
Bonança do destino

Passadas duas semanas na praia, Lurdes já sentia saudades do namorado, dando sinais de tédio e falta de entusiasmo pelas coisas da vida. Telefonou para Raul a fim de saber da sua saúde e também para lhe dizer que sentia falta de sua companhia. Foi um telefonema longo, intumescido de alegria e lágrimas. Lurdes agora podia avaliar o quanto Raul representava para ela. Combinaram de se encontrar: ou ele descia para Bertioga, onde o pai dela tinha uma bela casa de praia, ou ela subiria para São Paulo.

Ficou resolvido de Raul descer à praia no próximo fim de semana. Lurdes, na sexta-feira à noitinha, foi esperá-lo onde os ônibus costumavam parar quando desciam de São Paulo.

O encontro foi cheio de alegria, beijos e afagos. Como o lugar onde paravam os ônibus era bem pertinho da residência, foram andando a pé. A noite estava morna e as primeiras estrelas brilhavam num céu azul escuro. Como não tinham pressa de chegar, foram de mãos dadas, num passo lento bovino e vagaroso. A família de Lurdes estava toda sentada ao ar fresco, tomando a brisa do mar, num belo e surpreendente jardim que ficava em frente à residência.

Raul, nos primeiros momentos deste encontro, mostrou-se um pouco acanhado por causa do pai e da mãe de Lurdes. Todavia, logo se refez e retomou a boa disposição quando o pai e a mãe de Lurdes trataram de desinibi-lo dos primeiros embaraços, indo buscar coisas do colégio, para ele se colocar mais à vontade, diante do irmão de Lurdes e de outras pessoas que estavam com eles passando férias. Mais tarde, foram comer pizza numa casa que havia ali perto da residência. Foi uma noite de alegrias, cervejas e pizzas.

Raul não estava habituado a estes bródios suculentos e ficou encantado com tanta comezaina e cerveja a rolar por aquela mesa frugal que seu futuro sogro deveria pagar. Nada mais natural já que era o dono da vivenda onde estava albergada toda aquela gente. Mas Raul sentia-se envergonhado de sobrecarregar o pai de sua namorada com toda aquela despesa para tanta gente. Falou com Lurdes a esse respeito. Sentia-se acanhado, sobretudo, ao ver pessoas ali presentes que não lhes eram nem parentes se regozijarem e encherem o bandulho, à custa do pai de sua namorada, como se estivessem em suas próprias casas. Lurdes apenas limitava-se a sorrir e apertar-lhe a mão dizendo:

— Você é meu convidado e, antes de te convidar, falei com papai e ele consentiu que você viesse porque, daqui em diante, você faz parte da nossa família. Além do mais, tenho uma coisa para te dizer, não sei se você vai gostar ou não, mas acredito que sim.

— É uma coisa boa ou ruim? O que você tem para me dizer?

— Sabe o que é, Raul, papai esteve conversando comigo a seu respeito. Não me impôs nada, apenas conversamos como se fôssemos dois amigos, como naturalmente somos. Gosto muito do meu pai, aliás, dos meus pais, tenho por eles uma alta estima e grande respeito. Ele não seria homem para fazer à filha uma proposta, como ele fez, se soubesse que me iria prejudicar.

— Espera aí, Lurdes! É você ou o seu pai que tem uma proposta para me fazer?

— Na verdade, é o meu pai. Mas ele me encarregou de falar contigo a fim de sabermos se você aceitaria ou não.

— Bem, se nem sei que tipo de proposta vocês têm para me fazer, como é que vou aceitar?

— Eu explico, é o seguinte: o meu pai não te conhece, não é verdade? Você sabe disso.

— Sim, e depois? — Respondeu Raul.

— Depois, o que ele sabe a seu respeito são as informações que eu lhe tenho passado. Daí a razão de ele me incumbir desta missão de falar com você.

— E depois? — inquiriu Raul.

— Bem, o meu pai vai precisar de uma pessoa de muita confiança para ajudá-lo na condução da gerência da fábrica dele. E eu disse-lhe que você é uma pessoa muito responsável e competente para ajudá-lo, entendeu? Ele então me encarregou de falar contigo para saber se você aceitaria ou não esse cargo na fábrica.

— Mas, ó Lurdes! Eu nem sei o que é que o teu pai faz, como é que vou gerenciar a fábrica dele?

— Meu amor, você não sabe, mas aprende. Ninguém nasce sabendo.

— Lurdes, sei que o que não sabemos podemos aprender. O teu pai está precisando de uma pessoa experiente, um conhecedor do ramo dele. Eu, que não percebo nada daquilo, só vou lá atrapalhar. — respondeu o namorado, ainda em dúvida, quanto ao que ele iria fazer na fábrica.

— Oh, Raul, o meu pai é um homem muito experiente e prático. Se ele percebesse que você o ia atrapalhar, não te convidaria, homem!

— E como chegou ele à conclusão de que eu o irei ajudar se não me conhece? — Indagou Raul com certa bonomia, pondo na voz certo ar de chalaça.

— Sabe Raul, estou percebendo que você não quer ter laços mais profundos e sólidos comigo. Pelo seu tom de voz, entendo que você não quer assumir com a minha família mais que um namorico sem importância, não é isso?

— Lurdes, não se trata disso. Uma coisa é eu ir trabalhar com o teu pai, outra é o nosso namoro. Não tem nada a ver uma coisa com a outra. Pelo que penso, teu pai precisa de uma pessoa que o possa ajudar e eu não estou preparado nem psicologicamente nem profissionalmente para isso, entendeu a minha posição? Entendeu o cerne do problema, Lurdes?

A moça ficou estática, quase paralisada com os argumentos do rapaz. Pois, pensando bem, ele tinha alguma, mas não toda a razão. Porque, desde que haja boa vontade de ambas as partes, pode-se chegar a um bom termo e era isso que a namorada buscava. Se fora verdade que o namorado não tinha a experiência necessária para ajudar o pai dela na fábrica, também era certo que ele, inteligente e trabalhador, poderia muito bem passar um período de experiência a fim de saber se iria se adaptar ou não ao serviço. Foi justamente neste ponto que Lurdes, inteligentemente, se baseou para convencer o rapaz a aceitar a oportunidade que o pai dela lhe oferecia.

A conversa se estendeu porque Raul não era um tonto qualquer que, quando lhe jogavam uma isca, atirava-se logo de cabeça, sem ver se haveria algum truque por detrás da oferta. Aceitá-la abruptamente poderia fazer com que o pai de Lurdes pensasse que ele seria um caçador de dotes que se acercara da filha para casar rico e depois gozar as benesses desse casamento. Por isso, sondou antes até que ponto não haveria ali alguma tramoia para pegá-lo. Acabou verificando que o negócio era sério e confiável e não havia nem truques nem ratoeiras para pegar um pato, que talvez a família dela pensasse existir. Observando a boa fé da namorada, Raul exclamou:

— Vamos fazer uma experiência! Se é que o teu pai tem tanto interesse que eu o ajude na condução dos seus negócios, vamos experimentar. Como você sabe, tenho apenas 20 anos. O teu pai não precisa me pagar nada nos primeiros seis meses. Se der certo, continuo, se não, volto para a quitanda do meu pai e está tudo pago. Não quero receber valor algum pelos serviços que prestarei durante esse tempo.

Lurdes fez um sinal que sim com a cabeça porque a comoção embargou-lhe a voz, que teimava em não sair. Agarrando o namorado pela cintura, deu-lhe um longo beijo. Ficou assim selado este contrato tácito entre Lurdes e Raul.

Lurdes levou ao pai as condições que Raul lhe propusera. Naturalmente, o pai entendeu que a proposta do rapaz era razoável e honesta. Não foi preciso fazer um contrato por escrito porque a palavra dada valia tanto ou mais entre os contraentes do que qualquer documento assinado.

Era fim de ano, um novo tempo começaria a fluir dali a alguns dias. Raul completaria 20 anos no próximo dia 15 de janeiro. Os seis meses de experiência passaram muito rapidamente. Raul deu provas de que era competente para dirigir a metalúrgica do senhor Álvaro, o pai de Lurdes. As duas famílias estreitaram seus vínculos. Os dois jovens casaram-se após terminarem o curso colegial. Raul não pensou em prosseguir nos estudos porque os afazeres na indústria do sogro tomavam-lhe todo o tempo. Além do mais, uma nova vida fora gerada do casamento. Depois de uma gravidez romântica e tranquila, veio a este mundo uma bonita criança para alegria dos pais e avós. Enfim, todos viviam dias de felicidade. Dois anos depois, Lurdes teve outra formosa menina. O casal vivenciava tempos de plena realização.

A primeira filha do casal foi batizada com o nome de Madalena e a segunda, Margarida. Os anos se passaram. As meninas tornaram-se duas lindas moças. Madalena, a mais velha, entrara na Faculdade de Direito do Largo de São Francisco. Margarida ainda não tinha completado o curso colegial.

O sogro de Raul falecera de um enfarto no miocárdio. Coube ao genro dirigir a fábrica da família porque Lurdes tinha um único irmão que, desde sempre, dedicava-se à medicina e nunca ligara para a indústria do pai. Tornou-se um dos melhores médicos em implantes daqueles tempos em todo o Brasil. A sogra, passados dois anos da morte do marido, também faleceu.

Ficou Raul dirigindo a fábrica durante vários anos, trabalhando e desenvolvendo a indústria herdada do sogro. Seguia a sua vida feliz, sempre muito amigo de Lurdes, jamais levantara seus olhos para outra mulher. Era um casal exemplar, solidário, acompanhando de perto a formação de suas duas lindas filhas. Tinham comprado um apartamento num prédio chique e o seu futuro parecia-lhes promissor e risonho.

Sentado em frente à sua mesa de trabalho na fábrica, Raul sorria daquele seu apetite ascético, murmurando com certa preciosidade, através da tênue fumaça do seu cigarro entre os dentes, aquele gozo pleno de uma felicidade jamais experimentada. Levantou-se e deu uma volta pela sala contemplando as plantas que sua secretária tinha regado havia poucos minutos. Desceu as escadas que o levavam até onde as máquinas trabalhavam incessantemente.

Era já meio da tarde de uma sexta feira, dia de ir ao costumeiro jantar com seu amigo de infância e ginásio, o João Magalhães. Olhou o relógio, viu que era muito cedo para telefonar a seu amigo. Deu mais uma volta pela fábrica e subiu novamente rumo ao escritório. Ao passar pela estreita escada que o levaria ao escritório, resvalara com o braço por um ramo de folhas de lúcia-lima: colheu três folhas e, ao esmagá-las entre os dedos, despertou-lhes certo perfume, como a desenterrar agradáveis recordações dos seus tempos de solteiro.

Desejava muito encontrar-se naquele dia com aquele seu amigo e recordar velhos tempos e conversas e confidências de outrora. Deu-lhe preguiça de começar novo trabalho naquela tarde. Arrumou a papelada que estava em desordem em cima da mesa e ficou imóvel pensando. Esqueceu o mundo... E, pasmado, deixou-se a olhar no vazio da sala, com certa melancolia dos tempos passados, desde a sua pobre infância até aquele dia que passava lentamente...

III

Brincadeiras na UTI

Foi justamente naquela sexta-feira, ao terminar cansado e enfastiado o expediente na sua empresa, que Raul Lopes telefonou para o seu amigo João Magalhães para convidá-lo para irem jantar uma perna de cabrito assado ao forno, bem tostadinha com batatas, num restaurante ali no bairro de Moema. Ambos costumavam frequentá-lo desde longa data para apreciar o paladar do pitéu, que lhes agradava e satisfazia a gula quase insaciável. Entre as 20h00 e 20h30 os dois se encontrariam e quem chegasse primeiro encomendaria o prato principal para que não demorasse muito. Raul tinha pressa de chegar em casa naquela noite para, na manhã seguinte bem cedinho, viajar para Bertioga com a mulher e suas duas filhas.

O certo é que, acabado o jantar, veio a velha cavaqueira que ambos adoravam. Em seguida, despediram-se e cada um pegou o seu automóvel e seguiu o caminho de casa. Raul morava agora na Vila Mariana, num confortável apartamento de três quartos, com a esposa e as duas filhas, ainda estudantes e solteiras. Chegou em casa e comunicou à esposa que já havia jantado. Muito cansado, tomou um banho de água morna para relaxar, refazer as energias e deitou-se.

Acordou por volta das duas horas da madrugada do sábado com fortes dores no peito e uma grande ansiedade. Queixou-se à mulher das dores intensas e pediu para que lhe fizesse um chá ou que lhe trouxesse algum remédio para lhe atenuar aquela dor insuportável. Dona Lurdes levantou-se lepidamente da cama, foi à cozinha preparar o chá e, enquanto isso, lhe trouxe umas pastilhas de sal amaro, para tentar minimizar as dores do marido e ajudá-lo a contornar aquela indisposição súbita da qual fora acometido assim de uma hora para outra.

Mastigou as pastilhas e tomou o chá. Contudo, a dor continuava cada vez mais intensa. Era horrível, atroz e muitíssimo forte aquela dor, queixava-se Raul, contorcendo-se e tentando respirar fundo, sem, contudo, poder fazê-lo.

— Acho melhor a Madalena levar você urgentemente a algum hospital ou pronto-socorro aqui por perto. Essas dores que nos dão assim de repente, geralmente não costumam ser boa coisa! — Disse a esposa, aflita e já com lágrimas nos olhos, pensando nalgum mal pior.

— Então, acorda-a para que me leve a algum lugar a fim de acabar com este sofrimento que já não aguento mais! — Ofegante e em cuidados, Dona Lurdes foi ao quarto da filha mais velha, bateu levemente na porta e disse:

— Madalena, levanta-te para levares o teu pai a algum pronto-socorro, que ele não está passando bem!

— O que é que o papai tem? — Indagou a moça, esfregando os olhos ainda meio sonolentos, levantando-se e colocando em seu corpo esguio o primeiro vestido que encontrou estendido nas costas de uma cadeira. Dando uma leve penteadela nos cabelos revoltos, saiu correndo para a garagem a fim de tirar o carro e levar seu pai ao primeiro hospital ou pronto-socorro que encontrasse.

Madalena dirigiu-se ao primeiro hospital que lhe viera à cabeça, o da Beneficência Portuguesa, situado no bairro da Liberdade, bem próximo do seu bairro. Na afobação, Madalena parou o carro no estacionamento do hospital e, ajudada pela mãe, conseguiu tirar, de alguma maneira, seu pai de dentro do veículo, carregando-o com dificuldade e levando-o até a recepção do pronto-socorro.

O pai, gemendo de dores, sentou-se num sofá de molas frouxas, bastante puído, que os pacientes que ali chegavam usavam como amparo a seus sofrimentos, enquanto esperavam as recepcionistas atendê-los de acordo com a gravidade das moléstias narradas pelos seus acompanhantes. Apresentada a situação angustiante em que Raul Lopes se encontrava, imediatamente o colocaram numa maca, carregando-o para o interior do hospital. Madalena ficara tratando da papelada para o internamento do pai, enquanto este desaparecia pelos confusos e tortuosos corredores do hospital. Jogadas pelos bancos da recepção, mãe e filha ficavam na ansiedade e expectativa, na dúvida.

A situação arrastava-se já por mais de uma hora sem que Madalena e sua mãe obtivessem qualquer notícia do pai. Acercaram-se do balcão da recepção e indagaram uma recepcionista:

— Ouça lá! — disse Madalena — O meu pai foi levado aí para dentro do hospital e nós aqui estamos sem nada saber o que lhe aconteceu ou lhe está acontecendo! Será que a senhora não nos pode dar alguma informação que nos possa sossegar desta aflição, por favor?

— Eu também não sei e nem lhe posso dar qualquer informação precisa a respeito do paciente porque não é minha função. Contudo, posso tentar saber algumas notícias. Vou fazer uma chamada, e já lhe informarei, certo?

— Por favor, minha senhora!...

— Pode ficar tranquila! — exclamou a recepcionista.

As duas mulheres sentaram-se novamente nos surrados sofás e cadeiras da recepção esperando impacientemente informações sobre Raul. O dia vinha amanhecendo e a afluência de gente à procura da casa de saúde aumentava a cada momento. Finalmente, a notícia veio dos corredores intermináveis do hospital.

A recepcionista, naturalmente acostumada a lidar com este tipo de situação, dizia as duas mulheres que o senhor Lopes teria sido levado para a UTI (unidade de terapia intensiva) do hospital. A sua situação não era, contudo, desesperadora. Era preciso mais tempo e exames mais profundos para uma acurada avaliação médica. Por isso, as duas deveriam aguardar alguns momentos para informações mais precisas. Ao longo de toda a madrugada, entretanto, não saiu notícia sobre a precariedade da saúde de Raul Lopes, o que deixava ainda mais aflita toda a família. Eram nove horas da manhã, quando Madalena chamou uma moça da recepção. No entanto, uma enfermeira se apresentou ao balcão, apreensiva e temerosa.

— O senhor Raul Lopes é seu parente? — Pedia esclarecimentos a enfermeira.

— Sim, é meu pai! — respondeu Madalena.

— Infelizmente, o seu pai vai ficar internado na UTI para

observações mais detalhadas. Mas posso lhe adiantar que o estado clínico dele é estável.

Madalena olhou para a mãe, que estava com um lenço branco limpando as lágrimas, e tristemente exclamou:

— Mãe, dos males o menor! O pai está internado na UTI, mas parece que o estado dele não é assim tão desesperador, poderia ser pior.

— Mas o que foi que ele teve? — interrogou D. Lurdes aflita por saber o que tinha acontecido ao marido.

— Um enfarto! — respondeu a filha.

— Não disseram por quanto tempo ele vai ficar internado? — indagou a mãe, esfregando as mãos uma na outra.

— Não, apenas disseram que está em observação.

— E agora, como é que nós vamos fazer com a indústria? — interrogou D. Lurdes, fixando seu olhar de preocupação na filha.

— Ora, mãe, dá-se um jeito! Para tudo há um jeito na vida, menos para a morte! O que interessa é que ele está vivo, o resto nós resolveremos.

— Mas como vamos resolver aquelas coisas complicadas da indústria que é nossa única fonte de renda, filha!?

— De alguma maneira resolveremos esse problema. O que interessa é que ele recupere logo a sua saúde! O resto nós havemos de encontrar soluções, tá bom! — respondeu Madalena, despreocupada.

Dirigindo-se novamente ao balcão de informações, perguntou à moça que lhe dera a notícia do enfarto do pai:

— A senhora sabe se o meu pai está lúcido?

— Olha, parece que ele está sob o efeito de sedativo, mas nada lhe posso adiantar nesse sentido, entendeu!

— E quando poderemos vê-lo na UTI?

— Também não lhe posso dizer nada! No caso dele, só os médicos é que dão autorização para receber visitas! Sabe como são essas doenças do coração, não é?

— Obrigada pela informação! — exclamou Madalena e emendou — Em todo o caso, vamos ficar aqui esperando até que possamos vê-lo, conversar com ele se for possível!...

— Não lhe posso ainda informar se hoje ele já poderá receber visitas. Caso ele possa, existem dois horários para os familiares visitarem seus doentes.

— Ah, muito obrigada. Ficaremos aqui aguardando que a senhora nos ajude. — disse, mostrando-se grata.

Volvendo novamente para onde estava a mãe, Madalena sentou-se no sofá junto dela e começou a confidenciar-lhe os seus planos futuros com relação à doença do pai.

D. Lurdes escutava a filha e, ao mesmo tempo, encarava-a quando esta lhe explicava os seus planos de como deveria administrar a fortuna do seu genitor. Espantada com a conversa da filha, a mãe disse-lhe simplesmente:

— Oh, Madalena! Você está acordada ou sonhando!?

— Por que, mamãe?

— Ora, por quê? Porque você pensa que administrar a empresa do seu pai é só ir à fábrica, ver as pessoas trabalharem, vir almoçar e depois ir de tarde novamente olhar e mais nada! Mas não é assim tão fácil, não! Se fosse assim, todos teriam fábricas como o seu pai!

— Mamãe! Aquilo também não é um bicho de sete cabeças! Ou a senhora pensa que não tenho capacidade de administrar aquilo? Administrar a fábrica do papai com o dinheiro que ele tem, eu tiro de letra, se quer saber! — exclamou a moça dando de ombros.

O papo ia-se estendendo entre as duas mulheres, que nem se deram pelo passar do tempo. De repente, uma enfermeira veio avisar que era hora de visitar os doentes da UTI. As duas mulheres ajeitaram as roupas e entraram pelos corredores do hospital até o elevador e subiram ao 1° andar, onde ficavam os pequenos quartinhos da UTI com pacientes em situação mais complicada.

Em um quartinho com banheiro, ao lado direito da grande porta de um corredor, Raul se recuperava, em observação, e tinha uma penca de aparelhos ligados em seus braços, no nariz, por todo seu corpo, e estava com máscara de oxigênio. O industrial, sob efeitos de sedativos, apenas respirava profundamente. Naquele momento, o único sinal de vida que se lhe podia notar era aquela sua respiração lenta, monótona e compassada.

Olharam simultaneamente as duas para o rosto do pai para verem se ele as pressentia ali ao pé ou se abria os olhos. Todavia, nenhum gesto ou sinal veio da parte de Raul. Ali ficaram assim durante os trinta minutos permitidos da visita, e nada aconteceu! Raul continuava imóvel.

A visita foi desalentadora. Pensativas, as duas mulheres fecharam-se e as lágrimas corriam pelas faces. Mas, ao entrar no automóvel para voltarem para casa, Madalena enxugou os olhos e disse à mãe:

— Mãe! Nada de choros, de lamúrias. Ele com certeza vai acordar e ficar bom. O meu pai não é homem de se deixar abater por qualquer indisposição. A senhora não ouviu a médica dizer que ele estava sob efeito de sedativos?... Então, pronto! Por que havemos nós de nos lamentar antes de sabermos do estado real em que ele se encontra? Por isso é melhor nos acostumarmos à situação e esperar melhores dias! — rosnou Madalena.

— Pois sim, é muito fácil dizer isso. Já imaginaste se o teu pai fica paralítico numa cadeira de rodas ou morre? Em que situação nós ficamos? — disse a mãe continuando a limpar as lágrimas, enquanto o carro rolava pelas avenidas de São Paulo.

— Mãe! Em qualquer caso, se o pai não puder governar a vida, já lhe disse que eu tomo conta dos negócios dele! Não afirmei isso já? Então, pronto! Não vamos ficar dia e noite pensando nisso! Haveremos de nos arrumar! Quem garante sou eu! — disse a filha muito senhora de si.

A mãe pensativa calou-se. Depois de alguns segundos, como se tivesse acordado para o que a filha lhe dissera, observou:

— Mas você já tem algum plano pré-estudado para a resolução dos nossos problemas, hein, Madalena?

— Não, por quê? É preciso preconceber planos mirabolantes para substituir alguém que, por coincidência do destino, deixou, de um instante para o outro, de exercer suas funções como chefe e arrimo de família? Acho que não, não é verdade?

— Estou estranhando você, Madalena! Pois não é? De um momento para outro, você se transformou em uma pessoa que eu jamais conheci. Nem notei durante tantos anos esse seu jeito de ser!

— Ora, mamãe, não se esqueça de que já tenho 23 anos e estou no último ano da faculdade de Direito! — exclamou Madalena, embicando o carro no portão da garagem do prédio onde residiam os Lopes.

Margarida, a filha mais nova dos Lopes, parecia inquieta com a situação do pai, sobre cuja situação a mãe lhe informara por telefone. Sentindo as duas chegarem em casa, apressou-se a ir ao seu encontro para perguntar como passava o pai.

— Não sabemos... — disse a mãe — mas os médicos dizem que está tudo sob controle. Não chegamos a falar com ele porque estava sedado. Cremos, no entanto que está bem! — acrescentou a mãe.

As visitas a doentes da UTI começavam às 15h30 e terminavam uma hora depois. Conversaram, almoçaram e, na parte da tarde, foram as três ao hospital ver como estava a saúde do pai.

Raul tinha-se recuperado dos efeitos das drogas e, apesar de um pouco tonto, estava lúcido, lembrava-se de tudo. Mesmo com tubos nos braços, no rosto e pelo nariz, disse que se sentia bem. Não se queixava de dor. Dizia que estava bom e contava sair logo do hospital porque o seu problema foi só uma ameaça de enfarto. Os médicos ainda estavam examinando o estrago do sintoma e, no máximo no outro dia, já teriam a resposta para o seu caso.

A família saiu bastante satisfeita com o otimismo do pai e, em especial, com o quadro da sua doença. Dona Lurdes deixara de chorar e, conformada, até já admitia que Madalena tocasse a empresa da família. Mesmo porque não acreditava num pronto restabelecimento do marido. Tinha as suas razões para se convencer de que o marido, que sempre fora um homem saudável, não se deixaria abater com uma simples ameaça de enfarto. Em razão disso, poderia aceitar a filha como sua coadjuvante nos negócios, aliviando dessa maneira a pesada carga horária do pai, assim como as suas preocupações constantes com os seus negócios.

De fato, Raul, homem já nos seus 50 anos de idade, jamais tivera problemas graves de saúde. Sequer havia consultado um médico. Portava-se sempre bem disposto e elegante, com sua elevada estatura de 1,85 metros, seus 80 quilos, sem ser magro nem gordo, cabelos pretos um pouco grisalhos nas têmperas, compondo um belo exemplar do sexo masculino.

O aviso de uma doença mais grave fora-lhe dado pelo susto que sofrera naquela quase fatídica madrugada. Mas já na segunda visita da família, ele pode concluir, pelo que lhe revelara o médico, que logo, logo, estaria em casa. Na verdade, já na primeira conversa, o médico que lhe prestara os primeiros socorros dissera que ele teria de ficar mais alguns dias em observação, mas que seu estado clínico, até ali, era bom. Seria preciso, no entanto, submeter-se a mais alguns exames, como, por exemplo, um cateterismo, para posteriores avaliações. Aliás, esta situação foi depois comunicada à família, reunida à cabeceira do paciente que, neste momento, já estava lúcido.

Raul permaneceu internado. Para um homem ativo e resoluto, um dia no hospital parecia-lhe um ano. Além disso, havia as comidas insossas do hospital, os banhos de bacia que mal e mal lhe lavavam as partes pudendas. Pensava ele que não estava assim tão mal que fosse necessário fazerem-lhe as suas limpezas íntimas daquela maneira tão rudimentar. Mas tinha que se submeter às exigências dos médicos, uma das quais era a de que os pacientes não fizessem qualquer esforço físico. Os enfermeiros é quem deveriam proceder à limpeza dos doentes e deixá-los em condições higiênicas para os médicos procederem aos exames necessários. Estava programado para Raul fazer no dia seguinte um cateterismo a fim de os médicos diagnosticarem os efeitos daquela ameaça de enfarto e poder reduzir os riscos posteriores à internação.

Às cinco horas da manhã, foram escaladas duas enfermeiras, Marlene e Maria Francisca, para preparar Raul Lopes. Marlene era uma mulher de uns trinta anos, morena alta de olhos verdes, cabelos compridos pretos e lisos, corpo esguio, seios e pernas perfeitas, uma mulheraça. Maria Francisca, por sua vez, era dessas mulheres comuns, sem atrativo, mas fofoqueira que só ela! De tudo tirava sarro e virava a boca para o lado para não mostrar seus dentes podres e rir na cara dos pacientes, de quem ela costumava galhofar e cascalhar na frente deles.

— Sr. Raul. — chamou Marlene mansamente — O senhor está acordado? Viemos preparar o senhor para fazer um cateterismo, como ordenou o Dr. João. Podemos começar?

— Puxa vida! Mas isto são horas de acordar uma pessoa para entrar na faca e fazer exames! Não poderia ser mais tarde um pouquinho, não?

— Oh, senhor Raul, são seis horas e parece que tem mais

pessoas para fazer o mesmo tratamento do senhor! Infelizmente temos de acordá-lo. É contra a nossa vontade, mas são ordens, o senhor entende?

— Bem! Se for assim, vamos lá, podem começar!...

Marlene tirou o lençol que cobria Raul e com uma gilete começou a cortar-lhe os pelos do púbis, perto das virilhas, enquanto falava para Maria Francisca lavar o corpo dele. Falando entre dentes, em linguagem de mulheres gozadoras, e de modo que Raul não entendesse, Marlene disse, sorrindo, para Francisca:

— Que bela suruba, olha só o tamanho, pena que esteja mole!

— Oh, Marlene! O homem estava dormindo. Querias que ele, doente como está, estivesse de pinto duro? — respondeu a outra, também galhofando como Marlene.

Uns quarenta e cinco minutos depois de as duas mulheres o limparem, o paciente ficou em condições de se submeter à pequena cirurgia programada pelos médicos para as oito horas da manhã. O cateterismo, que não causou surpresa, revelou algumas pequenas veias entupidas, mas não seria necessário fazer operação. Com cuidado na alimentação, alguns remédios e exercícios físicos moderados, o industrial poderia viver uma vida saudável.

Raul ficou mais um dia na UTI, mas já podendo se levantar da cama. Era mais por um pouco de repouso porque, já no outro dia, subiria para um apartamento do hospital para, em seguida, receber alta.

No outro dia, pelas seis da manhã, lá estava a enfermeira Marlene para ajudar Raul a tomar banho. Agora deveria usar o chuveiro porque já se encontrava em condições físicas de tomar um banho verdadeiro e não precisava se submeter àquelas lavagens com panos e bacias que não lavavam nada.

Ao acordar pela manhã, logo cedinho, Raul viu aqueles olhos verdes, emoldurados num rosto moreno e ovalado sob uma cabeleira cor de azeviche, cujo encantamento enternecido mais lhe parecia um sonho do que o internamento num hospital.

— Levante-se, seu preguiçoso! Levante-se para tomar um banho e depois subir para o apartamento! — disse a enfermeira, alegre e brincando com o paciente. — Eu o ajudo, está bom!

— Oh, não precisa! Daqui ao banheiro são dois passos. Acho que tenho forças pelo menos para dar dois passos até o banheiro! Ou não tenho?

— Não senhor! Sou responsável aqui e Deus me livre se acontecer de você escorregar e cair. O que vou dizer ao médico, hein? Você se levanta e o amparo até ao banheiro, está bem?

— Se você tem de fazer isso como obrigação, está bem! Mas acho que tenho forças para chegar até o banheiro sozinho! — exclamou Raul gracejando.

— Vá, levante-se e ampare-se ao meu ombro. — Quando Marlene viu sair da cama aquele homem grandalhão, gracejou:

— Será que aguento? Você é muito grande, pensei que fosse menor! Vá, segure-se no meu ombro e vamos para debaixo do chuveiro que a água já esta quentinha...

Encostado naquela morena bonita e esguia, de olhos verdes e lábios carnudos, abraçando-a pela cintura e ela também o abraçando, foram juntinhos andando até ao banheiro. A torneira aberta deixava passar uma forte torrente da água morna e Raul, junto com ela, entrou debaixo do chuveiro. Ela ria enquanto apanhava o sabonete e o ensaboava pelas costas e as pernas, na parte de trás, passando em seguida para frente, ensaboando lhe os órgãos genitais e o umbigo. Rindo e conversando, Marlene dizia com sarcasmo e gozação:

— Deixa lavar isto bem porque já deve estar enferrujado por falta de uso. Mas, se Deus quiser, logo, logo, você irá usá-lo porque é mal empregado deixá-lo assim posto de lado como está, uma coisa linda destas! Você não acha? — disse Marlene, rindo zombeteiramente.

— Você acha que ele é bonito, hein?

— Nunca ninguém disse isso a você?

— Claro que sim. Mas se eu estivesse bem de saúde, com certeza que você não ficaria brincando com essas coisas, não é verdade?

— Olha, olha, não é que ele quer ficar em pé! — exclamou a enfermeira, provocando a ereção em Raul, mas dele se afastando.

— Pois é! Você fica brincando, dizendo que ele está morto, mas cai fora. É capaz de ir por aí apregoando que tem aqui um doente tarado que a quer violentar! Não é verdade? Olha lá, diz o ditado: se quer brincadeiras, tem de aguentar a piaba, entendeu! Ou quer que explique melhor?!

— É melhor não brincarmos com coisas sérias porque podemos nos machucar. — arrematou Marlene querendo por um ponto final naquela conversa. Em seguida, acrescentou:

— Quando você ficar bom, podemos nos entender, mas fora daqui do meu trabalho. Gostei de te conhecer, sabe disso? — disse

Marlene, com uma voz alegremente doce.

— Então, deixe-me aí o seu telefone para, quando sair daqui, eu ir te procurar, está bom? — Pediu Raul humildemente, mostrando-se grato pelos minutos agradáveis.

— Também gostei muito de você ! Por falar nisso, o que é que você faz na vida? Ou melhor, qual é a sua profissão?

— Sou industrial. — respondeu Raul.

— Aqui mesmo na cidade ou no interior?

— Aqui em São Paulo.

— Então você é rico, não é?

— Nem por isso, dá para ir vivendo. — motejou Raul.

— Vou trazer meu telefone, mas é para você me telefonar, ouviu?

— E o teu marido? — indagou Raul, meio desconfiado, depois de observar a aliança no dedo da enfermeira.

— O meu marido! Aquele bola-murcha só pensa em trabalhar. Não está com nada, se você quer saber!

— Se é assim, dá-me o seu telefone agora, certo? A propósito, qual é a ocupação do seu marido?

— O Jorge é militar, sargento. Mas dele eu não tenho medo, tenho receio é do Waldemar!

— E quem é o Waldemar?

— O Waldemar é o capitão do batalhão dele. É um galho meu.

— Seu amante?

— Mais ou menos.

— E o seu marido sabe desse seu galho? — Perguntou Raul, com certa admiração.

— Está farto de saber!

— E ele não diz nada?

— Que remédio! Ele é brocha, não faz nada! Eu tenho que me virar, o que você acha?

— Porra, que confusão dos diabos! E os filhos?

— Os filhos são o X do problema! Por causa deles é que eu estou com o Jorge. Se não tivesse filhos, já o tinha deixado há muito tempo.

— E o telefone? Vai deixá-lo aí para mim ou não ?

— Vou trazê-lo num bilhete escrito para você. Agora, deixa-me ir porque daqui a pouco já vêm à minha procura, estou demorando muito tempo. Tchau! — E deu um beijo de despedida na boca de Raul.

O doente Raul ficou boquiaberto, olhando aquela bonita bunda rebolando, redondinha e fofa, desaparecer na porta do quartinho sem nada poder fazer. Ficou no desejo, na esperança, na saudade.

IV

Sonhos mirabolantes

Aquela foi a última manhã de ilusões que Raul tivera no hospital. Sentiu-se sozinho no quarto da UTI, com uma realidade fortuita e repleta de emoções. Logo depois do almoço, foi levado para um dos quartos dos andares superiores do hospital, onde a esposa já se instalara para lhe fazer companhia. Raul, homem probo, sempre respeitou a sua esposa, até este encontro com Marlene.

À tarde, começou a receber os seus amigos que o iam visitar e desejar-lhe melhoras. O final de tarde se passou sem sonhos e sem as fantasias anteriores. Com a mudança de um quarto para outro, Raul perdera o contato com Marlene, cuja aproximação se dera por um simples acaso que o deixara intimamente ligado à profissão da excepcional Marlene.

O médico que acompanhava a evolução de sua saúde durante a sua estadia no hospital, depois de ponderar, diagnosticou que ele estava em razoáveis condições. Por isso, deu-lhe alta com as devidas recomendações e alguns remédios para tomar em casa. As coisas resolveram-se rapidamente e foram de tal forma vigiadas pela família que ele não teve tempo de procurar aquela mulher por quem se tinha deixado seduzir completamente.

Dias depois, todavia, após tomar o café numa certa manhã, avisaram-no que havia um telefonema do hospital, dizendo que precisavam falar com ele sobre sua saúde. Raul estava lendo o jornal e atendeu ao telefone. Para se certificar de que estava falando com o Raul que tinha estado na UTI do hospital, a pessoa do outro lado da linha insistia se de fato era o Sr. Raul Lopes que estava ao telefone.

— Sim, sou eu, Raul Lopes. E quem fala aí, e o que deseja?

— Oi, Raul! Não sabe quem está falando?

— Não, não sei sinceramente, não conheço a sua voz! — disse Raul meio desconfiado.

— Ah, você já me esqueceu, hein! Veja só como são os homens, esquecem rapidamente os seus amores!

— Como já esqueci se nem ao menos te conheço?

— Ah é, você não se lembra mais de mim? Até já te dei banho e conversamos bastante sobre a sua vida e você já se esqueceu, assim tão depressa de mim, hein?

— Ah, já sei quem é você! É a Marlene, a enfermeira.

— É isso aí! Sou eu mesma, estou com muitas saudades de você.

— Então, você ficou de me dar o seu telefone e desapareceu que nem fumaça. Como queria que eu me comunicasse com você?

— É, naquele dia aconteceram alguns problemas graves com outro paciente e não pude mais ir ao seu quarto, entendeu? Essa foi a razão do meu desaparecimento.

— Ah, entendi! Mas você poderia ir ao apartamento onde eu estava descansando e deixar-me ao menos o telefone! Não deixou porque não quis!

— Não, não é isso. Eu cheguei a passar lá, mas havia muita

gente no quarto e não quis atrapalhar você, compreende, não?

— Bem e agora? — interrogou Raul, ainda desconfiado.

— Agora, se você quiser anotar o meu telefone, pode anotar. É celular, viu!

— Tudo bem, mas deixe-me o número correto, está bem!

— Então anota aí, por favor... — disse Marlene, passando seu número de celular, enfatizando — Mas telefona mesmo, está certo?

— Pode ficar tranquila, vou telefonar. — concluiu Raul, esfregando as mãos, esfuziante.

Marlene despediu-se, desejando bom repouso a Raul. Ele retribuiu desejando-lhe boa tarde e prometendo lhe telefonar possivelmente no outro dia.

Marlene era uma dessas mulheres espertas demais. Não que ela tivesse se esquecido de procurar Raul para lhe dar o número de telefone, como havia prometido. Nada disso. Ela queria se certificar de tudo quanto ele lhe dissera para saber o que era verdade ou não. Por exemplo, se era industrial e rico. No fundo, ela queria saber de toda a sua vida pregressa! Por isso, quis ganhar algum tempo para fazer uma pesquisa sobre a vida dele, o seu patrimônio, sua família, etc. Colhera as informações enquanto ele estivera hospitalizado, tanto através das conversas como as que estavam no seu prontuário médico. Foi tudo muito fácil e prático e complementado pelo marido, sargento da Polícia Militar, que levantou todos os dados de Raul Lopes nos arquivos centrais da polícia. Ao concluir que eram verdadeiras as informações, foi atrás dele.

De outro lado, Raul, sob a insistência da filha mais velha, tinha-lhe passado quase toda a administração da empresa e de quase todos os seus negócios, deixando de lhe entregar apenas os negócios particulares. Ele praticamente só assinava os papéis mais importantes que ela trazia à noite para casa. Ele então ficava os dias inteiros de repouso em casa, como os médicos haviam recomendado.

Nos primeiros dias, Raul ficava em casa lendo jornais, assistindo televisão. Quase diariamente, o seu amigo Magalhães o visitava, trazendo-lhe notícias dos amigos próximos. Todavia, esta vida parada e ociosa era-lhe muito angustiante, triste e aborrecida. Ainda mais agora que Marlene insistia com ele para se encontrarem.

Numa tarde de calor, ele combinou com Magalhães para irem dar uma volta e ver os amigos. Iriam no carro do Magalhães porque dona Lurdes, com medo de lhe dar algum ataque cardíaco, não queria que ele dirigisse.

— Oh, mulher, se ainda ontem o médico me disse que não tenho nada, por que todos esses receios de eu sair com o meu carro?

— Sim, mas ele disse que você tem propensão a ser colhido de surpresa por novos ataques! — respondeu dona Lurdes, preocupada.

— E os medicamentos que estou tomando todos os dias? Não são para evitar esses espasmos! Que diabo! Se os remédios não fazem efeito nenhum, então, não os tomo, ora essa!

Aí Magalhães entrou na conversa para esclarecer:

— Nós vamos no meu carro, não há perigo nenhum, dona Lurdes! Pode ficar tranquila que cuido bem do seu marido. — disse, gracejando, Magalhães.

Os dois saíram para ver os amigos. Primeiro foram ao clube onde estava uma grande parte deles. Lá ele encontrou o Fernando Verdasca, o Luís Castro, o João Cardoso, o Ferreira, o Chico Fofoca e alguns outros aos quais confidenciou sobre a sua musa Marlene. Foi um bom pedaço da tarde com papo gostoso com um e outro. Naturalmente, todos muito preocupados com a saúde de Raul. Depois foram à residência do amigo Tavares, também um pouco acamado, sofria hipertensão, também não saia de casa. Ali se demoraram pouco tempo porque Raul queria a todo o custo que Magalhães o levasse à casa da Marlene. Magalhães já a conhecia de nome, pelas miríficas narrativas de Raul, sempre cheias de elogios à musa. Encaminharam-se para a casa de Marlene. Antes de chegar, ele pegou o celular e fez uma ligação:

— Alô, de onde fala? — perguntou Raul.

— É da casa da dona Marlene! — respondeu uma voz quase infantil.

— E dona Marlene está em casa?

— Está. Quem deseja falar com ela?

— É um amigo. Por favor, chame-a ao telefone!

— Está bem, vou chamá-la. — respondeu a voz infantil.

Passados alguns segundos, uma voz adocicada e alegre atendeu:

— Alô, é Marlene quem fala! — disse, faceira e espontaneamente.

— Oh, Marlene, que grande prazer em falar com você!

— Quem está falando, por favor?

— É o Raul, Raul Lopes do hospital, lembra-se de mim?

— Oi, Raul! Como vai? Claro que lembro, como poderia me esquecer de você, sempre tão gentil e amável!

— Vou bem, graças Deus! — exclamou Raul, com certa alegria pela voz adocicada dela.

— Onde está você? — indagou Marlene.

— Estou aqui na sua rua e pergunto: posso ver você?

— Claro! Claro que pode! Não só pode, como deve! — respondeu Marlene, com uma boa gargalhada.

— E o seu marido? Ele está aí?

— Não, está trabalhando. Só estou eu e a empregada. Pode vir sem receio nenhum.

Raul dirigiu-se à casa de Marlene que distava poucos metros. Nem foi preciso bater à porta porque ela já o estava esperando.

Muito amável, mandou-o entrar e sentar-se numa poltrona que ficava a um canto da sala, bem em frente à televisão. Conversaram sobre a saúde dele, como tinha passado, se tinha descansado o bastante, mormente se ele ainda estava em tratamento, como iam e os seus negócios, etc. Ele, sempre elogiando a sua beleza, disse com ênfase:

— Sabe que tenho tido muitas saudades de você?

— Oh, que bom, mas conhecemo-nos há tão pouco tempo, como...

— Sabe o que me deu muitas saudades? Foi aquela madrugada que você me deu banho. Aqueles momentos ficaram gravados na minha memória nitidamente. Jamais os esquecerei!

— Eu também tenho lembrado com muitas saudades de você, mas...

— Mas desencontramo-nos, não é isso? — atalhou Raul, com um embargo na garganta...

— É verdade! É isso mesmo, desencontramo-nos e os dias foram passando, passando, que nem nos demos conta, não é mesmo, Raul?

— É isso aí. — e olhando para o relógio com certo espanto, emendou — Veja você, deixei o meu amigo Magalhães aí fora esperando dentro do carro. Disse-lhe que era só uns dois minutos e já se passou mais de meia hora e ainda estou aqui.

— Mas o seu amigo está lá fora esperando você dentro do carro? Isso é muito perigoso nesta rua! Por que não o trouxe consigo? Aqui tem muito bandido e constantemente assaltam pessoas nesta rua!

— Tenho de ir embora. Outro dia virei sozinho, ou então, nos encontramos num outro lugar menos perigoso. Está bom? Se você me der licença, vou andando porque pode acontecer algum desastre ao Magalhães e não quero isso!

Despediu-se de Marlene, já quase noite, e dirigiu-se para onde Magalhães estacionara o carro e foram embora. No caminho de volta, Raul desfazia-se em dengosas narrativas e elogios sobre as qualidades e a beleza da sua musa Marlene. Quando chegou em sua casa, já noite fechada, encontrou Dona Lurdes preocupadíssima com sua demora. Passavam das 22 horas, o jantar já estava frio e dona Lurdes teve de esquentá-lo.

Depois de jantar e ver um pouco de televisão, Raul foi se deitar. Adormecera com Marlene no pensamento. De estômago cheio, vieram sonhos mirabolantes, fantásticos como nunca os tivera. Os sonhos com Marlene, repletos de festas e jantares dançantes em palácios, transbordavam de ventura e felicidade inexplicáveis, alegria e prazer de viver. Sonhou com deslumbrantes viagens em automóveis com capotas conversíveis pela velha Europa. Dormiram em castelos reais e nas pousadas mais antigas de Portugal, frequentaram restaurantes sofisticados, em Sevilha, cavalgaram em belos ginetes mouriscos, deitaram nas mais sedutoras camas, quando ele, com a mão direita, roçava o tufo negro abaixo do púbis de Marlene e, depois, sutilmente a penetrava, ouvindo suspiros de um amor estremecido de ternura. "Ai, meu amor!", dizia-lhe Marlene ofegante ao ouvido e bem baixinho, como se quisesse esconder toda a cumplicidade de um amor proibido, na alcova dos seus amores recônditos. Como se num conto de fadas, ocorriam coisas maravilhosas. Nesses curtos segundos oníricos, parecia-lhe terem-se passado mais de cem anos.

Mas eis que Raul acordou. Ainda sonolento, não dava conta do que se havia passado. Ao acordar completamente, sente a calça do pijama toda molhada. Uma sensação de frustração se apoderou dele por toda aquela irrealidade, como se vivida fosse, nesta noite mal dormida e de malograda decepção.

Nesta altura dos acontecimentos, a empresa de Raul era dirigida pela sua filha Madalena. Apesar de não ter a mesma eficácia do pai na direção da empresa, as coisas não iam tão mal.

Contudo, Raul tinha entabulado uns negócios na Argentina. Uma empresa daquele país havia se interessado, tempos atrás, em desenvolver um projeto com os produtos fabricados pela empresa de Raul, visando introduzi-los no Mercosul. O processo de formação da sociedade em que Raul estava empenhado em desenvolver atingia sua fase decisiva no momento em que ele estava fora de circulação, por recomendação dos seus médicos e advogados.

A insistência e a pressão dos argentinos eram tamanhas sobre a empresa de Raul, que tinha se tornado uma pedra no sapato da neófita Madalena. Era preciso resolver problemas, atender requisitos e providenciar a documentação necessária para a empresa desenvolver suas prementes atividades naquele país. Madalena era constantemente pressionada por telefonemas e correios eletrônicos dos pretendentes a sócios de Raul. No entanto, ela não transmitia essas informações ao pai por entender que tais problemas poderiam causar algum mal estar ao seu recente estado de saúde.

Contudo, chegou certo momento em que ela não pode mais conter a pressão, tendo em vista as ameaças dos argentinos de se deslocarem a São Paulo para resolver o assunto diretamente com Raul. Eles não acreditavam mais nas desculpas da filha, que sempre arrumava uma justificativa para não comunicar ao pai o que estava se passando com relação àquele novo empreendimento. Eles precisavam de informações urgentes, verdadeiras, concretas e precisas sobre várias questões.

Como não pudesse mais esconder a situação, certo dia ela

conversou com o pai sobre o problema, embora escamoteasse um pouco a verdade. No entanto, Raul sabia com quem estava lidando e logo observou como as coisas deveriam ter evoluído. Imediatamente, entrou em contato com seus futuros sócios. Foi aí que ficou sabendo em que pé estavam os seus negócios naquele país.

Depois de se entender com os argentinos, explicitou, de forma clara e direta, o que havia se passado com ele. Prometeu ir à Argentina para conversar sobre os negócios da empresa a ser formada com capital das duas companhias sul-americanas.

Era uma boa oportunidade para Raul se ausentar um pouco de São Paulo. Além do mais, também seria oportuno levar Marlene para um passeio inesquecível na bela Buenos Aires. Pensou como se deveria dirigir a Marlene a fim de convidá-la para esse acalentado passeio. Entretanto, divagava e não saía daquela incerteza...

Até que, numa tarde, Marlene lhe telefonou e disse que queria conversar com ele a propósito do casamento de uma sobrinha. Gostaria que ele fosse com ela a um shopping center para ajudá-la a escolher um vestido, pois seria madrinha do casamento. Ela gostaria da ajuda dele para escolher uma toalete bonita, que combinasse com a cor da sua pele, para levar a sobrinha ao altar naquele dia especial para a menina.

— Você faz esse favor para mim, Raul? — indagou Marlene, fingindo mostrar-se um pouco envergonhada ao pedir-lhe ajuda para este tipo de assunto.

— Claro! Claro! Como não? — disse ele todo solícito. — A que horas você quer que eu te pegue aí na sua casa?

— Deixa-me ver! — respondeu Marlene — Agora são duas horas da tarde! Entre 15h00 e 15h30 horas, está bom para você?

— Oh, sim! Ótimo. Às 15h30, estarei aí na esquina da sua rua para lhe pegar! Certo?

— Estou esperando! Tchau!...

— Combinado!

Às 15h30, estava lá Raul esperando pela sua musa Marlene sob a sombra de uma grande seringueira de frondosa ramagem que ficava na esquina da rua dela. Era o segundo encontro entre os dois depois da internação de Raul. O dia estava abrasador. Um sol muito brilhante, das três e meia da tarde, tremeluzia, deixando o asfalto quase derretido. As ruas estavam desertas. Nem uma viva alma e até as pequenas plantas adustas da beira da calçada pareciam morrer de falta de água nesta tarde ensolarada.

Marlene aproximou-se lentamente do carro de Raul. Deu uma olhadela para um e outro lado e, como não observou ninguém a olhá-la, abriu bruscamente a porta do carro e entrou de supetão. Afugentada, aninhou-se na parte de trás do automóvel, como a se esconder de alguém. Raul saiu de mansinho com o carro, para não chamar atenção de alguém. Já bem distante da rua dela, indagou:

— Por que você se sentou aí no banco traseiro do carro, meu amor?

— Você sabe que sou casada, não sabe?

— Sei. E daí?

— Daí é que eu não quero que todo o mundo fique sabendo dos nossos encontros! É só isso, entendeu?

— Mas você não disse que o seu marido não se importa? E

que ele não funcionava mais?

— Sim, disse isso, e é verdade! Mas quase todos aqui na rua sabem do meu caso com o Waldemar! Entendeu agora por que entrei assim tão de repente?

— Ah! Entendi, você não tem medo do seu marido, mas tem medo do Waldemar, não é isso?

— É isso aí! O Waldemar é que é o maior problema. E não queria que todo o mundo ficasse falando de mim aqui no pedaço, percebeu?

— Ah, entendi.

— Você sabe quem é o Waldemar, não sabe?

— Sim, sei. É o comandante do batalhão onde o seu marido trabalha, não é? Mas agora você poderia passar para o banco da frente, ou não quer?

— Lógico que quero! Quem é que não gostaria de se sentar do lado de um homem charmoso e rico como você?

Raul então parou o carro para Marlene passar para o banco da frente. Ele sentia agora uma sensação estranha de posse, sem que a tivesse possuído. O carro deslizava pelas largas avenidas de São Paulo a caminho do shopping. Estavam justamente no fim da Avenida Nove de Julho. Era só virar à direita, pegar a Avenida Faria Lima, fazer o contorno na frente e estariam no Shopping Iguatemi. Naquela tarde, as lojas estavam completamente vazias. Marlene era cliente de uma loja de modas do piso intermediário. No entanto, não quis ir logo à sua loja preferida. Iria primeiro dar umas voltas para ver outras vitrines e fazer algumas comparações. Viu, analisou, experimentou. Consultou Raul sobre vários modelos de vestidos, pedindo sua aprovação. Vez por outra, ele dava a sua opinião, expondo o seu gosto sobre as roupas que Marlene vestia em seu corpo moreno, esguio e elegante.

Por fim foi à sua loja preferida, Montblanc. Lá encontrou o que pensava há muito tempo em comprar. Era um vestido verde opalina clarinho, de um tecido muito fino e um modelo justo em seu corpo, que a deixava numa elegância seleta e esnobe, fora de série.

— O que você acha deste vestido? — perguntou ela a Raul, com um sorriso de satisfação, sensualidade e alegria no rosto.

— Muito bonito. Bom gosto o seu. E digo mais, essa cor e esse modelo combinam maravilhosamente com a sua pele! Você fica estonteantemente bem com esse vestido, se quer saber!

— Você acha? Há sinceridade nas suas palavras ou é só para me agradar? — interrogou Marlene, um pouco corada.

— Sinceramente! Você fica linda com esse vestido, simplesmente maravilhoso! — Exclamou Raul, desvanecido com a beleza de Marlene.

— Então vou levar este! Pela primeira vez alguém faz elogios a alguma coisa que compro para vestir! — disse Marlene com um belo sorriso nos lábios rubros.

— Marlene ameaçara pagar a conta, mas Raul antecipou-se, tirou o seu cartão de crédito da carteira e disse à caixa:

— Debite nesta conta, por favor!

— Oh, Raul, eu pedi para você vir comigo para me ajudar a escolher o vestido, mas não para pagar!

— Ora, Marlene, deixe disso! Faço questão de oferecer esse

pequeno presente a você como prova de meu carinho.

Chegando-se mais perto do ouvido dela, discretamente disse:

— E do meu amor!

— Está bem! Fico devendo este presentão a você, certo?

— Imagina! Não me deve nada. A sua companhia paga tudo isto! — Depois de terminada as compras, Raul perguntou:

— E agora, para onde vamos?

— Não sei! Você tem algum lugar de preferência? — Respondeu Marlene.

— Bem, na verdade tenho. Resta saber se você quer ir para esse lugar!

— Onde é? — indagou Marlene maliciosamente.

— É um lugar encantador, romântico e solitário, só para dois amantes!

— Posso lhe perguntar o que há de romântico nesse tal lugar?

Encostando seu seio macio ao braço de Raul, ao mesmo tempo em que lhe dava um beijo no rosto cheiroso e bem barbeado, indagou:

— E quando chegamos a esse tal lugar?

— Quando chegarmos a esse lugar eu lhe direi. Mas pode acreditar que é um lugar encantador. — disse Raul, retribuindo o beijo de Marlene.

Vinte minutos depois estavam num luxuoso e confortável motel. Era um apartamento com piscina de água quente, cheio de espelhos, inclusive no teto, uma bonita e larga cama de casal. Era o que de melhor havia em termos de conforto em toda a

São Paulo. O assoalho estava coberto com alfombras fofas de lã pintada em um tom verde escuro, lindo! Apetecia jogar-se ao chão e ali se deitar e ficar olhando o espelho do teto cerúleo, cheio de estrelinhas, como se fosse um céu natural e fascinante. Marlene mal entrou nos recônditos aposentos e jogou-se em cima da cama, puxando Raul consigo, e exclamou baixinho ao seu ouvido:

— Ah!... Há quanto tempo eu desejava este momento, meu Deus!

Ele, beijando-a com sofreguidão na boca, balbuciou:

— Eu também desejei este nosso encontro desde a primeira hora em que te conheci. Você não calcula com que volúpia e sofreguidão sonhei com este momento!

Mulher experiente em assuntos de sexo, Marlene foi desabotoando a camisa de Raul, assim como ele à blusa dela. Ambos de tronco nu roçavam-se simultaneamente um no outro, eriçando-se numa volúpia concupiscente. O restante das vestes dos dois era atirado para cima dos móveis estouvadamente, ficando os dois completamente nus. Sufocados por um beijo profundo e louco de desejo, ofegantes foram ajeitando os corpos. Quando ela abriu suas lindas e roliças coxas, Raul, sem esforço, foi penetrando o pênis duro e avantajado na vagina úmida de Marlene. Como se cavalgassem em fogoso corcel, um em cima do outro, seus corpos movimentavam-se bem cadenciados, ele chupando os mamilos de Marlene e penetrando-a, e ela beijando seus cabelos grisalhos. O deleite se intensificava, com movimentos mais rápidos, os dois em êxtase crescente, como se devorassem um ao outro. Assim seguiram, cada vez mais enlouquecidos, até o estado absoluto da excitação sexual com seu gozo luxuriante e lascivo. Ofegantes, os dois amantes lentamente voltaram de seus sonhos lúbricos e inebriantes, relaxando seus músculos. Quedaram-se exaustos, estirados na larga cama do quarto do motel, cujos espelhos refletiam seus corpos desnudos.

Aqueles poucos instantes, no máximo uns dez minutos, proporcionavam ao casal refletir sobre a natureza da felicidade, do que esta era feita, quando dois entes se amavam. Raul vinha encontrar-se com Marlene visando somente saciar prazeres e desejos de busca de uma fêmea diferente e ocasional, numa conquista diversa daquela que tinha em casa. Já Marlene, diferente de Raul, vinha para agradar o macho com intenções muito distintas das dele. Visava ela o dinheiro para satisfazer seu ego e mostrar para as outras “fêmeas”, amigas ou não, o seu poder de sedução e de ostentação. Teria acesso as mais belas e elegantes roupas, de grifes da última moda, e poderia demonstrar a vaidade de uma mulher bonita e sensual capaz de, pelo sexo, impressionar qualquer homem.

V

E se tivesse batido com as dez?

Raul confidenciara a seu amigo João Magalhães, durante o primeiro jantar que ambos privaram sozinhos depois da internação, a sua primeira aventura com Marlene. Entretanto, Magalhães, querendo aconselhá-lo como se a um irmão, chamava-lhe a atenção para o rolo em que ele estava se metendo, com aquela nova experiência sexual. Tinha certeza tratar-se de uma aventura temerária e de alto risco para a vida conjugal e profissional do amigo. Então, Raul, encolerizado, respondeu:

— Você quer saber de uma coisa? Quero que se exploda! Quero é viver o resto da minha vida! Aproveitar aquilo que não aproveitei enquanto era moço e o resto que se lixe! Se der galho no fim, não estou nem aí para o azar! Se for isso o que você deseja saber!

— Sim. Na verdade, eu entendo a tua posição. — respondeu Magalhães, com certo ar de preocupação e pessimismo. — Mas pergunto eu: Como fica a tua família, dona Lurdes, as tuas filhas, se acontecer alguma coisa além da conta contigo? Como é que você vai sair dessa?

— Elas que se virem! As filhas já são maiores de idade e vacinadas; a fábrica está funcionando mais ou menos e, sobretudo, Lurdes fica uma viúva ainda nova e rica que pode se casar com algum pilantra aproveitador para usufruir do meu trabalho! Ora bolas, aí tens tu um raio-X de corpo inteiro da minha situação ou queres mais? — interrogou Raul.

— Não estou pensando na tua morte, pelo o amor de Deus, homem! Não se trata disso! Estou pensando é numa paixão desenfreada tua para com essa mulher que, pelo jeito das tuas palavras, é uma coisa do outro mundo! E, às vezes, fico cismando com os meus botões numa ruptura do teu casamento. Oh, Raul, vê bem o que te pode acontecer, homem!

— E daí! — retrucou Raul despreocupado — Não seria eu o primeiro e, se calhar, também não seria o último a trocar de mulher! Ora essa!...

— Meu Deus! Isso seria um desgosto enorme para a tua família e, ademais, com as tuas filhas já em idade da casar, seria um desastre para todos. — ponderou Magalhães, tomando o último gole de cerveja gelada.

— E se eu tivesse batido com as dez quando sofri aquele mal súbito de que fui acometido da última vez que jantamos? Cá ficava tudo e eu é que me fornicava todo, não é verdade? Oh, Magalhães, precisas olhar um pouco para o meu lado, amigo. Afinal, és meu amigo ou não és?

— Sim, sou teu amigo, e leal, mas tudo tem um limite porque tu pareces que perdes-te a cabeça. Só tens olhos para essa mulher. De certa forma, entendo que estás errado. No entanto, tu és quem sabes da tua vida, não é verdade? Falaste aí que se tivesses morrido cá ficava tudo. Isso é outro assunto, contra a morte ninguém pode fazer nada. Aí não há que dar satisfações à sociedade e a ninguém, não é isso!

— Então, só porque estou aproveitando um pouco da minha vida, entendes tu que me vão censurar por causa disso? Que diabo de sociedade é esta em que nós vivemos? Que raio de mundo cão é este em que estamos, que não podemos desfrutar de alguns dos prazeres da vida que se nos oferece? Será que não tenho direito a ter alguma satisfação na vida, oh Magalhães?

— Bem, bem! Estou observando que estás levando o caso para outro lado. De maneira nenhuma te quero censurar por te envolveres com essa mulher. Só entendo que essa aventura pode trazer-te problemas futuros, tanto para ti, como para a tua família, é só isso, entendeste bem a minha preocupação? E, naturalmente como amigo teu e de tua família, que muito estimo, tenho obrigação de te alertar sobre essa aventura, entendes-me ou não?

— Oh, Magalhães! Sei da tua lealdade e amizade para comigo e minha família, por isso dou-te ouvidos e escuto tua opinião sobre esse assunto. E até compartilho contigo este novo momento da minha vida! E, porque não dizer, deste romance. Contudo, quero pedir-te segredo sobre este meu envolvimento e, como tu dizes, não quero dar desgostos nem a minha mulher nem as minhas filhas. Por isso, mais uma vez te peço para não dizeres nada, absolutamente nada, desta nossa conversa a ninguém, está entendido?

Magalhães, fixando seu olhar no fundo dos olhos do amigo, observou:

— Raul, sou teu amigo e como tal te indago: onde diabo estás tu com a cabeça? Então, tu queres que guarde segredo de uma coisa que todo o mundo da nossa comunidade já sabe? Como posso guardar segredo de um fato que está na boca do povo, homem?

— E quem espalhou isso na nossa comunidade, pergunto eu?

— Tu, tu mesmo espalhaste aí por toda comunidade!

— Eu? Eu é que espalhei isso pela comunidade? Deixa-te de tretas, Magalhães. Não disse nada disso a ninguém!

— Ora essa? Então tu não te lembras quando estiveste no clube e falaste aos quatro ventos para quem quisesse ouvir que ias ver a tua musa encantada, bem na frente daquele regateiro do Fofoca? Repara bem para quem foste falar desse teu relacionamento amoroso. Justamente na frente daquele língua de trapo. Portanto, não podes pedir-me segredo dum fato que anda na boca do povo.

— Mas o caso já se espalhou? — Indagou Raul espantado.

— Claro! O que é que tu querias? Não era a divulgação, a propaganda, a vulgarização dos teus amores? Aí a tens!...

— Não, não queria a divulgação nem a propaganda! Foi talvez num momento de empolgação de minha parte, mas que eu quisesse a vulgarização gratuita do caso em si, isso jamais me passou pela cabeça! Agora, como vou descalçar esta bota quando essas conversas chegarem aos ouvidos da minha família?

— Homem! Arrumas uma desculpa, dizes que é mentira e pronto! Está acabado. O que podes tu fazer mais nesta altura dos acontecimentos? Nada, não é verdade?

— Bom, vou seguir o teu conselho. — disse o industrial ao amigo ao saírem do restaurante. Depois, ambos ali se despediram, cada um seguindo o caminho de casa.

Magalhães tinha Raul como o irmão e o confidente que nunca tivera. Gostava muito da amizade de Raul, como aliás de toda a sua família. Na verdade, as filhas de Raul eram como se fossem suas. Andara com elas ao colo e, desde longa data, nutria um carinho especial por todos. Dona Lurdes, então! Para ele, era como se fosse uma irmã, um anjo, e agora via aquele fogo do amigo por aquela mulher assim de repente tomar rumos quase desenfreados, a ponto de ele admitir trocar de mulher. Não, não era possível que o destino do amigo tomasse aquele rumo desordenado e temerário.

A empresa de Raul, que ele dizia ir tão bem nas mãos da filha, registrava queda forte nas vendas, consequentemente do faturamento e da produção, enquanto as despesas aumentavam. Deduzia-se que a coisa não ia assim tão bem como Raul pensava. Consoante as informações que a filha lhe transmitira, entendia o pai que os negócios iam bem.

Mas, depois de avaliar as ponderações de Magalhães, que lhe abrira os olhos sobre a situação da empresa, Raul começou a ir todas as tardes à indústria a fim de se certificar de seus negócios. Logo nos primeiros dias, quando obteve os relatórios diários, pode observar que existia uma enorme diferença entre o que realmente ocorria e o que sabia. Assim, imediatamente tomou algumas providências. Num primeiro momento, chamou a si a responsabilidade de todos os negócios, tentando colocar a empresa no caminho certo. Chamando sua filha à atenção, dizendo da obrigação de ela responder pelas consequências de seus atos, mormente dos seus subordinados, enquanto ele estivera afastado do comando da empresa, em razão da doença.

O trabalho fora redobrado para conseguir o ponto de equilíbrio entre o faturamento e as despesas da empresa. Com alguns sacrifícios, depois de alguns meses a companhia já começara a apresentar resultados positivos. Seus futuros sócios do Mercosul voltaram a confiar mais na empresa depois que Raul assumira o comando dos negócios. Tanto que marcaram uma visita às instalações da fábrica em São Paulo.

Num dos vários encontros com Marlene, Raul lhe confidenciou sobre suas negociações com os argentinos e que talvez tivesse de fazer uma viagem àquele país para muito breve. Naturalmente, não faltaram convites para ela o acompanhar e visitar a bela e badalada Buenos Aires.

Marlene, que nunca tinha andado de avião, logo ficou toda alvoroçada para ir conhecer o país sulino. Entretanto, algumas dificuldades surgiam. Para ela ir à Argentina, tinha de se ausentar de São Paulo, deixar aqui sozinho o marido e, em especial, o Waldemar, que era o nó do problema. O marido até que se dava um jeito porque aquele bola-murcha (para não dizer corno manso) não fazia grande objeção em que ela viajasse e o deixasse só com as crianças. Mas e o Waldemar? Aquele ciumento duma figa era o pior empecilho. Ele iria querer logo saber com quem ela ia, quem eram as companhias, como conseguira assim sem mais nem menos uma passagem de avião e uma estadia de oito dias num hotel de cinco estrelas em Buenos Aires! Quem financiava tudo isso? Como conseguira ela essas mordomias? Quais eram as suas companhias ultimamente para aparecer vestida com tão belas roupas de grife? Principalmente, aquele lindo vestido que ela estreou no dia do casamento da sobrinha! Ademais, já chegara aos ouvidos de Waldemar que a viram pegar um automóvel de luxo (não souberam informar a marca) parado à sombra da frondosa seringueira da esquina da rua dela. Waldemar, já por duas ou três vezes, a inquirira sobre suas extravagâncias, indagando, com certa dúvida, onde diabo ela arrumava o dinheiro para adquirir estes luxos e coisas caras! E não ficava só na inquirição, não! Ameaçava-a de lhe dar uns tabefes se soubesse que ela o enganava, pois, como ele presumia, talvez ela tivesse outro namorado. Mas ele lhe dizia que, com ele, o procedimento era diferente daquele que ela tinha com o marido. Se ele soubesse de alguma traição, ela podia contar que levava uma surra de cavalo-marinho como ela nunca tinha apanhado! Assim disse ele, certo dia em que os dois discutiram feio, quando estavam nus na cama de casal de Marlene e Jorge. Ao que ela retrucou:

— Você não é meu marido para mandar em mim, se quer saber!

— Se eu fosse teu marido, não deixava você andar com más companhias como você anda, está ouvindo? Porque, se andasse como anda, com certeza levaria muita bordoada! — exclamou o capitão Waldemar, fora de si.

— Sabe de uma coisa? Qualquer dia desses deixo você, o Jorge, pego os meus filhos e vou-me embora! Tá bom? E chega de aporrinhações, não aguento mais! Você só quer é trepar e trepar! E nem é capaz de me dar uma roupa. Antigamente, às vezes você ainda me oferecia uns trapos baratos para eu vestir! Se você quer saber, eu não suporto mais tanto descaso e tanta prestação de contas! Está bom?

Waldemar estava sentado na cama. Sentado ficou. Seu olhar esgazeado fixou-se naquela mulher rebelde, outrora tão dócil e meiga para com ele. Agora, de um momento para outro, se revoltava por tudo e por nada! Alguma anormalidade estava acontecendo. Não, não era possível, aquilo não era normal. Com certeza tinha acontecido algum fato novo para Marlene mudar assim de repente os seus modos. Era óbvio que alguma coisa mudara. Ele precisava averiguar, era preciso conferir e descobrir o que estaria por detrás de tudo isto! Pensativo, cabisbaixo, vestiu-se calmamente e saiu porta afora, sem ao menos lhe dizer até logo.

A princípio, Marlene evitava falar com Raul, ao telefone, na frente dos filhos dela, da empregada Valdilene ou de outras pessoas. Estes cuidados ela os tinha porque sabia que Waldemar tinha um ciúme doentio por ela. Todavia, depois da briga com Waldemar, sem se ater a esses cuidados, Marlene correu logo para o telefone para dizer a Raul sobre a violenta discussão havida entre ela e o capitão.

Raul também não desejava que os seus novos amores ultrapassassem a ombreira da porta do motel, onde ambos costumavam matar os seus prazeres luxuriantes. Por isso, não ficou eufórico com aquela notícia da briga de Marlene com o Waldemar, pois era como ele conhecia o amante de Marlene.

— De onde você está telefonando, Marlene? — Indagou Raul.

— Da minha casa. Por quê?

— Você tem extensão em casa?

— Tenho no meu quarto! — Respondeu Marlene despreocupada.

— E ninguém está escutando a nossa conversa? — Inquiriu Raul, com voz preocupada.

— Não, porque a empregada foi fazer compras e os meus filhos estão na escola. Estou sozinha em casa! Por isso, não há possibilidade de alguém escutar as nossas conversas, entende Raul!

— Marlene! Não quero que ninguém saiba das nossas relações amorosas, percebeu?

— Eu também não quero que o nosso amor fique na boca do mundo, gostaria de preservar este segredo só para nós dois. De mais a mais, sou mulher e tenho de me resguardar. Agora você, como homem, nada lhe fica mal. Por isso, não sei por que está com tanto medo.

— Não é medo! Quero que compreenda! Em primeiro lugar, é porque você é casada. Segundo, você tem um amante que é oficial da Polícia Militar. Terceiro, seus dois filhos não devem saber que você tem mais um amante. É só isso!

— Oh, Raul! Parece que você é do tempo em que os namorados mandavam flores! Os tempos hoje são outros. Hoje, ninguém está reparando para isso, homem!

— Bem, seja como for, não quero ver o meu nome envolvido aí num triângulo amoroso em uma manchete de jornal, você compreende, não?

— Bem, sendo assim vou tomar cuidado. Pode ficar tranquilo, ninguém saberá do nosso amor, meu querido! Por mim, ninguém ficará sabendo.

— Você sabe! Também tenho família e seria desagradável se as minhas filhas soubessem dessa situação através de jornais ou noticiários de televisão, não acha?

— Pode ficar tranquilo. Irei tomar mais cuidado com nosso amor porque eu te amo muito, meu amor. — Despedindo-se de Raul, desligou o telefone, e pensou que Raul tinha razão porque Waldemar poderia aprontar alguma maldade para cima dele.

Raul também ficou preocupado com o rumo que o triângulo amoroso tomara. Não era que a danada daquela mulher nem se dava ao trabalho de encobrir os seus amores clandestinos? Ora, onde já se viu uma coisa dessas, hein! Pois, sabendo ela como era ciumento o capitão Waldemar, assim mesmo a mulher fazia questão de que todo mundo soubesse das suas relações amorosas com ele. Era o diabo! Que irresponsabilidade esta de Marlene! Valha-me Deus! E se o Waldemar ficar sabendo que ela andava com outro homem? Como iria ela descalçar essa bota, pensava Raul. Neste solilóquio, perturbou-se, pensando sobre um futuro complicado para si e para sua família se acaso aquele imbróglio em que se metera viesse a ser descoberto, como alvitrara o seu amigo Magalhães.

Naquele mesmo dia, telefonou para o Magalhães querendo ir jantar com ele porque tinha um assunto muito importante para discutir e resolver. Gostaria que Magalhães o ajudasse. Combinaram lugar e hora onde se deveriam encontrar.

Contudo, de tarde, Marlene telefonou-lhe, pedindo-lhe para ele ir levá-la ao hospital onde ela trabalhava. Queria conversar com ele sobre o romance de ambos. Raul inventou uma desculpa para não levá-la. Porém, ela alegou a falta de apoio dele quando ela mais precisava, a sua falta de carinho, a sua omissão e a percepção dela de que ele estava querendo fugir. Chorou ao telefone, deu uma série de desculpas, inclusive de uma grande depressão e dizia que era uma infeliz, uma carente. Tanto reclamou que ele resolveu levá-la. Durante o trajeto até o hospital, foi desfiando um rosário de queixumes, desgostos e infelicidades que deixou Raul perplexo, sem saber onde ela fora buscar tanta desgraça ao mesmo tempo. Era falta de dinheiro, de amor, de carinho, de atenção? Com tanta queixa e infortúnio, Raul chegou a temer e a ter dó da mulher, a ponto de se condoer pela saúde de Marlene. Estaria ela sofrendo tanto assim? Seriam reais aqueles relatos de angústias? Não, não poderia ser verdade! Pelo menos em relação a dinheiro não era verdade! Pois, não tinha ele naquela mesma semana lhe dado mil reais para ela fazer compras? Que lhe faltasse amor ou carinho até admitia! Mas falta de dinheiro não era possível. Com certeza Marlene fingia. Não era verdade o que dizia, o que ela queria era extorquir dinheiro, amor e carinho. Não, também não era possível que aquela mulher bonita e gostosa fosse carente de amor. Por outro lado, não seria de duvidar que não houvesse um fundo de verdade no que ela dizia. Afinal de contas, ela tinha três machos à sua volta, mas no fundo, no fundo, talvez nenhum lhe dedicasse total afeto e amor que ela carecia e ansiava. Estes pensamentos levaram Raul a cogitar que, quiçá, Marlene tivesse razão em evocar seus anseios e desejos de um grande amor.

Pensando melhor nas súplicas dela, de tê-lo como segundo amante, ele concentrou-se na conversa de Marlene durante o trajeto de volta para o restaurante onde o amigo o esperava. Já passavam das oito horas quando chegou para o jantar. Magalhães, quando o viu, exclamou:

— Arre, que já não te esperava! Olha, já emborquei quase uma garrafa de vinho. Mas também não vou tomar mais, se quiseres tomar vinho, pede outra garrafa só para ti, está bom?

— Vou beber um vinho também... — e, voltando-se para o amigo, disse:

— Qual é o jantar? Já escolheste o prato principal?

— Peixe ao forno com batatas à soutté. — respondeu Magalhães

— Um Alvarinho branco vai bem, não?

— Ora se vai! Desce que nem uma luva. — respondeu o amigo. Chamou o garçom e disse-lhe:

— Olhe, quero um Alvarinho branco geladinho, certo?

— O senhor quer agora ou quando vier o peixe?

— Agora mesmo! E traga dois copos bem limpos, ouviu?

— O.K., é pra já. — O garçom saiu enquanto os amigos ficaram conversando.

Raul entrou na conversa, queixando-se do que se tinha passado à tarde com a amante. Disse ter ficado contrariado um pouco com o rumo que os seus amores estavam seguindo, com Marlene se lamuriando por causa de dinheiro, por falta de atenção e com uma porção de assuntos. Era tanta coisa que nem sabia como começar a conversa. Cheirava-lhe mal a abordagem de certas conversas e cenas que ela pintara, queixando-se do Waldemar, do próprio marido e, por tabela, dele também. No seu modo de entender, ela não tinha razão nenhuma de acusá-lo porque ainda havia bem poucos dias lhe dera um dinheiro gordo para ela comprar roupas, cremes, perfumes estrangeiros, etc.

— E ela ainda exige mais coisas de ti? — indagou Magalhães espantado.

— Bem, de mim ela não exigiu nada claramente, mas deu a entender de ter dificuldades nos seus relacionamentos amorosos, logo por tabela eu entrava nessa, entendes tu?

— Mas tu não tens tido relações com ela?

— Bem, talvez não seja o suficiente para ela. Sabes como é, mulher nova quer todo dia. E eu não tenho tempo e nem capacidade para isso.

— Ah, ela quer mais? — Interrogou Magalhães, com os olhos esbugalhados.

— Não, o que ela me disse, chorando, é que estava carente, mas não me disse isso frontalmente. Carente de que, sabes como é?

— Vai ver ela queria ir para o motel contigo, homem! Tu é que não percebeste as carências dela. E tu achas que ela é histérica ou é normal? — Indagou Magalhães olhando para Raul de soslaio.

— Não, ela é normal. De fato ela é um pouco fogosa, gosta muito que lhe façam carinho, mas daí a ser histérica, entendo que não. Tu sabes que não entendo muito de mulheres, nunca tive nenhuma experiência nesse sentido, então...

— Entendo, mas então do que diabo te estás queixando? Se a mulher tem falta de carinho, é hora de chegar junto e satisfazê-la, homem! Que diabo estás tu fazendo com uma mulheraça do teu lado e não lhe fazes as vontades! Para que diabo queres uma amante, pergunto eu?

— Mas a mulher tinha que ir trabalhar. Que raio! Tu não

estás prestando atenção à conversa! Pois, se fui levá-la ao hospital para o serviço, como querias que eu lhe fizesse carinho, porra?

— Escuta lá! Vamos conversar de outras coisas e deixa a mulher para lá. Quando te encontrares com ela, logo esclarecem as tuas diferenças, está bom? Vamos mudar de assunto porque esse já se esgotou, certo?

Enchendo o copo de vinho Alvarinho, Magalhães tomou um gole e, estalando de satisfação a língua no céu da boca e depois os beiços, disse:

— Este vinho está muito bom, não achas?

— Quer dizer que enches o teu copo e eu fico a olhar tu beberes e estalando os beiços? Também me saíste um bom sacana, hein! Enche aí o meu copo, cacete! — Exclamou Raul galhofando.

— Ah! Só se mandares vir outra garrafa porque esta já era!

— Então manda vir a garrafa, homem, que diabo!

O garçom trouxe outra garrafa. A conversa estendeu-se por longos momentos sobre os negócios de ambos, principalmente os da Argentina porque, no Brasil, a coisa estava preta e brava. Quando saíram do restaurante já passavam das onze horas.

Despediram-se e cada qual seguiu o caminho de sua casa. Raul chegou em casa quase meia-noite. Lurdes já estava preocupada com a demora do marido que, depois daquele mal súbito que sofrera, regressava para casa geralmente antes das dez horas.

VI
O batalhão a postos

Naquele dia em que Marlene enfrentou Waldemar, o capitão saiu da casa da amante irritadíssimo e intrigado. Porque este fato novo ficara-lhe atravessado na garganta, como se lhe tivesse dado um nó todo aquele espalhafatoso discurso e desaforos que Marlene lhe jogara na cara. Jamais ouvira isso de outra mulher.

Havia muito tempo que ele notara nas atitudes da amante certo desprezo pela sua presença. Havia uma mudança no comportamento dela em relação a ele, uma constante volubilidade radical sobre suas atitudes amorosas. Anteriormente, mal ele chegava a casa, ela pegava-lhe a mão e o conduzia carinhosamente pendurada a seu pescoço, aos beijos, para o seu quarto. Ali se trancavam os dois, permanecendo horas e horas a fio. Quando calhava de ele estar de folga, passavam ali dias inteiros recônditos, aos beijos e abraços, num assanhamento indelével, como se fossem noivos ou casadinhos de fresco.

Quantas não foram as vezes que o marido chegava em casa e ela, trancada no quarto com Waldemar, não dava a menor bola para o azar! Então, Jorge batia com os nós dos dedos na porta e ela perguntava: "Quem é?". Jorge limitava-se a indagar, como cordeirinho dócil e manso: "Você está acompanhada, Marlene?" Ela, em voz alta e soberba, respondia insolentemente e autoritária: "Você não sabe com quem estou, hein, Jorge? Que pergunta mais disparatada! Que chato, que imbecil". E, a isto, o marido dava meia volta para a cozinha. Depois, comia qualquer coisa que sobrava dos restos de ambos. Em seguida, ia para o boteco da esquina beber cerveja até cair, só chegando em casa altas horas da madrugada. Os amigos o carregavam para casa, à hora que o bar fechava e após o capitão Waldemar já ter saído da alcova da mulher.

Agora, no entanto, era Waldemar a guardar na lembrança os momentos gostosos que passava com Marlene, na divisão dos prazeres da sua cama. Tinha muitas saudades e um sentimento de perda daquele grande e insaciável idílio com Marlene. Não tinha como discernir o que teria mudado de repente naquela mulher por quem estava tão apaixonado.

Porém, sabia que alguma coisa tinha acontecido para, de uma hora para outra, Marlene ficar assim tão fria e cheia de dengos e queixas e cobranças absurdas, que ela jamais se atrevera a fazer antes. Seria possível que tivesse ela arrumado um novo amor, uma nova paixão? Teria ela arrumado algum médico ou algum homem rico como seu novo amante? E se acaso o estivesse enganando? Seria isso provável? Talvez fosse possível, sim, porque já lhe tinha chegado aos ouvidos de a virem tomar um carro de luxo algumas vezes estacionado à sombra da seringueira da esquina da avenida em que ela residia.

Mas, se por acaso fosse um novo amante, as coisas não iam ficar assim, não! Porque ele considerava-se um amante verdadeiro e exigia uma exótica fidelidade dela. Durante os cinco anos do seu amor com Marlene, jamais ele se sentira ameaçado. O seu amor era exclusivo dele, já que não considerava Jorge, o marido dela, um rival. Mesmo sendo casado e saindo volta e meia com outras mulheres, Waldemar gostava mesmo era de Marlene, considerava esse um amor casto, que não poderia ser jogado, de uma hora para outra, na lata do lixo. Não! Isso não poderia acontecer! Ele não admitiria, iria averiguar e espionar o que estaria acontecendo por detrás de tudo isto! Afinal, ele não era um pobre diabo qualquer, como o Jorge! Ele não era palhaço! Ele era capitão da gloriosa Polícia Militar de São Paulo! Não estava ali para ser desprestigiado, passado para trás, assim sem mais nem menos! Se por acaso fosse uma necessidade por causa do dinheiro, talvez a perdoasse!... Mas se fosse só para mudar de homem, para satisfazer suas necessidades libidinosas, ela iria haver-se com ele.

Se fosse preciso, Waldemar da Costa seria capaz de lhe enfiar duas ou três balas nos cornos, para ela não ser assim tão puta e sacana, a ponto de o cornear só para fornicar com outro. Se ela tivesse motivo para trocar de homem porque lhe faltava uma coisa ou outra em casa no dia a dia, tudo bem! Ele até achava justo (que era o caso dela com o pica-fria do Jorge!). Mas não era o que acontecia com ele porque, ainda naquela última vez que ambos estiveram juntos, foi ela que não quis mais e desistiu. Ele a procurou para terem relações mais uma vez, e ela não quis. Então, não havia razão para ela o trair com outro homem! Neste caso, era ser puta demais da conta, não é verdade? Interrogava-se Waldemar.

Aqueles dois dias seguintes à discussão entre Marlene e o capitão foram para ele dias de um sofrimento atroz, uma angústia que não tinha tamanho. Tanto que ele não aguentou e telefonou para ela, mas não a encontrou. Voltou a telefonar a segunda vez, mais tarde. Ao encontrá-la, disse com uma voz quase autoritária, fazendo-se de forte:

— É Waldemar quem fala! — esclareceu o capitão com uma voz grossa e inconfundível, com receio de ela o confundir com algum outro.

— Eu sei, a sua voz é inconfundível! Por que não me telefonou ontem, nem anteontem? — Disse ela.

— Você acha que eu ia telefonar depois daquela bronca que você me deu?

— Que bronca, Waldemar?

— Ah! Se você já esqueceu, eu não! — Respondeu ele.

— Oh, Waldemar! Não é verdade tudo o que lhe disse? Puxa vida! Você vem aqui em casa, come, bebe, usa a minha cama, me usa e nem tampouco um vestido você tem a coragem de me oferecer? Que diabo, você não se manca, não, Waldemar? — Disse Marlene com veemência.

— Ah! Você quer que eu te pague como se você fosse uma prostituta? É isso que você quer? Pelo que está cobrando, você queria que eu fosse aí e deixasse em cima do criado-mudo cem, duzentos ou trezentos reais pelos seus serviços sexuais? É isso que você quer, é? Sabe o que entendo em tudo isso? É que você já tem algum macho que te está dando dinheiro! É isso que estou percebendo na tua conversa, no teu modo de agir, está bom?

— Waldemar! Não admito que você fale assim comigo! E que você duvide da minha honestidade, entendeu? Há uma porção de tempo que estou contigo e você nunca me ofereceu um presente sequer, nem pelo meu aniversário, nem em alguma data significativa, nunca teve a gentileza de me dar uma simples lembrança, não é, Waldemar? Para que diabo quero um homem que nem ao menos um par de sapatos me dá no dia do meu aniversário? Hein, Waldemar? Você não acha que é muito folgado, não? — Respondeu Marlene, com a voz alterada de raiva.

— Escuta aqui, Marlene! Você sabe que o meu salário está todo comprometido com os estudos dos meus filhos, com as minhas despesas de casa, com aluguel e que não me sobra nada. Você quer que eu vá roubar? É isso que você quer?

— Waldemar, vamos acabar com esta discussão! Vem aqui em casa para nós conversarmos sobre esse assunto pessoalmente que é melhor, está bom assim? Por que pelo telefone não dá!

— Você é quem sabe! Se você entende que é melhor eu ir aí, eu vou! Certo?

— É melhor assim. — respondeu Marlene com insolência, e já cansada daquele discurso dele pelo telefone.

Ainda não eram passadas duas horas desta conversa, já lá estava o capitão Waldemar na casa de Marlene, parecendo muito submisso e cordato, e menos irreverente. Chegou meio desconfiado e arredio, como quem estava sentido pelas palavras ásperas e penetrantes de Marlene, que ainda zumbiam nos seus ouvidos. Não levantou a voz para dar um pio em resposta ao que a amante lhe jogara na cara. No entanto, as mágoas e as censuras ainda pairavam nos seus sentidos, como se aquilo que ele pensava a respeito da amante fosse uma verdade inconteste. Aliás, ninguém lhe tirava da cabeça que não havia outro homem no meio a todas aquelas fúrias de Marlene. E, o mais provável, era mesmo cheiro de homem com dinheiro, rico, a inculcar na cabeça dela algumas promessas mirabolantes para ela mudar assim tão de repente. O resto era conversa mole para boi dormir!... E, enquanto ele ainda estava ressabiado e sorumbático, ela aproximou-se dele e disse:

— Oi, meu bem, você ainda está zangado comigo, está?

Todavia, Waldemar amava muito Marlene. Humildemente, quase como se estivesse humilhado, respondeu:

— Não, o que passou, passou! — E, beijando-a na boca, indagou baixinho:

— Você está bem, meu amor? — Descontraindo-se o mais que o seu coração lhe permitia, exclamou em lágrimas:

— Você não imagina quanto tenho sofrido nestes dois últimos dias que estivemos sem nos falarmos!... Que agonia horrível, meu Deus!

Abraçados, entraram no quarto do casal. Ali ficaram o resto da tarde sozinhos e sem perturbações. Quando o capitão saiu da alcova de Marlene, já passavam das seis horas da tarde, era quase noite. Porém, as palavras ásperas ditas por Marlene ficaram-lhe tão infundidas em seu espírito que, a bem dizer, eram como se fossem punhaladas cortantes e doloridas em sua carne. Apesar de querer esquecê-las, não conseguia. De vez em quando aquela arenga da mulher amada surdia-lhe na memória como gritos lancinantes que o faziam estremecer de raiva e pavor ao mesmo tempo. Raiva, pela desfaçatez de ela possivelmente ter arrumado um novo amante. Pavor, pela agonia constante de perdê-la para outro homem qualquer. Esta incerteza, geralmente acompanhada de uma violência ferina, carregava no seu âmago fúrias intempestivas e rancores inolvidáveis. Nas conversas e retrospectivas intimamente suas, onde se aliavam prejulgamentos futuros do seu ser, da sua intimidade, quase sempre originavam ou recaíam uma sentença de morte horrenda para Marlene. Esta ideia de assassinato, a cada dia ganhava mais corpo e consistência no íntimo de Waldemar na medida em que ela, pelo motivo mais fútil que fosse, deixava de se comunicar com ele ou não lhe dava satisfação dos seus atos.

Então, movido pela grande desconfiança e pelos ciúmes doentios e cada dia mais possesso, ele encasquetou na sua cabeça em persegui-la a fim de averiguar se de fato ela tinha ou não outro homem! Enfim, queria pôr tudo em pratos limpos de uma vez e acabar com aquelas dúvidas doentias que o consumiam e que, cada dia mais, o desgostavam!

Depois de matutar bastante sobre uma provável traição de Marlene, e se deveria seguir ou não os seus passos, Waldemar resolveu acabar com as incertezas sobre a infidelidade da amante. Para tanto, pensou em preparar, no próprio batalhão da Polícia Militar, uns cinco ou seis homens, sob suas ordens diretas, dos mais argutos e com alguma queda ou aptidão para a espionagem, com a finalidade de seguir o rastro da amante. Fazer isso não seria assim tão fácil como se possa imaginar. Teria de ser uma missão em que os homens, escolhidos e aprovados por ele para tais serviços, fossem pessoas capazes de guardar aquele segredo a sete chaves e tivessem conhecimentos de espionagem. Ora, isto não era missão tão fácil de encontrar nas fileiras do batalhão da

PM. Todavia, mesmo entendendo ser a missão nada simples como parecia, começou a escolher, dentro do contingente de soldados a serviço do batalhão à sua disposição, alguns elementos mais aptos para a tarefa. A princípio, apenas uns três ou quatro lhe pareciam ter alguma queda para tais serviços. Pretendeu ensinar-lhes algumas táticas a fim de resolver o problema nessas novas funções. Foi assim que ele, nos dias seguintes a estas ideias, deu a esses subordinados algumas aulas de introdução à função da investigação e espionagem. Dizia Waldemar que eles seriam a elite e a inteligência do seu batalhão.

Com a imaginação fixa nesta sua nova atividade, leu algumas obras de espionagem nacional e internacional, visando passar esses conhecimentos elementares aos seus comandados. Era, todavia, uma tarefa difícil, tanto para o professor ensinar como para os alunos aprenderem o conhecimento de espionagem, sem se dizer diretamente o que se pretendia focar. Com um pouco de boa vontade e muita fé no seu trabalho, aos poucos, ele conseguiu passar àquelas pessoas, mais ou menos rudes, ensinamentos primários de espionagem e simulação. Duraram, mais ou menos, uns oito dias aquelas aulas enfadonhas de táticas, mistérios, espionagem. E não havia meio de os homens saírem a campo para saber se seus estudos tinham sortido resultados positivos nas suas novas missões. Por enquanto, dizia o capitão Waldemar, era só teoria. O campo da prática estava reservado para um próximo passo que viria em seu tempo.

Entretanto, o capitão, como de costume, quase todos os dias visitava Marlene que, entusiasmada, pensava na tal estória da viagem a Buenos Aires que Raul lhe havia prometido tempos atrás.

— Uma viagem à Argentina? Como é essa história da viagem à Argentina, hein, Marlene? — Indagou Waldemar meio desconfiado e ao mesmo tempo irritado.

— Onde é que você vai arrumar dinheiro para comprar uma passagem de avião para Buenos Aires? Como consegue você esses milagres? Só a mim nunca ninguém me oferece nada desses passeios mirabolantes, cacete! — exclamou ele irritado.

— Ora, Waldemar! É um laboratório que está oferecendo a algumas enfermeiras e a alguns médicos mais aplicados e capacitados do nosso quadro. Eu fui uma das escolhidas, é isso aí, se você quer saber!

— Opá! Como é que é essa história? Repete!

— É isso que acabei de te falar! Ganhei uma viagem. E pronto!

— Mas você não tem mais nada para me dizer! Como, por exemplo, você conseguiu ganhar essa passagem e a estadia de oito dias na Argentina, hein, Marlene?

— Olha, Waldemar, se você está com desconfianças ou com ciúmes, não vou mais viajar, pronto. Acabou-se, está bom assim, é isso que você quer? — disse irritadíssima Marlene.

— Não, não é isso, Marlene! Como afirmou, você ganhou uma passagem para a Argentina, paga por um laboratório farmacêutico qualquer e, sem me dar satisfação, vai viajar sozinha por esse mundaréu de Deus afora! Acha isso correto? Fica bem para uma mulher casada com filhos, com uma família a zelar, com seu lar a preservar, sair por aí pelo mundo afora? Acha isso direito?

— Waldemar, você quer saber o que acho? Pois, acho que você está pouco se lixando para a minha família, está cagando e andando para a minha casa, para o meu lar! O que você não quer é que eu vá viajar com medo de eu te trair! Essa é a verdade nua e crua. Não é por causa dos meus filhos, do meu marido, e nem por minha causa essa sua preocupação! Você está preocupado é com você mesmo! Essa é que a grande verdade. Se você quer saber o que penso, é isso aí, Waldemar!

— Marlene! Não diga uma besteira dessas! Estou preocupado com você, com a sua família, sim...

— Enfim..., com medo que eu te traia, não é isso? — atalhou a amante antes que ele concluísse.

— Não, não é nada disso! Estou receoso por você! Pode acreditar! Juro por tudo quanto é mais sagrado que a minha preocupação é com você!

— Pois sim! Faz de conta que eu acredito nessa conversa! Mas pode ficar descansado que não vou mais viajar, está certo? — disse Marlene muito fula e encolerizada.

— Já disse que não é nada disso. Fico apenas confuso. Como é que você consegue com tanta facilidade arrumar esses passeios assim de graça! — E continuando, ponderava:

— A mim, por exemplo, ninguém me oferece nada! É isso que me deixa encafifado e confuso!

— Esquece, Waldemar! Esquece! Não vou mais viajar. Não quero que você fique aqui em São Paulo desconfiado comigo lá em Buenos Aires. Pronto. Não vou viajar! Esqueça o que eu disse, certo?

Waldemar ficou coçando a cabeça, sentado num sofá ali a um canto da sala, enquanto Marlene se levantava repentinamente dizendo que ia fazer um café para ambos tomarem. Ele, com a mão direita na testa, relembrava aqueles repentes de Marlene, que não lhe caiam muito bem no gogó. Remoendo-se por dentro com as últimas frases rebeldes dela, esse apanágio, que talvez fosse consequência de um sonho dela conhecer a bonita cidade de Buenos Aires, punha mais água na fervura de suas velhas suspeitas sobre a honestidade de Marlene.

Poucos minutos depois, ela trouxe o café. Em seguida ficaram calados por alguns momentos. Marlene tentou atenuar aquele mal-estar gerado pela possível viagem. Pensou em apresentar Raul a Waldemar como se o industrial fosse o médico do hospital que lhe arranjara a passagem para Buenos Aires.

— Olha, Waldemar, você está desconfiado. Se quiser, eu apresento-te o médico que me arrumou a passagem para eu poder viajar com a turma do hospital, está certo?

— Você é quem sabe! Por mim, tudo bem!

E assim ficou ela de apresentar-lhe Raul como se fosse o médico que intercedera por ela e lhe ajudado. Todavia, ela ainda não tinha falado nada com Raul a esse respeito. No outro dia, quando foi trabalhar, correu logo a telefonar para Raul, narrando-lhe a história da viagem, dizendo que tinha acertado com Waldemar um encontro entre os dois, quando os apresentaria para esclarecer a situação.

Entretanto, Waldemar já tinha colocado os seus capangas espiões atrás de Marlene, para desvendar o mistério das passagens, dos vestidos e de outros luxos que Marlene ultimamente tinha conseguido tão facilmente.

Por sorte dela, naqueles dias Raul andava muito atarefado com os seus negócios e não tivera tempo de se encontrar com Marlene. Neste meio tempo, os espiões de Waldemar, antecipando-se, andavam chafurdando a vida de Marlene, tentando obter informações a fim de saberem se ela tinha outro homem. Eis que, numa tarde logo após o almoço, num dia de muito calor, um desses espiões, mantendo-se distante da casa indicada pelo capitão para ser observada, viu entrar com muita desenvoltura, como se a casa sua fosse, Jorge Malsine, conhecido sargento do seu batalhão, e marido de Marlene. Ora, este fato chamou a atenção do espião, levando-o de imediato a pegar no celular e comunicar-se com o seu superior narrando-lhe, um tanto surpreso, a sua visão e indagando atabalhoadamente:

— Alô, alô, Capitão, entrou na casa que o senhor me disse para guardar, um homem meu conhecido e do senhor também! Agora não sei o que fazer. Se vou interceptá-lo quando ele sair da casa ou se fico quieto na minha?

— Mas você o conhece? — indagou o capitão meio desconfiado.

— Conheço. E muito bem, como o senhor também o conhece!

— Oh, diabo! Eu também o conheço?

— Claro que conhece!

— Mas quem é ele?

— É o nosso sargento Jorge Malsine!

— Oh, diabo, esse é o marido da dona da casa! Mas diga-me uma coisa, ele chegou a ver você?

— Isso não posso dizer com certeza. Mas é muito provável que sim!

— Bem, então pode retornar para o quartel. Quando o encontrar, certifique-se se ele o viu lá naquela rua, está bem?

— Entendi, capitão, entendi! — exclamou o soldado confuso.

Entretanto, o sargento Malsine, entrando em casa e vendo aquele praça lá longe na rua, perguntou à mulher:

— Que diabo faz aquele praça lá do quartel aqui na nossa rua? Você pediu ao capitão Waldemar para pôr um praça aqui para guardar a casa?

— Eu? Eu não pedi nada de guardas, mas que aqui necessita de alguém para guardar a nossa rua, lá isso precisa! Só tem bandido por aqui. Você não acha que precisava de policiamento, hein, Jorge?

— Precisar, precisava, mas não tenho força para requerer policiamento para nos proteger. Por isso, nunca pedi. — E a conversa terminou nisso aí.

Marlene ficou com a pulga atrás da orelha. Será que Waldemar mandou algum soldado para espioná-la? Ou será que era pura coincidência? Ficou com aquilo encasquetado na cabeça e, desconfiada, disse para consigo mesmo: "Hei de perguntar ao Waldemar, como quem não quer a coisa, jogando verde para colher maduro, o que fazia aquele guarda aqui na rua".

No outro dia, quando foi trabalhar, ainda com a desconfiança nos sentidos, Marlene telefonou para Raul e contou-lhe a história do dia anterior. Disse-lhe sobre a conversa de apresentar Raul a Waldemar, como se ele fosse o médico, falou do soldado que rondava a sua casa, enfim esclareceu vários assuntos completamente desconhecidos de Raul.

— E você não tem receio que eles descubram que você sai comigo? — Perguntou Raul.

— Eu, não. — Respondeu Marlene, não se mostrando preocupada.

— Ó Marlene! Você confia no Waldemar? Acha que ele não é capaz de fazer alguma vingança contra você?

— Não sei. Só sei que ele é apaixonado por mim! Mas daí a cometer alguma maldade contra mim, não sei se ele tem coragem!...

— De qualquer maneira, é preciso muita cautela porque eu te amo muito e não te quero perder, entendeu?

— Oh, Raul! Não pense em bobagens. Eu também te amo muito. Os melhores momentos da minha vida são estes que tenho vivido contigo ultimamente. Por isso, não quero, de modo nenhum, que o nosso amor seja interrompido por ninguém, se você quer saber!...

— Nesse caso, temos de nos resguardar e escolher melhor onde possamos nos encontrar, você não acha?

— Sim, sim, temos de encontrar um lugar onde possamos nos ver sem que ninguém fique sabendo. No entanto, esse problema eu deixo em suas mãos, tá bem? — Disse Marlene.

Perdendo-se em devaneios, esqueceu o telefone pela grande alegria que lhe ia ao coração por ter com quem dividir os seus segredos, alegrias, angústias e também suas tristezas. Afinal de contas, tinha conquistado com seu amor um homem de quem ela gostava e começava a habituar-se a consultar em seus segredos, seus problemas e lamentos. Principalmente, quando se amavam nos recônditos encontros, onde uma ternura crescia a partir de uma convivência plena de confidências mútuas. Os dois amantes evocavam fortes e novas emoções pelos prazeres havidos no íntimo de suas lembranças perenes. Quando voltou a si da absoluta absorvência em que se encontrava, o telefone estava mudo.

O seu amor por Raul era completamente diferente daquele que sentia por Waldemar. Enquanto o capitão só pensava nela como objeto de prazer sexual, não dando nenhuma importância à maneira como ela andava vestida ou como se arrumava, Raul, pelo contrário, gostava de vê-la bem vestida, bonita, bem maquiada, sensual e sobretudo feliz e alegre. Gastava com ela muito dinheiro e já havia lhe proposto que fosse morar com os filhos num bonito apartamento, num bairro chique de São Paulo. Tudo às suas custas, se ela assim quisesse, e com a intenção de livrá-la do amante, depois que se queixara de Waldemar ter ameaçado espancá-la.

Por isso, desde aquele dia, Marlene ficou com ódio do amante. Se já não gostava tanto dele, depois daquela conversa de Waldemar lhe dar porrada, tomou-lhe asco e repugnância. E, diga-se de passagem, não era a primeira vez que Waldemar lhe prometia espancá-la. Outras vezes já lhe tinha vindo com a mesma conversa, como se ele a sustentasse, vestisse ou lhe desse dinheiro para as suas despesas de casa. E mesmo que fizesse tudo isso, jamais teria esse direito. Mas muito pelo contrário. Ele é que vinha na sua casa, sentava-se à mesa, comia, bebia e trepava, sem ao menos lhe dar um tostão para ajudá-la a sustentar a casa. Daí ela ter de trabalhar no hospital para equilibrar o orçamento do lar que ela dividia com Jorge. Já Raul tinha um comportamento totalmente diferente. Além de ser atencioso, carinhoso e rico, era outra figura de homem, punha Waldemar no bolso do colete. Jamais usara aqueles termos animalescos para ameaçá-la de espancá-la. Afinal de contas, Raul era muito mais humano, pois além de ser generoso, era atencioso e jamais levantara sua voz para ela, como fazia Waldemar, que era grosso, malcriado e desumano.

Ultimamente, Marlene vinha observando como se comportavam o egoísta Waldemar e o generoso Raul. Fazendo ilações sobre o comportamento dos dois, entendia concretamente que tinha perdido um tempo precioso com o antigo amante. Em razão desses pensamentos, chegou à conclusão de que, pela maneira como ele a tratava, deveria ir-se afastando aos poucos da amizade com o antigo consorciado e dedicar-se mais a Raul. Daí as desconfianças do capitão Waldemar e a sua disposição de mandar seus capangas segui-la para descobrir as causas da frieza da mulher que ele dizia que amava.

VII
A gata e os ratos

As transformações políticas brasileiras ocorridas com a subida de um novo partido político ao poder, especialmente no que concernia ao Mercosul, teve grande impacto e desestímulo aos negócios de Raul na Argentina. Também o país vizinho se desgastara internacionalmente com sua política interna, além do que as autoridades brasileiras não demonstravam interesse no desenvolvimento do Mercado Comum Sul-Americano, com o carisma anteriormente tratado. Isto posto, quase todas as empresas que tinham investimentos planificados para o Mercosul encontravam-se neste momento em sérias dificuldades financeiras para cumprir os compromissos de seus novos projetos.

Em razão da falta de confiança nesse bloco regional, que possibilitaria a integração comercial e industrial e o desenvolvimento dos países do Cone Sul da América, iniciara-se, então, intensa troca de informações entre a empresa de Raul e seus sócios do país sulino. Em virtude da desconfiança dos sócios argentinos, era pouco provável uma viagem dos diretores da empresa de São Paulo à cidade de Buenos Aires. Os Argentinos sentiam, à distância, a falta de empenho e interesse por parte dos brasileiros aos promissores negócios que ambos visavam logo nas primeiras conversações travadas na organização da empresa mista Brasil-Argentina. Por isso, Raul, melhor refletindo, pensou em retardar o desenvolvimento do projeto, esfriando as ações por alguns meses, com receio de investir milhares de dólares naquele país e depois perder tudo, como já acontecera a outros investidores brasileiros.

Esse adiamento fez com que os sulinos tivessem de viajar à capital paulista, na busca de esclarecimentos sobre o porquê da falta de cumprimento dos termos assinados pela empresa sediada em São Paulo. Queriam pôr em pratos limpos o projeto assinado e consagrado antes de Raul ter sofrido aquele ameaça de enfarto.

No entanto, não eram somente estas as razões que tiravam a vontade e o tempo do industrial brasileiro para dar sequência aos negócios da sua empresa lá no sul. Por mais inverossímil, Raul neste momento dedicava todos os seus sentidos à sua nova amásia. Em decorrência dos arrufos havidos nos últimos tempos entre Marlene e Waldemar, e das relações quase rompidas entre os dois, Raul sentia-se um pouco culpado desse litígio e pensava ter obrigação de dar maior assistência e atenção à amante, como ela exigia. Isso sem que esse apoio se tornasse suspeito a Waldemar. Tal esforço, inclusive, fizera os dois percorrerem a grande maioria dos motéis de São Paulo para despistar o capitão, evitando que fossem flagrados.

Chegaram até a adquirir uma bela casa na cidade praiana do Guarujá, com florido jardim, excelente piscina, além de confortável suíte, dois quartos, cozinha, três banheiros. Enfim, uma casa completa com todo o conforto para eles passarem lá tardes sossegadas em idílios prazerosos e alegres, com aromas e perfumes estrangeiros, dos quais Raul era conhecedor exímio e que jamais Marlene os esquecia por nunca os ter sentido em outro homem com quem tivera relações amorosas. Vendo-a, à vezes, deitada nua na cama, depois de se terem amado com volúpia e sofreguidão, ele se aproximava mansamente, beijava-lhe os seios macios, quentes e gostosos e, em seguida, os lábios, quando as línguas se encontravam entre os dentes em delírio, como se penetrassem um no outro. Eram tardes inesquecíveis de um idílio cálido e manso, de cuja emoção e sensação Raul jamais vivenciara e esqueceria. Depois deste deleite, deste gozo em toda a extensão da sua alma, exclamava emocionado:

— Ah, meu amor! Dizem que lá em cima existe um céu! Se for verdade, estes momentos vividos na intimidade do teu corpo são um autêntico céu, onde nos circunda uma orquestra tocando a primeira sinfonia de Beethoven para encher de enlevo os nossos corações!

Em seguida, suspirava profundamente, com se quisesse inspirar todo o ar do universo de uma só vez, quedando-se em sonhos mirabolantes e fantasmagóricos.

****

Numa tarde de folga, Waldemar foi visitar, sem avisar, a amante. Não a encontrando em casa, ficou possesso, fulo da vida. A primeira ideia que lhe veio à cabeça era de Marlene o trair, pois tinha metido na cabeça que ela saía com alguém. Por acaso, naquela tarde ela fora visitar sua sobrinha que tinha casado havia poucos meses. A sobrinha telefonara-lhe a dizer-lhe que estava grávida e queria comunicar à tia a grande novidade. Sabia que a tia estava em ótimas condições financeiras e poder-lhe-ia ajudar com o enxoval para quando o filho nascesse. Convidara-a para ser madrinha do novo rebento, que deveria vir ao mundo poucos meses depois. Marlene, ao sair do hospital sem avisar ninguém em casa, foi fazer-lhe uma visita. Como não deixara nenhum recado em casa, o amante, mais do que depressa, intuiu que ela tivesse ido encontrar-se com algum homem.

Ligou para todos os telefones possíveis e imaginários tentando encontrá-la, mas não a encontrou. Frustrado, ficou cismado com o sumiço da amante naquela tarde. Quando finalmente ela chegou, havia vários recados para ela entrar em contato com ele. Ela retornou ao seu chamamento e indagou o que ele queria. Sequioso por saber onde diabo ela tinha andado, Waldemar, nervoso, respondeu inquirindo ao mesmo tempo:

— Onde raio andou você toda esta tarde, hein, Marlene? Não te encontrei em tua casa e nem em lugar nenhum...

— Oh, Waldemar? Que modos são esses para você querer saber onde fui ou deixei de ir, hein?

— Procurei você toda a tarde e não te encontrei! Queria saber onde você esteve, por onde andou, ora essa!

— Estive na casa da minha sobrinha, aquela que se casou há uns meses atrás. Você se lembra ao menos do casamento?

— E o que você foi fazer lá?

— Nada que lhe interesse, capitão. Para falar a verdade, ela está grávida e fui visitá-la, não posso? Há algum mal nisso?

— Não se trata de você poder ou não ir ver a sua sobrinha.

Você, pelo menos, poderia avisar-me, ou não?

— Está bom! Você quer saber de todos os meus passos como se eu dependesse de você. É isso, não é? Acontece que não dependo de você. Eu trabalho, ganho o meu dinheiro, quem sustenta a minha casa, os meus filhos, sou eu e o meu marido. Por isso, não sei por que você insiste em que eu lhe deva dar satisfações. Ora, isso não faz sentido, capitão. O senhor não se manca, não? Não acha que está exorbitando em seus direitos, hein, Waldemar? .

— Escuta aqui, Marlene, posso fazer-lhe uma pergunta?

— Claro que pode! Pode fazer as perguntas que você quiser!

— Diga-me com toda a sinceridade, você tem outro homem?

— Oh, Waldemar, você acha que essa pergunta tem resposta? Claro que não! — declarou Marlene sentindo-se ofendida e, acrescentado:

— É melhor nós terminarmos por aqui com esse papo porque não me está agradando nada essa sua conversa. Até logo. — desligando o telefone sem mais conversa.

Waldemar ficou louco de raiva por ela ter desligado o telefone. Voltou a ligar, ela não atendeu. Depois o telefone ficou mudo, não dava mais sinal. Foi aí que ele ficou puto dentro das calças. Deu-lhe vontade de ir o mais breve possível à casa dela tirar satisfações, pois entendia que aquela mulherzinha estava zombando dele. Como não se podia ausentar do quartel naquele momento, com os seus botões ficou cismando em recomeçar as suas investigações e perseguições a Marlene. Tinha de descobrir o que havia por detrás desta falta de atenção da amante para com ele. Desta vez, iria fundo nas suas averiguações e pesquisas, nem que tivesse de contratar um detetive particular para seguir os passos dela. Tinha que chegar à verdade sobre a sua fidelidade, apesar de que, como ela dizia, ele não tinha direito a censurar a sua vida particular, já que não contribuía em nada para sustentá-la ou ajudá-la em casa. Assim mesmo, iria à procura da verdade sobre o comportamento dela porque entendia que era seu dever enquanto ela não dissesse algo que o fizesse desistir de se imiscuir na sua vida.

Naquele desespero de ver quase como perdido o seu grande amor, Waldemar mandou chamar o 35, que era o soldado que tinha ido montar guarda naquele dia na casa do sargento Jorge. O 35, que era o pernambucano Severino de Jesus, apresentou-se em cinco minutos ao gabinete do oficial.

— Senta-te aí, Severino! — Disse Waldemar, que estava no computador escrevendo um documento. E, conversando ao mesmo tempo em que escrevia, ia dizendo:

— Preciso que você me faça um serviço.

— Às suas ordens, capitão!

— Quero que você acabe aquele serviço que iniciou há poucos dias atrás lá na rua do sargento Jorge. Você ainda se lembra de onde é, não é verdade?

— Lembro, sim, capitão!

— Então, queria que fosse para lá montar uma vigília!

— Mas uma vigília a quem?

— À mulher do sargento, homem! Quero que você observe se ela pega algum táxi e, se pegar, quero o número da placa, entendeu? Se ela pegar o ônibus, quero saber de qual linha e a placa, o resto é por minha conta, entendido?

— Entendido, capitão! — Pegando o dinheiro da condução com o capitão, o 35 saiu direto para a rua onde morava o sargento Jorge para montar espia à sua mulher. Ao chegar à Alameda dos Nhambiquaras, onde morava o sargento, Severino, atrás daquele mesmo poste, com os olhos fixos na porta da casa do sargento, seguia atento aos movimentos de entrada e saída das pessoas que para ali afluíam.

Alguns momentos depois, viu sair aquela morena linda, com seu corpo esguio sob um sol quente do meio-dia, e dirigir-se ao ponto do ônibus da Avenida Indianópolis, que a levaria ao hospital. Telefonou para o capitão narrando-lhe o que acontecera e até aonde tinha seguido, *pari passu*, a mulher do sargento, percorrendo todo o itinerário dela. Porém, como ela fora trabalhar, o capitão mandou que Severino voltasse para o quartel e, se pudesse, descrevesse-lhe todo o itinerário que o ônibus tinha feito, para ele ir espioná-la logo à noite no regresso. O soldado, muito atento às ordens do capitão, deu-lhe todas as dicas e passos da mulher a seu superior, ponto por ponto, enfim tudo quanto vira Marlene fazer e o que pôde captar.

Raul dirigia a sua Mercedes preta no caminho de casa, depois de um dia de trabalho esfalfante, quando Marlene lhe telefonou porque, afinal de contas, tinha dúvidas a esclarecer e queria encontrar-se com ele, se possível ainda naquela noite.

— Mas é assim tão urgente o que você tem para me dizer?

— É urgentíssimo, Raul.

— Não pode falar pelo telefone, não, Marlene?

— Não, são assuntos muito importantes e eu palpito que o

meu telefone está grampeado, entendeu!

— Será? — Interrogou Raul, com certa dúvida sobre a notícia que Marlene lhe dava e da urgência de encontrá-lo.

— São apenas desconfianças minhas, não posso dizer com absoluta certeza se o telefone está ou não grampeado, mas é quase certeza que sim, entendeu?

— Sim, entendi! E onde nos podemos encontrar?

— Escuta, presta atenção. Vou pegar o ônibus que vai passar na Avenida Indianópolis. Naquele ponto em frente ao Clube Sírio, eu desço. Gostaria que você me esperasse naquele lugar, está bom para você?

— Ótimo, está certo. Espero por você no ponto do ônibus! Mas a que horas mais ou menos? Porque, você sabe, ali é um pouco perigoso. Não gostaria de ficar ali sentado no carro esperando por muito tempo. Tem muito marginal e gente mal encarada passando por ali, certo?

— Bem, saio do hospital às 20h. Até pegar o ônibus e chegar lá será umas 20:30h, está bom a essa hora?

— Está bom, 20:30 estarei esperando por você lá no ponto.

Raul consultou o relógio e ainda eram apenas seis e meia da tarde, tinha duas horas para chegar. Como tinha tempo, foi até um bar de um seu amigo, na Rua Domingos de Morais, que costumava ir de quando em vez. Ia passar ali para bater um papo, tomar uma cerveja e um aperitivo qualquer antes do jantar. Não queria ficar sentado dentro do carro, vendo putas e travestis em trajes indecentes fazendo o costumeiro trotoir à boca da noite na Avenida Indianópolis, caçando os homens, como invariavelmente observava quando por ali passava. Depois de uma boa hora e meia, dirigiu-se para o lugar marcado.

Chegou lá faltavam cinco minutos para a hora marcada. Estacionou o carro e ficou escutando música. Puxou um cigarro e pôs-se a fumar. Vários ônibus pararam e Marlene não desceu de nenhum deles. Já havia vinte minutos que estava ali parado e nada. Esperou mais dez minutos e, como ela não apareceu, foi embora contrariado. Afinal, tinha ficado ali exposto à sanha de malfeitores e à indecência, e ela nem ao menos se dignou a dar-lhe um telefonar avisando por que não compareceu. Era de amargar e confrangedor o cano que a amante lhe tinha dado. O que teria acontecido para ela o fazer ir esperar e depois não comparecer ao encontro? Precisava esclarecer essa estória, pois entendia que merecia mais consideração e respeito por tudo o que tinha feito à mulher que dizia aos quatro ventos que o amava muito e não tinha olhos para outro homem. Não iria dar o braço a torcer para lhe telefonar. Ela, se quisesse, que telefonasse.

Mas Raul, ao mesmo tempo em que sentia certa repulsa pela falta de consideração da amante, tinha interesse enorme em saber o que teria acontecido para Marlene não ter aparecido ao encontro.

No dia seguinte, enquanto ainda cogitava sobre o assunto, eis que o telefone celular tocou. Raul atendeu:

— Alô, alô! — atendeu ele.

— Oi, meu amor! Desculpe, mas aconteceu um imprevisto e não tive como te avisar. Só agora encontrei um pouquinho de tempo pra te dar explicações sobre por que não pude comparecer.

Contou-lhe que Waldemar tinha comparecido à porta do

hospital quando ela estava saindo e, quase na marra, fê-la entrar no seu carro para levá-la para casa. Pelo acontecido, estava pedindo imensas desculpas a Raul por tê-lo feito esperar, mas foi uma situação completamente alheia à vontade dela. Dizia, quase chorando, com a voz embargada, que precisava muito, com urgência, falar com ele por se tratar de um caso seríssimo. Raul, então, foi logo dizendo:

— Fiquei muito aborrecido, mas os teus argumentos me convenceram da tua inocência. Se quiser encontrar comigo, é só dizer quando e em que lugar que estarei lá.

— Hoje à noite, no mesmo lugar e à mesma hora, está bem?

— Está certo, encontrar-nos-emos lá, até logo.

Raul ficou matutando sobre a súplica de Marlene para ele se encontrar com ela. Que diabo de assunto importante era esse? Por que não queria revelá-lo logo pelo telefone? Quais seriam os motivos? Enfim... interrogações que deixaram Raul surpreso e ansioso. No entanto, essa curiosidade, ele a iria desvendar e acabar com suas dúvidas logo à noitinha. Às oito e meia da noite, lá estava Raul fechado no seu Mercedes esperando Marlene.

Desta vez a amante não faltou. Lá estava ela, muito bem arrumada, maquiada, cheirosa e elegante. Mau saiu do ônibus, entrou no carro às pressas, para não ser observada ou confundida com as prostitutas da Avenida Indianópolis. Cumprimentou o amásio ao mesmo tempo em que lhe estendia os lábios carnudos e sensuais para o primeiro beijo da noite. De repente, veio a pergunta que Raul tinha inculcado desde o dia anterior:

— Afinal, Marlene, qual é o assunto que você tem para me

dizer que não pode ser dito pelo telefone?

— Sabe o que é meu amor, desconfio que o Waldemar colocou uns policiais para me vigiar porque ele suspeita que tenho outro homem. Por isso, pedi a você para me esperar aqui para dificultar um pouco, caso eu esteja sendo seguida.

— Sim, sim, de certa maneira dificulta. Mas se os capangas do Waldemar forem espertos, de qualquer forma eles conseguem nos pegar.

— Então, temos de ter muito cuidado porque, se o Waldemar nos pegar, é capaz de nos matar.

— Ainda mais que ele tem a polícia do seu lado. É capaz de inventar uma estória qualquer e preparar uma emboscada para mandar acabar com nossas vidas! — exclamou Raul apreensivo.

Depois de conversarem por algum tempo a respeito dos encontros secretos dos dois, o amásio levou Marlene a uns três quarteirões distantes da sua casa e despediram-se.

As suspeitas de Waldemar se confirmariam quando, na segunda noite em que Raul foi esperar Marlene, o PM 35 fora fazer novamente a espia da amante. Seguindo o ônibus, o 35 viu Marlene sair do coletivo e entrar rapidamente num Mercedes estacionado à frente do ônibus. Só não deu para ver o número da placa do carro porque esta tinha sido encoberta pelo ônibus. Porém, deu para enxergar a marca e a cor do veículo, que foram descritos em detalhes ao capitão Waldemar.

Agora não era mais segredo. Marlene tinha outro homem. O soldado 35 flagrou a esposa do sargento Jorge saindo do coletivo e entrando no Mercedes. Ainda não era a prova total, mas um forte indício de que ela tinha outro homem, além do marido e do capitão Waldemar. Ao saber, o capitão ficou pasmo, a princípio, como se não acreditasse no que o soldado lhe dizia. Depois, recompondo-se do susto, inquiriu melhor o soldado tentando saber quem seria o cara que saía com Marlene. Uma onda de calor lhe subiu às faces, pela indignação de ser enganado pela sua amada Marlene.

O primeiro ímpeto que lhe veio à cabeça foi mandar matá-la. Depois, entendeu que isso não seria bom porque perderia o seu grande amor. Em seguida, pensou em matar os dois porque o enganavam e ele não admitia ser passado para trás por ninguém. Refletindo melhor, também pensou que não seria justo matar o homem, pois o pobre diabo não tinha culpa de ela ser uma sem-vergonha. Além do mais, se os crimes fossem descobertos, ele, além de ser preso por duplo homicídio, ainda carregaria o peso na consciência de ter matado um inocente. Depois, pensou em vingar-se só dela, mas sem mortes e sem grandes traumas capazes de causar sofrimento a pessoas inocentes, como aos filhos ainda pequenos de Marlene ou ao próprio Jorge, um pobre diabo, um coitado que carregava um trem só para ver a esposa feliz, deixando-a transar com ele.

Não, não, ele não tinha o direito de tirar a vida a uma pessoa, só por que ela o tinha traído ou errado! E quem é que não erra neste mundo de Deus. Ele mesmo, Waldemar, estava errado. Pois, não andava ele comendo a mulher do sargento, deixando sua mulher e seus filhos em casa sem um carinho de pai, sem ligar patavina para eles! Não eram estas atitudes injustas da parte dele também? Então, por que deveria ele matar as pessoas só porque erravam ou por que amavam outras pessoas? Não, não tinha o direito de fazer as outras pessoas infelizes só por causa do seu egoísmo sexual, da perda de seu hipócrita sentimento de posse sobre Marlene. Afinal de contas, ela era somente sua amante, sem que contribuísse com as despesas pecuniárias para ajudá-la a manter a sua casa. Em todo o caso, a traição não poderia ficar impune, tinha de pensar em algum tipo de vingança para punir tanto ela como ele.

Depois de admitir várias hipóteses, a melhor direção a tomar seria conversar com Marlene e saber quem era o seu novo amante. No dia seguinte, sua folga, após aquela noite mal dormida, ligou para Marlene no hospital para lhe dizer que iria naquela tarde à sua casa, pois precisava conversar com ela.

— A que horas você pretende estar aqui? — Indagou Marlene, desconfiada.

— Lá pelas quatro da tarde, está bom para você?

— Está bem, é porque preciso ir ao supermercado comprar algumas coisas porque não tenho mais nada em casa. E, a essa hora, já estarei de volta. Pode vir.

— Quer que a encontre no supermercado para ajudar a carregar os mantimentos? Ou você já tem quem lhe traga as coisas para casa? — Indagou Waldemar ironicamente, como quem insinuasse que ela já tinha outra pessoa para lhe fazer esses favores.

— Não, não precisa. O Jorge vai comigo, pegamos um táxi para trazer as compras. Muito obrigado. — Concluiu Marlene com voz áspera e sem dar muita importância às palavras do capitão.

Depois deste diálogo lacônico, o superior de Jorge dava como terminado o seu romance com Marlene. Era de supor que a voz áspera e peremptória da mulher denotava que ela estava insatisfeita com ele. Os motivos, ele, mais ou menos, os conhecia. Sabia que ela tinha descido do ônibus e tomado um Mercedes preto, mas não sabia tudo. Não sabia, por exemplo, se ele lhe tinha causado algum grande desgosto e, por isso, ela não queria mais conversar com ele. Daí o seu interesse em ter uma conversa séria com ela, para lhe arrancar as verdades sobre o que estava ocorrendo de concreto com sua amante.

Eram quatro horas e trinta minutos daquela tarde quando Waldemar chegou à residência dos Malsine. O sargento estava em casa. Assim que chegou, o capitão cumprimentou Marlene e a ele também, mas o sargento, pedindo licença, foi para o bar beber cerveja como normalmente fazia. Marlene estava colocando, com a empregada, as mercadorias num armário da cozinha, quando Waldemar chegou. Sem dar grande importância à presença do capitão, assim continuou. O capitão esperou uns quinze minutos pensando que ela terminaria logo o serviço, para conversarem. Mas ela parecia absorta no que fazia e, de propósito, demonstrava certa indiferença à presença do superior de seu marido. Convencido de que ela não iria iniciar algum diálogo, ele indagou:

— Você não quer conversar comigo?

— Conversar o quê?

— Conversar sobre a nossa situação, sobre o que está acontecendo com a nossa relação e tudo o que nos está envolvendo!

— Por exemplo, que assunto você gostaria de conversar?

— Você quer saber mesmo?

— Claro que quero?

— Por exemplo, eu gostaria de saber quem era a pessoa que te deu carona quando você desceu do ônibus na Avenida Indianópolis em frente ao Clube Sírio, na terça feira!

— Olha, Waldemar, se você me anda espionando, com certeza você deve saber quem era a pessoa que me deu carona!

— Não, na verdade não sei quem é a pessoa. Sei que você pegou um Mercedes preto, mas não sei quem é o seu proprietário!

— E você quer que te diga o nome dessa pessoa? Não dou porque não peguei nenhum Mercedes preto e não conheço ninguém que tenha Mercedes preto, se você quer saber, está bem?

— Você não quer confessar que pegou carona com um homem condutor de um Mercedes preto. Tudo bem. Não tem importância, vou descobrir quem é esse cara. Pode ter certeza que, cedo ou tarde, descobrirei!

— É problema seu! — Respondeu Marlene, com as faces pegando fogo.

— Você não tem mais nada a me dizer? Isso não pode ficar assim sem uma resposta, uma satisfação! — E Waldemar saiu danado da vida, batendo as portas atrás de si, pensando em vinganças. Sentia o seu amor próprio ferido, estava em jogo o seu orgulho. Ele não admitia ser descartado sem uma explicação.

Marlene ficou apreensiva. Muito. Não só por causa dela, mas mais ainda por Raul. Sabia que Waldemar seria capaz de cometer qualquer atrocidade com o coitado do homem, que não tinha nada a ver com a preferência masculina dela. Sim, porque fora ela quem incentivara Raul a procurá-la e a ter as primeiras relações sexuais com ela, que preferia tê-las com ele do que com Waldemar. Isso porque se sentia mais realizada e mais mulher com Raul.

Maneando a cabeça, começava pela primeira vez a pensar se não teria sido um erro não ter terminado o seu romance com o antigo amásio para depois começar com Raul, sem esses aborrecimentos de ciúmes e inimizades que grassavam agora pelos ânimos dos dois homens. Estes pensamentos causavam-lhe um leve rubor pela face, como se fossem sinais inexoráveis de sua culpa, deixando-a, entretanto, mais bonita, faceira e buliçosa. Foi olhar-se ao espelho. Estava realmente muito corada, sua face cor de greda parecia como se acabasse de estar em alucinantes amores. Sentia o peso da responsabilidade por sua leviandade no conluio dos seus amores e as consequências que deles poderiam advir.

Em seguida, telefonou para Raul. Precisava avisá-lo de que Waldemar sabia que eles se tinham encontrado naquele dia na Avenida Indianópolis, que ela tinha pegado carona num Mercedes preto e que ele não sabia, contudo, o número da placa do carro. Disse-lhe que era para ele ficar de olho nas ruas em que transitava, para não ser pego de surpresa, já que Waldemar lhe poderia armar uma emboscada ou fazer-lhe algum desaforo. Portanto, ele que se cuidasse e tomasse muita cautela para não ser tomado de surpresa porque o outro andava farejando os seus passos. Raul agradeceu o aviso e prometeu tomar as providências necessárias e pediu para ela se tranquilizar. Então, Marlene, mais calma após esta conversa, tomou um banho bem morno, deitou-se e dormiu.

Parte II

VIII
Novos itinerários

No outro dia, logo cedo, Raul correu ao escritório do seu grande amigo Magalhães para narrar-lhe a situação embaraçosa em que se encontrava. Precisava do auxílio sempre ponderado do amigo para sair do imbróglio no qual se enterrara. Magalhães, atônito com o rumo que os amores do amigo tinham tomado, com a mão no queixo, pensativo, indagou:

— Oh, Raul! Você disse-me que o capitão não sabe o número da placa do teu carro, certo?

— Pelo menos foi o que a Marlene me informou.

— Daí se deduz que ele não sabe o teu nome nem quem tu és, correto?

— Parece-me plausível que não saiba! — respondeu Raul.

— Então temos duas situações: a primeira leva-me a pensar na venda desse teu Mercedes. A segunda é encostares o carro e não saíres com ele até que se acalmem ou se esclareçam as coisas. Certo? Agora, cabe a ti escolheres qual das opções queres seguir. Aí tens tu a minha opinião, bem estudada, para que te possas safar desses importunos.

Raul ficou pensativo, quase desorientado. Porém, ponderando, disse: — Vou pensar qual a melhor opção, depois resolvo como agir.

Mas, de repente, o amigo Magalhães perguntou:

— Onde está o carro agora!

— Está aí na rua, por quê?

— Porra, Raul! Você sabe que alguma autoridade está atrás de um Mercedes preto e que o proprietário desse automóvel corre perigo de vida. Como você sai na rua, assim de peito aberto, ao encontro do perigo sem nenhuma preocupação, homem? Você está louco ou quer morrer? Espera aí, vou espiar se o carro está lá e se tem alguém querendo investigá-lo.

Magalhães saiu na rua da indústria de Raul e, como se não quisesse nada, deu uma volta no quarteirão. Ao passar pelo veículo de Raul, lá estava uma escolta da Polícia Militar, montando guarda ao Mercedes. Não havia dúvida de que Raul corria riscos se se apresentasse como dono do veículo.

— Há um guarda vigiando teu veículo para, quando tu chegares, perguntarem pelos teus documentos e conseguintemente localizarem o teu nome, endereço e tudo mais sobre tua vida pregressa, Raul. Nada daquilo que cogitamos anteriormente serve. Temos de tomar outras providências sobre a tua identidade e tudo quanto te cerca porque estamos diante de uma investigação sobre a tua pessoa.

— E agora, que raio devo fazer? — Indagou Raul, confuso.

— Vou consultar o meu advogado para saber qual o caminho tomar. — respondeu Magalhães, observando a aflição do amigo. Imediatamente, pegou o telefone e ligou para o advogado. A campainha retiniu e, do outro lado da linha, uma voz pigarrenta de cigarro se fez ouvir:

— Alô, é do escritório de advocacia.

— Por favor, quero falar com o doutor Leça!

— É ele quem fala.

— Dr. Leça! Quem fala é o Magalhães, como está o amigo?

— Vou bem, Magalhães, e como vai você?

— Dr. Leça, estou aqui com um amigo que está com um baita pepino na mão e só o senhor pode resolver.

— E qual é o problema? — indagou o advogado.

— Doutor, por telefone não dá para dizer. Entendo que seria melhor o senhor dar um pulinho até aqui no meu escritório para conversarmos.

— Agora?

— Já, imediatamente!

— Oh, diabo! Espere um instante no telefone para saber como está o meu expediente pela manhã e, num minuto, dou-lhe a resposta.

Não se passou um minuto, o prestativo causídico avisava da sua ida ao escritório do amigo. Quinze minutos depois, os três homens já conversavam sobre a enrascada em que Raul se envolvera até a raiz dos cabelos. Foram lhe relatadas todas as nuances amorosas picantes, as personagens principais e coadjuvantes do triângulo amoroso, cujo desfecho poderia ter consequências graves, até funestas.

O Dr. Leça, a princípio, entendeu que era apenas um caso de infidelidade conjugal que não teria maiores consequências se os cúmplices, traídos e traidores, fossem pessoas de fácil harmonização. Isto é, não criassem rixas ou ódios entre si. Mas não era esse o caso, pois logo a seguir soube que um dos presumíveis traídos era um capitão da Polícia Militar que sabia apenas que seu rival era proprietário de um Mercedes preto, mas não sabia quem era. Por isso, montara uma perseguição a todos os Mercedes pretos em circulação na cidade, incluindo aquele, lá fora, na rua da fábrica de Raul, que estava sob guarda e cercado por uma patrulha da PM. Explicaram ao advogado que foi por esta razão que o chamaram para intervir no caso.

— Ora, meu Deus!— Exclamou o causídico. — É só ir lá, mostrar os documentos do carro e resolve-se o problema!

— Mas nos documentos do carro consta o meu nome e o meu endereço. É precisamente isso o que não quero revelar, o senhor entende? — respondeu Raul ao advogado, que começava agora a entender a necessidade de apagar a prova de que Raul era proprietário do Mercedes preto. Porém:

— A pretensão de fazer desaparecer os vestígios do proprietário do veículo, como vocês pretendem fazer, não é possível. Ainda que você transfira o carro para outra pessoa, faça-o desaparecer ou deixe-o ser apreendido, o seu nome vai sempre figurar como antigo proprietário. Não tem jeito, não. Além do mais, nos arquivos do Detran consta o número do chassi e a quem pertence ou pertenceu aquele automóvel. O que se pode fazer para livrar o senhor Raul de ter de enfrentar a polícia agora, com talvez uma prisão arbitrária ou apreensão do veículo, é negociar ou entrar com uma medida cautelar. Podemos assim, a fim de levantar o automóvel, alegar roubo qualificado mediante violência contra o proprietário. Neste caso, o senhor entraria como vítima. Isto posto, quero reiterar a impossibilidade de escamotear a documentação e seus dados.

Compreenderam? — Esclareceu o indagou o Dr. Leça.

— Era exatamente essa situação que queria evitar: que a polícia pudesse rastrear, na documentação do automóvel, meu nome, endereço, minha qualificação pessoal e tudo mais! — respondeu Raul, com certa dose de enfado.

— Não tem jeito! — retrucou Leça.

— Se não tem jeito, o melhor é eu me apresentar como dono do veículo à polícia, pegar o carro e ir-me embora, não acha, doutor?

— Sim, em todo o caso, o acompanho até o automóvel para, se houver alguma dúvida, esclarecermos.

— Tudo bem! — Atalhou Raul antes de o advogado concluir. Os três homens dirigiram-se ao local onde estava o Mercedes, rodeados pelos policias. O advogado perguntou ao oficial que rondava o carro:

— Há algum problema com esse veículo?

— Não, apenas queremos saber quem é o seu proprietário.

— Sou eu. — Adiantou-se Raul. E, tirando da carteira os documentos do carro, exibiu-os ao policial que parecia oficial. A autoridade olhou os documentos, anotou o nome do proprietário, o endereço da residência. Depois, disse:

— O senhor importa-se se tirarmos uma cópia destes documentos ali na papelaria?

— Não, fique à vontade, mas vai demorar muito?

— Uns cinco minutos, se tanto. O senhor me permite?

— Fique à vontade.

Enquanto um guarda foi até a papelaria, os outros ficaram conversando e descobriram que, na verdade, o assunto do patrulhamento ao automóvel de Raul tinha, sim, a ver com as desconfianças do capitão Waldemar sobre Marlene. Concluíram que, cheio de ciúmes, mandara averiguar quem era o proprietário do veículo em que Marlene tinha tomado carona duas ou três noites atrás. Nesta altura, o advogado Leça indagou:

— Por acaso os senhores me podem fornecer os vossos nomes e as patentes que ocupam?

— Somos do 23.o Batalhão da PM, baseado na Rua Abdias do Nascimento 78, região do Aeroporto de Congonhas. Esta viatura é comandada pelo sargento João Pedro Portela. Dela fazem parte ainda o cabo Francisco do Nascimento e esses três soldados, o nº 123, o 45 e o 38.

Terminada a descrição, o Sargento Pedro Portela fez continência ao proprietário do Mercedes e aos outros cavalheiros e retiraram-se com cópias de todos os documentos do carro e de seu dono.

Os encontros entre Marlene e Raul tomaram nova dimensão depois que Waldemar identificou o seu rival ao ver as cópias dos documentos. Raul contou tudo o que acontecera naquela manhã a Marlene, que resolveu fazer-se de desentendida com Waldemar, ignorando o assunto, não lhe tomando satisfações. Não telefonou, fechou-se em copas, como se desconhecesse totalmente aquela estória. Foi Waldemar quem lhe telefonou para lhe dizer que já tinha o nome, o endereço e o retrato do proprietário do Mercedes preto.

— E eu com isso ?! — Exclamou Marlene, muito segura de si e, prosseguindo, apenas perguntou:

— E o que pretende você fazer com toda essa papelada? Com certeza vai jogá-la na lata do lixo, não é verdade?

— Engano seu. — Respondeu Waldemar com azedume. — Você pensa em se livrar assim facilmente de mim. Se assim pensa, está muito enganada. Seria você a primeira mulher a me dar uma tampa. Nunca ninguém me rejeitou como você, pode acreditar! O troco vem atrás e será bastante alto!

— Você está me ameaçando? Olha, eu também tenho meus trunfos e não são pequenos, você sabe!

— Então vamos ver quem tem o trunfo maior! Pode esperar. — Dizendo isto, desligou o telefone.

Waldemar era um mulherengo inveterado. Porém, o pior dos seus defeitos era sua mania de dar uma de bonitão e gostosão, além de ser avarento. Por isso, era apelidado de Cafetão Munheca, além de carregar outras alcunhas típicas dos rufiões da sua época. Tivera uma porrada de amantes, porém mulheres mal-arrumadas, amásias de cabos ou sargentos, uns bagulhos que ninguém queria, a não ser aqueles seus amásios do batalhão, que as usavam também quase como escravas.

Essas pobres mulheres, além de se entregarem a Waldemar, pela posição que ocupava na hierarquia do batalhão, na maioria das vezes eram iludidas com as fantasias dele. Com sua lábia de diplomado (era também conhecido como Bico Doce), ele as levava na conversa, quase sempre lhes extorquindo dinheiro ou presentes, com promessas de um futuro mais promissor e vida melhor. Para elas e seus maridos.

A verdade é que nenhuma daquelas mulheres jamais o tinham

abandonado. Ele é que, depois de usá-las sexualmente, passava a ir atrás de carne nova, como dizia. Então, abandonava as antigas, causando-lhes desgostos e mágoas. Passeava com as recém-amancebadas na frente da antiga ainda chorosa, carcomida de tanta tristeza.

Mas, com Marlene, a situação tinha sido bem diferente. Ela é que o tinha abandonado. Por isso, Waldemar ficara furibundo, sem nada poder fazer por tão bela mulher. A dor de corno era imensa. Eis, pois, a razão de ele perseguir a mulher do sargento como um cão farejador, não poupando esforços para descobrir o novo amante dela, nem que para isso tivesse de empregar meios truculentos, como já fizera com Raul. Na verdade, tinha sido difícil. Todavia, lograra descobrir o nome do novo amante de Marlene e pensava agora numa terrível vingança. Para os dois.

Não tinha ainda armado seu plano diabólico para castigar e, muito, os amantes. Sabia, no entanto, que deveriam ser dias horríveis para ambos, como fazê-lo ainda não lhe estava claro. Waldemar sentia uma volúpia incontida em castigá-los. Imaginou apenas como se sentiriam os dois quando estivessem sob torturas e sevícias horríveis, inspiradas na sua terrível malvadeza. Pagariam caro pela traição e aprenderiam a não se meterem a bestas com as autoridades policiais do Estado. Nesse maquiavélico humor, uma enorme satisfação foi invadindo seu coração, como se já estivesse sentindo a emoção e o regozijo por sua vingança satisfeita. Em solilóquio, dizia baixinho: "Como podemos mudar de uma hora para outra o nosso pensamento sobre uma pessoa à qual dedicamos tanto amor, durante algum tempo da nossa vida?". Pondo um ponto final na diabólica ideia já em si impregnada...

Marlene estava apreensiva e de cabelos no ar depois da discussão com Waldemar, quando soube que este já sabia quem era Raul. Conhecendo-o como bem conhecia o ex-amante, tinha quase certeza de que ele deveria querer vingar-se de ambos com muito rigor. Pensando nisso, seus cuidados redobraram. Imediatamente avisou Raul de que se precavesse sobre alguma possível agressão contra sua pessoa, aconselhando-o a contratar, se fosse o caso, um guarda-costas. Mas Raul, mostrando-se corajoso, disse a Marlene:

— Não tenho medo de vinganças, Marlene! — Ponderou Raul encolerizado, quando a amante chamou-lhe a atenção de como Waldemar costumava fazer.

— Raul! Conheço a peça! Você não pode facilitar não, tenha cuidado!

— Estarei de antenas ligadas, pode ficar descansada, querida. Sei que vou perder muito da minha liberdade só porque um capitão da PM me fica ameaçando por eu lhe tomar a amante!

— Raul, o meu dever é avisar com quem você está brigando. Conheço bastante o Waldemar para saber do que ele é capaz! Não confie muito na sua sorte com esse homem vingativo e impiedoso. Repito, eu o conheço!

— Obrigado, Marlene, vou tomar cuidado com a minha segurança, pode ficar tranquila. — E desligou o telefone.

Não obstante Raul dizer ter posto em prática algumas providências sobre sua segurança pessoal, Marlene não acreditou plenamente no que ele estava prometendo, visto que ele jamais fora daquelas pessoas que se preocupam com sua segurança. Este descaso do amante preocupava muitíssimo Marlene, tendo em vista ela nunca ter tido sorte com os homens que se acercaram de si. E, refletindo sobre o assunto, maldizia a sua sorte porque logo agora que tinha arrumado um homem de quem ela gostava e dava-lhe algum amparo, observava que talvez a vida daquele homem afável, amoroso e que lhe dava alguma sustentabilidade, corria grande perigo, causando-lhe enorme pesar.

Nessa mesma noite, conversou com Jorge a fim de saber se Waldemar tinha falado algo com ele ou se ao menos tinha trocado algumas impressões sobre ela. Jorge, espantado, indagou:

— Que impressões quer você que eu troque com o teu amante, Marlene?

— É só uma pergunta, homem, não posso perguntar nada a você, que diabo?

— Não, ele não trocou quaisquer impressões comigo! — respondeu Jorge com mau humor.

— Se não trocou, acabou-se, pronto. Não precisa responder atravessado desse jeito!...

— Como é que você quer que te responda? Você acha que vou ficar contente de você ter arrumado mais um amante, acha, hein, Marlene?

Ela calou-se. Afinal, ela não tinha nenhuma razão de discutir com Jorge sobre os seus amantes. Bastavam já os desgostos causados ao marido quando ela se trancava com Waldemar no quarto do casal, demorando-se lá tardes inteiras em orgias com o amante. Se bem que sobre Raul, Jorge quase nada sabia e o que sabia se deu através de Waldemar. Sim, o antigo amante é que tinha delatado e se queixara ao marido sobre o novo amante de Marlene. Ela jamais tinha tocado no nome de Raul em casa. O outro é que se queixara a Jorge sobre aquela injusta e hipócrita traição da sua mulher.

Entretanto, depois do alerta de Marlene, Raul passou a mudar de itinerário todos os dias e também de horário. Ele, que costumava sair da casa às nove horas, invariavelmente, agora, uns dias saía às oito, outros às oito e meia, outros às nove e até às nove e meia. Arrumar um guarda-costas para protegê-lo, jamais pensou em tal hipótese. Ainda que os amigos o aconselhassem a isso, não quis embarcar nessa canoa porque, dizia ele, era mais um estorvo para a sua liberdade. Outro despiste foi a troca de carro. Comprou um carrinho pequeno, todo blindado, com vidros escuros, e deixou o Mercedes na garagem. Tentou de todas as maneiras despistar e dissuadir alguém que o quisesse assaltar, perseguir ou sequestrar. Protegeu-se da melhor maneira possível para evitar qualquer surpresa desagradável.

Mas uma noite, quando saía da fábrica, notou um carro estacionado em frente ao portão de saída, também com vidros escuros. Todavia, pode ver dentro dele dois homens pelo para-brisa. Mal saiu pelo portão da fábrica, o outro carro, que estava virado no sentido contrário ao seu, fez uma manobra brusca no meio da rua para segui-lo. Observando a disposição dos indivíduos, ele virou com alguma dificuldade numa rua escura e cheia de vielas e conseguiu ludibriar seus seguidores, que se preparavam para assaltá-lo. Não foi diretamente para casa, pois estava certo de que os marginais deveriam ir esperá-lo nas redondezas do edifício onde residia. Principalmente porque, para entrar na garagem do edifício, precisava apenas de avisar ao porteiro para abrir o portão da garagem através do controle remoto. Preferiu ir à delegacia de polícia do bairro e pedir uma patrulha para acompanhá-lo até em casa. Acuado e nervoso, chegou em casa já passava das dez horas. Dona Lurdes estava assistindo televisão e, vendo o marido nervoso e descorado, indagou:

— O que aconteceu para você estar assim tão branco e exasperado, Raul?

— Se eu te contar, não vais acreditar! Imagina que, ao sair da fábrica, dois caretas dentro de um Gol fizeram uma manobra rápida e perigosa, que me deu a impressão de uma perseguição. Realmente, pela minha observação através do retrovisor, deu-me a impressão de ser um assalto, um rapto ou algum desses sequestros-relâmpagos que os bandidos costumam fazer hoje em dia. O meu pressentimento concretizou-se quando vi os bandidos se aproximarem repentinamente de mim. Contudo, felizmente, a poucos segundos de onde eu estava fica uma delegacia de polícia e, incontinente, fiz uma manobra rápida e, quando eles souberam, estávamos com os carros no pátio da delegacia. Encostei meu carro em uma viatura policial, onde alguns soldados da policia militar conversavam com outras pessoas. Quando eles perceberam a minha conversa com o soldado, deram meia volta e seguiram em frente. Quer dizer, os bandidos estavam planejando alguma ação canalha contra mim. Falando depois com os policiais, eles me aconselharam a pedir ao delegado de plantão para disponibilizar uma patrulha para me trazer até aqui à porta do edifício.

— E amanhã? Como é que você vai fazer?

— Não sei! Ainda não pensei nisso tamanho foi o susto!...

— Por que você não fala com a Madalena? Explico melhor: a Madalena está namorando um rapaz que é delegado de polícia, mas não sei qual é a delegacia! Por que você não fala com ela?

— Mas onde está ela?

— Saiu com o namorado!

— E quando chega ela em casa? — perguntou Raul um pouco mais tranquilo.

— Não sei, acho que foram ver um apartamento para comprar. Devem chegar mais tarde. Mas você pode comunicar-se com ela pelo celular se eles não desligaram o aparelho. Tenta, vá! — encorajou a mulher ao marido.

Raul fez a ligação, mas o telefone só dava caixa postal.

— Não atende! — exclamou irritado — Esta porcaria, quando a gente precisa, não funciona! — e arremessou o celular com força em cima da mesa.

— Tenta mais tarde, homem! Porque, você há de convir comigo, eles podem estar tendo uma conversa particular ou em um lugar em que não possam usar o telefone. Tenta mais tarde e explica-lhes o que aconteceu. Quem sabe se o rapaz te pode ajudar!

— Está bem, vou ligar daqui a uma meia hora!

O fato de Madalena namorar um delegado de polícia deu mais tranquilidade a Raul. "Arre! Até que enfim tinha acontecido alguma coisa a seu favor", pensou consigo mesmo.

Lurdes tinha posto a mesa para Raul tomar o café. Ele sentou-se à mesa, mas não tinha vontade de comer, beliscou alguma coisa e pediu um calmante à mulher. Pensava sobre os últimos acontecimentos quando o celular repenicou. Era a filha que, ao ligar o seu aparelho, observou uma ligação do telefone do pai. Retornou para saber o que ele queria:

— Papai, o senhor me telefonou?

— Sim, telefonei.

— O que o senhor quer?

— Oh, Madalena, a tua mãe disse-me que tu estás namorando um rapaz que é delegado, é verdade?

— É verdade, sim, papai! — exclamou a moça com certo alvoroço, pensando que o pai iria reprovar o namoro dela com um delegado:

— Algo errado nisso? O senhor não gosta?

— Não, não é nada disso... — respondeu o pai com certa doçura na voz. — É que fui perseguido por uns caretas, ontem à noite. E gostaria de saber se esse teu namorado me pode ajudar: isto é, queria saber é se o teu namorado tem na delegacia alguma equipe anti-sequestro? Você conversa com ele e depois me informa algo a respeito, tá bom?

— Está bem, papai. Informo o senhor sobre o assunto! — confirmou a filha apreensiva, desligando o telefone imediatamente.

IX
As mulheres se unem

Madalena ficou de ligar para o pai para dizer-lhe se o seu namorado teria disponível uma equipe anti-sequestro e uma viatura para escoltá-lo até a fábrica. Naturalmente, o delegado de polícia não poderia resolver de um momento para outro a situação. Teria de se certificar se teria equipes e patrulhas e se era o caso de disponibilizá-las. Todavia, Raul, depois desta conversa com a filha, ficou mais despreocupado, aguardando a resolução dos namorados.

Para sua surpresa, quando acordou no outro dia, um carro da PM estava em frente ao prédio à sua espera para acompanhá-lo até a sua fábrica. Entretanto, a sua preocupação era constante e temia que, mesmo assim, o capitão mantivesse sua perseguição tenaz e sem tréguas. Durante dois ou três dias, aquela patrulha policial montou guarda pessoal ao industrial sob a orientação do delegado Marcos Vinícius, namorado da bela Madalena.

Todavia, esta situação impunha certo constrangimento a Raul, não só porque causava certo incômodo ao futuro genro, como também lhe tolhia a liberdade de ir e vir para onde quisesse e aprouvesse. Diante disso, o industrial telefonou ao delegado para que não mais se preocupasse com sua segurança e não mandasse mais o patrulhamento porque lhe parecia que os seus perseguidores se tinham abstido de o perseguirem. Porém, o futuro genro ainda insistiu para prosseguir na missão de resguardar a vida do sogro. Este, agradecendo a atenção, afirmou que não havia mais necessidade, posto que os bandidos pareciam que tinham desistido do intento de sequestrá-lo. Combinaram que, se ele se sentisse de qualquer maneira ameaçado, pedisse socorro imediatamente. As recomendações de Marcos Vinícius pouco ou nada serviram porque o industrial gostava de liberdade e esta, enquanto escoltado, estava limitadíssima.

As saudades de Marlene apertavam. Finalmente, depois de se ver livre dos militares guarda-costas, telefonou para ela no hospital, dizendo da sua vontade de encontrá-la.

— Puxa vida, meu amor! — exclamou Marlene — Pensei que você me tivesse esquecido.

— Imagina, querida. Jamais te esquecerei. É que aconteceram alguns fatos (depois explico) que me impediram de me comunicar com você. E quando podemos nos encontrar?

— Quando você quiser!

— Pode ser hoje?

— Claro que pode! Mas a que horas?

— Quando você sair do hospital, naquele mesmo lugar de sempre, às sete e meia, está bom para você?

— Ótimo! Estarei lá às sete e meia, até logo e um beijo. — despediu-se Marlene, alegremente.

— Outro. Até mais. — despediu-se Raul.

O industrial saiu da fábrica. Mesmo sendo alertado pela polícia para mudar de itinerário de vez em quando, naquela noite, como era um horário diferente do que ele costumava sair, aventurou-se a seguir no caminho costumeiro. Ainda não tinha rodado 500 metros, logo sentiu que estava sendo seguido. Quis reagir à perseguição acelerando seu automóvel. Contudo, de repente, outro carro se atravessou à sua frente e um choque entre os veículos foi inevitável. Sem demora, dois homens saíram do interior do veículo abalroado e, de armas em punho, acercando-se de Raul, gritaram em voz alta:

— Mãos na cabeça! Mãos na cabeça! Pra fora, pra fora se não te mato!

Raul, com os canos dos revólveres na cabeça, sentindo um arrepio de terror, obedeceu. Um dos homens acercou-se do refém e, com voz entre dentes, disse:

— Entra naquele carro! Vai, porra, rápido! Rápido!

O industrial, silente e cabisbaixo, entrou no automóvel indicado pelos celerados, que estava parado atrás do seu. Saíram cantando pneus e em alta velocidade pelas ruas de São Paulo. Fazia-se mais uma vítima refém das quadrilhas de bandidos e se consumava mais um sequestro-relâmpago na grande cidade. Marlene chegou ao lugar combinado às sete horas e vinte e cinco minutos, se tanto. Esperou a hora marcada e Raul não apareceu. Esperou mais uns dez minutos, depois mais uns vinte e nada. Telefonou para o celular do amante, estava desligado. Pensou logo em algum desencontro ou compromisso de última hora. Porém, se fosse isso, ele pelo menos avisaria. Foi para casa com raiva de ter levado o cano do amante.

De casa, telefonou novamente. O celular continuava mudo. Procurou na agenda o telefone da casa dele. Quem atendeu foi dona Lurdes. Deu uma desculpa, disse que era do escritório e precisava falar com ele sobre certo assunto. A mulher disse que ele ainda não tinha chegado. Foi então que ela desconfiou de que alguma coisa anormal teria acontecido. Telefonou para a fábrica. De lá, lhe disseram que ele tinha saído cedo e provavelmente deveria estar em casa. Decepcionada, deitou-se pensando na sequência das combinações da vida, que se materializam ou não, conforme sua posição num mundo nefasto e cheio de armadilhas a nos rodear. Ficou acordada, perdida em elucubrações, até que, de cansaço, se elevou no sono e dormiu.

No dia seguinte, os jornais davam como manchete:

"Industrial é sequestrado ao sair de sua fábrica".

As reportagens contavam ipsis litteris como tudo tinha acontecido, segundo queixa apresentada na delegacia de polícia naquela noite, por volta das duas horas da madrugada. Afirmavam que a família pedia, emocionada, para os sequestradores entrarem em contato a fim de resolverem o assunto. Numa tentativa desesperada, a família apelava aos sequestradores dizendo que o sequestrado tinha doença cardíaca, precisando ser medicado diariamente. A família vivia, em pânico, o drama de ter seu patriarca nas mãos de bandidos.

Testemunhas ainda chegaram a presenciar algumas cenas do sequestro, especialmente aquela em que os bandidos intimaram Raul a entrar no veículo deles. Estes relatos à polícia foram de grande valia, pois, a partir daí, a polícia pode elaborar um retrato falado da fisionomia dos bandidos para investigações futuras. A cena do sequestro foi rápida e eficaz, segundo as testemunhas que viram a colisão dos dois automóveis, o de Raul e o dos malfeitores. Contudo, esses depoentes nada mais viram.

Os bandidos levaram o industrial para uma favela em Parelheiros, na região de Santo Amaro. Colocaram o refém num barraco de madeira, um pouco afastado das outras casas, já previamente escolhido. Amarram os pés e as mãos do industrial, jogaram-no a um canto do barraco em cima de um colchão sujo, deixando-o na maior precariedade.

A primeira noite passou-a Raul sem ser muito maltratado porque ficou cuidando dele um sujeito quase imberbe e inexperiente. Mas no outro dia, vieram uns caras mal-encarados, amordaçaram-no e deram-lhe uma surra, com socos e pontapés por todos os lados, inclusive chutando-lhe a cabeça. Aos berros um dos bandidos dizia:

— Então, seu filho duma puta, tu gosta de comê a mulhé dos outro, né? Tu vai vê o que te espera. Te prepara para eu te comê o teu cu, seu corno, pra ver se tu gosta, seu chifrudo. — Pegando uma chibata, batia no prisioneiro algemado pelos pés e mãos. Depois vinha outro, chutava-o e dizia:

— Daqui a pouco, vamo pô você em contato com sua família. Se eles não atendê o nosso pedido de dois milhão de dólar, e demorá em trazê o dinheiro, nóis vamo te matá com dois tiro na cabeça. — Mais tarde veio outro, um pouco menos cruel:

— Os meu colega qué te matá, mais isso depende de mim. Não quero cometê esse crime, mas tu precisa arrumá essa grana aí! Pensa bem na tua vida, fala pra tua mulhé se esforçá e arrumá a grana, se não tu morre, tá bom! Pensa bem, a tua vida vale mais que dois milhão de dólar, não vale?

Os três bandidos, depois de azucrinarem os ouvidos do prisioneiro, foram embora, dizendo para ele ir pensando em arrumar a grana se não quisesse fazer companhia aos anjinhos...

Porém, com o fato já noticiado pelos jornais, o delegado Marcos Vinícius, por informações de Madalena, entrou em contato com seu colega da delegacia, onde o caso do sequestro de Raul tinha ido parar. Os dois delegados conversaram demoradamente por telefone sobre a evolução dos acontecimentos. O delegado Francisco Varela informava ao seu colega Vinícius que os bandidos tinham entrado em contato, poucos minutos atrás, com a família de Raul pedindo dois milhões de dólares para libertá-lo. Todavia, a coitada da dona Lurdes, chorando e maldizendo a sua sorte e a do marido, dizia:

— Se eu tivesse os dois milhões de dólares, pagava para salvar a vida e evitar o sofrimento de Raul. Infelizmente, ela não tinha esse dinheiro. Como iria ela fazer para salvar o marido das garras dos seus algozes?

E, chorando, reclamava da sorte. Entretanto, Marlene tomou conhecimento do preço do resgate através daquele jornal e, imediatamente, entrou em contato com o seu marido, perguntando-lhe:

— Oh, Jorge, você tem conhecimento ou alguma notícia sobre o sequestro de um industrial chamado Raul na zona do Brooklin?

— Sim, escutei qualquer coisa nesse sentido, mas não entendi direito, pois a conversa não foi muito esclarecedora sobre tal assunto. — respondeu Jorge, apreensivo.

— Você tem certeza de que nada sabe nada sobre esse rapto? Porque escutei dizer que existe um retrato falado de um dos sequestradores do industrial, muito parecido com um soldado lá do seu batalhão. É verdade isso ou é conversa fiada?

— Não sei nada a respeito disso e nem tampouco te posso adiantar nada sobre esse caso! — esclareceu Jorge apressadamente, pondo um ponto final na conversa.

Marlene ficou desconfiada de que o marido estava escondendo alguma coisa. Algo estava errado, algo estava sendo escondido. Por isso, mudou de assunto e deixou de insistir no que ela julgava ter acontecido. Já tinha um prejulgamento muito pessoal, através de antecedentes por ela constatados. Enfim, tudo isto a preocupava, lhe causava dúvidas e deixava-a com alguma dose de culpa por ver Raul prisioneiro de uma cáfila de bandidos, extorsionários de milhões de dólares, sem nada poder fazer. Sozinha na cozinha, pôs-se a chorar. Se bem que ela nada tivesse a ver diretamente com o sequestro do homem. Porém, se fossem feitas as averiguações, a sua figura seria envolvida e sua imagem com certeza seria arranhada.

Durante os três dias seguintes, os bandidos silenciaram. Não deram um pio sobre o sequestro do industrial. Não voltaram a pedir dinheiro, não telefonaram, não negociaram e nada acrescentaram ao que já tinham feito e nem ao que os jornais tinham noticiado.

A família, aflita, não sabia o que fazer. O delegado Marcus

Vinícius, a pedido de Madalena, tinha montado uma escuta telefônica com o seu colega Francisco Varela, pensando em conseguir descobrir o fio da meada do sequestro. Desconfiavam que se tratasse de uma rede de sequestradores que assolavam a cidade de São Paulo naquele momento. E esse monitoramento era, agora, a única forma de descobrir o cativeiro onde o industrial deveria estar e de prender os fora-da-lei. Contudo, eles estavam num impasse, não conseguindo deslindar e nem localizar onde e como estava o empresário sequestrado, já havia alguns dias.

O capitão Waldemar, de serviço numa tarde, muito preocupado, mandou um soldado ir à sala dos sargentos e dizer ao Jorge que fosse ao seu gabinete para um bate-papo. O sargento Jorge, surpreendido com o convite, compôs a farda, arrumou-se e foi ao gabinete do capitão. Pediu licença e entrou perguntando:

— O capitão mandou me chamar?

— Sim, mandei. Queria saber como vão as coisas lá em casa. Está tudo em ordem, tudo bem?

— Tudo bem, tudo em ordem. A Marlene é que anda um pouco murcha e desgostosa com a vida. Não sei qual o motivo e nem o porquê daqueles seus desgostos e muito menos sei o que aconteceu para ficar assim tão diferente!

— Será que não é qualquer coisa relacionada com o serviço dela?

— Não sei. Só sei que ela anda um bocado esquisita. De mau humor comigo, com as crianças, enfim, realmente muito mal-humorada! — disse o marido, olhando o capitão e meio desconfiado.

— Será que se eu lhe fizer uma visita ela melhorará?

— Não sei, capitão, se o senhor quiser telefonar antes de ir lá em casa, talvez seja melhor. Não acha?

— Está certo, vou seguir o seu conselho.

— Capitão! Dias atrás, Marlene me falou alguma coisa sobre um sequestro e que viu num jornal o retrato falado de um soldado do nosso batalhão. O senhor tem conhecimento desse caso? Porque ela me perguntou se eu tinha visto ou se sabia alguma coisa a respeito desse rolo. Posso lhe fazer uma pergunta? O senhor sabe algo sobre esse caso?

— Não. Nada sei a esse respeito. Se ficar sabendo alguma coisa a esse respeito, logo lhe comunico, está bem?

— Ainda bem! Porque a Marlene fez-me essa pergunta e ficou desconfiada pensando que eu sabia algo. Não lhe quis adiantar nada, sabe?

— Mais uma razão para eu visitá-la. O que você acha?

— Entendo que o capitão deve ir vê-la, sim, para ela levantar o seu astral. No momento, anda bem desanimada.

Depois do bate–papo, o sargento pediu licença ao capitão e saiu sem nada saber sobre os problemas de Marlene e nem de Waldemar. Porém, uma coisa lhe chamou a atenção. Por que diabo Waldemar o tinha chamado para conversar? Qual seria o interesse de Waldemar em saber se ele e sua mulher estavam bem ou mal? Não lhe soava bem aquele interesse do capitão. Contudo, também não via naquilo nada de importante para fazer algum juízo sobre o capitão.

Passaram-se mais alguns dias e Marlene começou a ficar importunada demais com o sequestro de Raul. Não recebia notícias, nem nenhum recado, os jornais silenciaram. Começou a ficar preocupada, sem saber ao certo como estaria passando o amante.

Numa tarde chuvosa, folga de Marlene, Waldemar lhe telefonou, indagando:

— Oh, Marlene, posso visitá-la esta tarde? — Perguntou o capitão com certo embaraço na voz.

— Pode. A casa do seu amigo sargento Jorge está sempre de portas abertas para recebê-lo. — Respondeu e mulher do sargento, com sagacidade.

— Por que me responde assim com tanta frieza, Marlene? Até parece que vou à sua casa visitar o teu marido. Você sabe que o meu interesse é saber como você está de saúde, certo?

— Não posso dizer se há sinceridade nas suas palavras. Há? —Respondeu ela secamente.

— Lógico, sou sempre o mesmo, quero dizer, sincero. E gostaria de visitar você!

— Até parece que isso é verdade! — disse Marlene, mostrando-se indiferente.

— É verdade. Se eu for à sua casa é para te ver. Imagina se iria para visitar o teu marido se o encontro todos os dias aqui no quartel! Não faria sentido, não acha?

— Concordo... Mas também não faria sentido você vir visitar uma mulher que, constantemente, você ameaça de lhe bater! Ou faria? — Exclamou Marlene, com irritação.

— Puxa vida! Você ainda não esqueceu isso?

— Quer saber de uma coisa Waldemar? Há coisas que nós

nunca esquecemos na vida e essa cena jamais esquecerei!...

— Bem, a conversa está tomando um rumo diferente daquele que queria. Diante disso, o melhor que tenho a fazer é pegar a minha rica plumagem e não ir te visitar...

— O senhor é quem sabe, senhor capitão!

— Sendo assim, nada mais temos a tratar. Até outro dia e passe bem. — disse o capitão, despedindo-se, muito despeitado pela maneira fria e irritada com que Marlene o tratou.

— Até outro dia, senhor capitão, e passe bem! — despediu-se Marlene.

No outro dia, a família de Raul, mais precisamente Madalena, recebeu um telefonema dos sequestradores com uma gravação da voz do pai. A polícia entendia ter esta sido feita por profissionais ou por pessoas conhecedoras do ramo. Na gravação, o industrial rogava, chorando, pelo amor de Deus, para que a família e todos os envolvidos atendessem os pedidos de seus algozes, pois estava sendo espancado amiúdes vezes com muita selvageria e humilhação e ameaçado de morte. Simultaneamente a este pedido, receberam um bilhete escrito com sangue, que a polícia desconfiava que fosse do próprio industrial, pois era muito comum os bandidos usarem este expediente para atemorizar tanto o refém como seus familiares.

As escutas telefônicas não surtiram efeito positivo, pois durante os dias em que estas foram feitas, notava-se que eram muito confusas e pouco audíveis e incompreensivas, não levando a nenhuma pista concreta sobre de onde vinham e quem as mandava.

Madalena entrou imediatamente em contacto com o namorado

delegado. Temendo pela vida do seu pai, ela rogava-lhe para que ele viesse correndo em casa, a fim de combinarem ou discutirem alguma maneira de tirarem o pai daquela situação horrível, antes que algo de mais grave pudesse acontecer. Atendendo ao pedido da namorada, o namorado deslocou-se o mais depressa possível até a residência dos Lopes, a fim de tentar aliviar o sofrimento da família.

Mas Madalena, como se sabe, cursava as ciências do Direito. E, exatamente naquele ano ela concluiria o curso, bastando-lhe para isso mais uns poucos meses. Aluna aplicadíssima e apaixonada pelo Direito, sentia, apesar disso, a sua impotência, como cidadã, de nada poder fazer pelo próprio pai. O caso do sequestro viera-lhe atrapalhar muito as provas do final de ano e, por isso, sentia um desgosto profundo por não poder tirar boas notas ou ser já formada. Queria, já com o título superior, forçar as autoridades policiais a desvendar o sórdido mistério daquele crime que punha a sua família, assim como outras tantas da capital, de joelhos diante da criminalidade. Quando estivesse diplomada, dedicar-se-ia de corpo e alma aos estudos dessa matéria. Intencionava também doutorar-se, depois de formada, defendendo uma tese sobre sequestros e crimes hediondos, com a finalidade sugerir leis que punissem mais rigorosamente e pusessem atrás das grades os celerados que, com ações nefastas e sinistras, expunham suas vítimas a cárcere privado, incutindo-lhes o terror psicológico, violentando-as e ameaçando-as de morte, com a finalidade de lhes extorquirem dinheiro e outros bens materiais. Naqueles dias, mormente, meditara muito sobre o porquê de as autoridades policiais nada ou quase nada fazerem contra esses crimes hediondos. Portanto, era seu propósito formar-se e continuar a estudar, debruçando-se sobre os livros e possivelmente doutorar-se, para ajudar a acabar com o sofrimento de uma sociedade refém e ameaçada pelos marginais.

Quando o namorado chegou e tocou a campainha, Madalena estava compenetrada na orientação que deveria dar à sua vida. Agora, ela sentia como era necessário o conhecimento profundo das leis para poder solucionar os inúmeros problemas diários de uma família ou da própria sociedade em constante perigo. Mesmo ao abrigo das leis do Código Penal, a sociedade, que jamais as vira serem aplicadas em seu beneficio, tornava-se prisioneira dos bandidos. Marcos Vinícius, depois de cumprimentar a mãe de Madalena, sentou-se num sofá da ampla sala de estar dos Lopes e exclamou, com certa irritação.

— Dona Lurdes, sinto-me frustrado! Frustrado, repito, porque temos trabalhado nesse crime já há mais de 10 dias e não conseguimos avançar em nada, absolutamente nada. Sequer um centímetro! Esses bandidos sequestradores do senhor Raul, com certeza, são profissionais.

— Mas, Dr. Marcos, ainda não há nenhuma pista? — respondeu dona Lurdes, mostrando-se também indignada com a desídia das autoridades policiais de São Paulo.

— Nada, nada, dona Lurdes! É incrível uma coisa destas, mas é verdade!...

Madalena, que acabara de entrar na sala, beijando o namorado e acabando de escutar o que ele dissera, respondeu exasperada e com ironia:

— Também pudera, os bandidos estão mais bem aparelhados e armados do que a polícia! O que se pode esperar das autoridades, nesta altura dos acontecimentos, em prol do povo?

Marcos, vendo a namorada irritada e incrédula com a atuação da polícia no caso do seu pai, dava-lhe razão e prometia-lhe todo o apoio moral. No dizer dele, sabia de todo o empenho dos oficiais da Polícia Militar contra os sequestradores, porém, não havia como combater mais contundentemente este tipo de crime que grassava pela cidade.

Naquela tarde, logo depois desta conversa, houve o segundo comunicado de Raul: ele pedia para a família novamente tentar chegar a um acordo com seus sequestradores, posto que ele não aguentava mais as barbaridades e ameaças de morte, agora com sevícias e promessas de mutilações sexuais horrendas. Enfim, não suportava ainda muitas outras humilhações. Se fosse verdade tudo aquilo, ele estaria sendo submetido a um suplício, um horror que breve o levaria à loucura...

A família, mais uma vez, desesperara-se. De maneira nenhuma poderiam atender ao pedido dos sequestradores porque não tinham o dinheiro e nem como arrumá-lo assim de uma hora para outra. Estavam tentando ver o que poderiam conseguir, mas aquela exorbitante quantidade de dólares era-lhes impossível de conseguir. Dona Lurdes chorava a sorte do marido pelos cantos da casa. A filha mais nova recolhera-se a seu quarto e nem mais foi às aulas. Só Madalena é que resistia àquele enfrentamento, com sua força de vontade e espírito de persistência em pretender salvar o pai da difícil situação que se encontrava. Ela era daquelas pessoas fortes de ânimo e firmes nas suas convicções. Não se deixava abater pelas circunstâncias adversas, apesar de tudo conspirar e levar a crer que a vida do pai corria grande risco nas mãos dos celerados.

Nessa noite, ela encheu-se de coragem e, sem nada dizer à mãe, começou a chafurdar nas coisas particulares do pai. Revirou a carteira dos documentos antigos dos carros, conferiu canhotos de velhos talões de cheques, cartões de visitas, anotações e recibos do hospital, quando da sua internação. No meio desses papéis do hospital, encontrou uma nota de recebimento de um vestido muito caro, que lhe chamou a atenção. Atrás da nota, estava escrito, à caneta, o nome de Marlene. A loja ficava no Shopping Iguatemi. Separou esse documento e continuou a sua pesquisa.

Sabia que seu pai tinha comprado um carro mais barato para despistar os ladrões. Verificou também os documentos do carro e separou-os. Foi dormir altas horas da noite, mas quase não pregou olhos. No outro dia, logo cedo, foi a casa onde o pai havia comprado o carro para saber como e por que o pai havia adquirido aquele automóvel se tinha outro carro. Obteve como única resposta que o seu pai estava sendo perseguido e, por isso, trocara de carro.

Da loja de carros, foi ao Shopping Iguatemi procurar a loja Montblanc, a fim de averiguar se ainda existia aquela loja. Andou como uma louca, mas a encontrou. Cumprimentou educadamente a moça que estava ao balcão, conversou um pouco sobre os modelos de vestidos disponíveis, os preços, as tendências da moda, até chegar aonde queria e disse:

— Meu pai comprou um vestido aqui há algum tempo. Na nota fiscal que ele levou há o nome de uma pessoa. Preciso saber o nome dessa pessoa. É um assunto muito delicado, mas preciso lhe falar. Peço-lhe para manter sigilo. Meu pai foi sequestrado e esse nome pode ser uma pista que pode salvá-lo da morte. A senhora é capaz de me ajudar?

— Nossa! Não sei! Mas se souber o nome da pessoa, com certeza que sim, ajudo!

— É uma mulher, cujo nome é Marlene que, provavelmente, comprou o vestido e o meu pai pagou. É só isso que sei. — e, tirando o tíquete do cartão de crédito da bolsa, Madalena mostrou-o à moça.

— Ah! Este vestido? Lembro-me dele. Era um verde opalina, lindo, e que caiu muito bem na moça que o vestiu. Infelizmente não tenho o endereço dela, só tenho o telefone!

— Por um grande favor, será que poderia dar-me o telefone dessa moça?

— Isso não vai complicar a minha vida, não? — inquiriu a balconista.

— Não, não vai complicar ninguém. Por favor, pode ficar tranquila — e anotou o número do telefone.

— Muito obrigado. — agradeceu Madalena e saiu do shopping correndo. Depois desta conversa, Madalena telefonou para Marlene explicando o que se estava se passando com o seu pai. Gostaria de trocar algumas ideias com ela e saber se ela lhe poderia ajudar de alguma maneira.

Marlene ficou desconfiada e, ao mesmo tempo, aborrecida de não lhe poder ajudar a salvar o pai. Porém, pediu para a filha de Raul deixar o seu telefone, prometendo-lhe que, se soubesse algum fato novo, voltaria a ligar para Madalena.

Da parte de Madalena ficaram amigas e aliadas para descobrirem o paradeiro de seu pai. Marlene, por usa vez, não sabia discernir se tinha arranjado uma aliada, uma amiga ou inimiga. Como observou espontaneidade na conversa de Madalena, acabou por se inclinar de que ela era sincera. Diante das circunstâncias, afastou a hipótese de Madalena a trair, e passou a tomar suas dores, propondo-se a ajudar a família de Raul. De tarde, quando Jorge chegou do quartel, jogando verde para colher maduro, Marlene lhe perguntou:

— Oh, Jorge! Lembrei-me de repente daquele rapto do industrial em que parece que estava envolvido um soldado da tua companhia. Lembra-te deste fato, não?

— Não, não sei nada disso. — respondeu Jorge, meio zangado. — Já duas vezes que você me faz a mesma pergunta. Sei lá de alguma coisa desse rapto, Marlene. Que conversa mais estapafúrdia essa tua, hein?

— Não sabe ou não quer abrir o jogo? – Respondeu Marlene também encolerizada — Eu não vi, mas me disseram que o retrato falado estampado no jornal tinha a fotografia de um homem muito parecido com um soldado lá do quartel. Não estou afirmando nada porque não vi o retrato, mas que me afirmaram isso, afirmaram, entendeu?

— E você acha que, se isso fosse verdade, as autoridades

competentes não iriam lá ao quartel conferir se esse retrato falado não era verdadeiro?

— Não sei! As autoridades só investigam o que lhes interessa. Haja vista o caso do rapto seguido de morte do prefeito de Santo André, que a justiça deu como crime comum, e agora, voltou novamente a investigar, em razão da família do prefeito entender que é crime político.

— Ah! Mas isso é muito diferente. Aí mete política no meio, enquanto, neste caso, trata-se de sequestro de gente do povo, gente que nada tem a ver com a política! Não podemos misturar alhos com bugalhos, não é verdade, Marlene?

— Não entendo nada disso, só sei o que o jornal dizia. — Depois a mulher calou-se, fechou-se em copas, não falando mais a respeito do assunto, dando a impressão que houve um abafa-abafa na notícia.

— Mas ainda vou saber como ficou o caso e pôr tudo em pratos limpos porque tenho cá minhas dúvidas e razões para desconfiar de certas pessoas do nosso relacionamento, entendeu você?...

— Faça o que você achar melhor! Não tenho nada a ver com isso!... — Exclamou o marido dando de ombros, encerrando a conversa.

Marlene ficou na dúvida se telefonaria para Madalena ou se esperaria ela lhe telefonar a fim de lhe informar sobre a conversa que tivera com o marido e as desconfianças que tinha sobre o sequestro de Raul. Pairava em seu espírito um misto de dúvida e de crença misturados. Se, de um lado, havia certa dúvida de que tivesse partido de Waldemar o plano de sequestro de Raul, de outro, pelo conhecimento que tinha do caráter vingativo do capitão, achava-o capaz de fazer qualquer coisa. Vingar-se-ia de alguma maneira de quem resolvesse entrar no meio do seu relacionamento com Marlene. Pensando bem, ela tinha razões de sobra para pensar que Waldemar, possivelmente, fosse o mentor intelectual do hediondo crime contra Raul. Contudo, também não podia afirmar com segurança que partira dele este ato violento. Ficou na dúvida: iria correr o risco de se enganar ao apontar os presumíveis responsáveis pelo sequestro ou iria assistir inerte ao possível assassinato de uma pessoa inocente sem nada falar?

Subitamente imbuída de solidariedade, resoluta, telefonou para a filha do industrial, marcando um encontro, nessa mesma tarde, na Casa de Chá *As Freiras*, no bairro de Moema, às cinco horas. Deram-se mutuamente a descrição do biotipo de cada uma, cor de olhos, cabelos, estatura etc., e das roupas em que estariam vestidas. Teriam de ser pontuais.

Às cinco em ponto, as duas mulheres estavam dentro da casa de chá. Uma identificou a outra e se aproximaram. Madalena adiantou-se:

— Você é a Marlene, não é?

— Sim, e você a Madalena? É uma grande satisfação.

— Obrigado! — exclamou Madalena.

Sentaram-se a uma mesa encostada à parede num canto do salão de chá. Foi Marlene quem iniciou o diálogo perguntando, primeiro, se tinha novas notícias do pai.

— Não, as últimas notícias que tivemos foram há dois dias, quando ele pedia pelo amor de Deus para providenciarmos o dinheiro que os sequestradores queriam, senão eles provavelmente o matariam.

Aí, Marlene tomou a palavra:

— Escuta bem o que vou lhe dizer, Madalena! Vou fazer uma confidência sobre a qual não estou muito certa. Em razão disso, não gostaria de ver o meu nome envolvido nem mencionado na imprensa, nos seus depoimentos ou em qualquer tipo de relato, público ou particular. O meu depoimento visa tão somente ajudar você e sua família a salvar a vida de seu pai. Pelo que sei e tenho lido, a vida dele corre grande risco, pois, como se sabe, ele é uma pessoa boa, um grande ser humano. Precisamente por isso, quero ajudar você a sua família a tirá-lo das mãos desses celerados assassinos. Não consigo dormir tranquila sabendo da angústia de toda a família, sem nada fazer para ajudar todos vocês neste momento de tanta aflição. Você entende a minha posição?

— Claro, claro, Marlene! Entendo sua preocupação em preservar o seu nome neste episódio sórdido em que meu pai está sendo vítima. Mas, por favor, diga-me o que é que você sabe sobre todas essas desgraças que nos envolvem a todos? Diga, diga, por favor, o que sabe sobre a situação do meu pai! Ajude-nos... Dê-nos uma pista! Diga por onde devemos começar, que o resto garanto que vou descobrir. Por favor!...

— Bem! O que sei não é muito, mas pode ser a ponta da linha do novelo deste drama. Logo no primeiro dia do sequestro, vi num jornal o retrato falado de um dos sequestradores. Era muito parecido com um soldado do batalhão em que serve o meu marido Jorge, como sargento. Nesse mesmo dia, perguntei ao Jorge se ele sabia algo a respeito do sequestro do seu pai. Ele, com rispidez, respondeu-me que nada sabia e ainda me deu uma bronca por conta da minha intromissão nesse assunto. Ontem, antes de falar com você, fiz a mesma indagação e ele, mal-humorado outra vez, me respondeu negando, irritado e de maneira que não costuma me responder. Por essa recusa dele em me dar qualquer explicação plausível e por tratar a pergunta como se fosse uma ofensa, comecei a desconfiar dele. De alguma coisa ele deve saber, quem sabe de uma conexão entre alguém do quartel e o caso do sequestro que, quem sabe, eles podem ter preparado para seu pai. Daí a razão de eu estar desconfiada, entendeu? Por isso, gostaria que você mandasse investigar esse retrato falado e até mesmo o pessoal do quartel. Está você a perceber o meu ponto de vista, Madalena?

A filha de Raul, que se mantivera calada durante toda a explanação dela, indagou:

— Mas o seu marido não está metido nesse rolo, Marlene, está?

— Acredito que não, mas talvez esteja escondendo algum segredo dos amigos dele lá do quartel! — Disse Marlene com as faces vermelhas, como se estivesse comprometida.

— Só não quero que me metam nesse rolo, Madalena! Quero simplesmente colaborar com você e com o seu pai e livrá-lo daquele sofrimento atroz o mais depressa possível, compreende?

— Entendo sua preocupação e agradeço muito por suas informações. — disse Madalena, levando a chávena aos lábios com alguma dificuldade, enquanto dissimulavam ambas o nervosismo que se apoderava delas durante aquelas confidências, que originaram algumas lágrimas, porém tudo com silêncio e discrição. Depois, distraidamente, foram comendo alguns biscoitos, doces e bolinhos, até se acalmarem...

Eram quase oito horas da noite quando as duas mulheres saíram da casa de chá. Madalena levou Marlene às proximidades da casa da confidente e despediram-se prometendo as duas trabalharem para desvendar os sequestradores de Raul.

Naturalmente, caberia a Madalena, como filha, ir atrás das diversas pistas sugeridas por Marlene porque, de fato, esta era quem melhor conhecia a tropa e as trapaças de Waldemar da Costa. Portanto, Madalena deveria orientar seus primeiros passos com base nos indícios de sua confidente.

Já Marlene não se atrevia a perguntar mais nada a Jorge sobre o sequestro. Contudo, certo dia, foi ele quem, sem querer se comprometer, lhe indagou:

— Oh, Marlene, já desvendaram quem sequestrou aquele seu amigo industrial da Vila Mariana?

— Não sei de nada sobre esse caso. — respondeu a mulher — Mas acho que não. Por quê? Você ficou sabendo de alguma coisa lá no quartel?

— Não sei de nada. Mas afinal o que é que tem a ver o quartel com esse assunto? — perguntou o marido, como se ela o estivesse ofendendo com tal pergunta.

— Ora essa! Você trouxe o assunto à baila porque tem interesse em saber, se acaso já não sabe quem foram os sequestradores do homem. Ou não, hein, Jorge?

— Não, eu nada sei! Mas como você anda sempre me especulando se tenho conhecimento sobre esse caso policial, nada mais natural do que te perguntar. Mas, se você me responde como quem se sente ofendida, peço desculpas, não está mais aqui quem falou!

Conquanto Jorge desse por terminada a conversa sobre o caso, a mulher intuía que aquelas especulações do marido tinham a ver com algum fato novo. Porque sua estratégia de desviar a conversa sempre na direção dos companheiros de quartel de Jorge, levava-o mais uma vez a encolerizar-se com ela. Por isso, no outro dia, transmitiu tim-tim por tim-tim à sua confidente Madalena.

Dois dias depois da conversa entre as duas mulheres, Madalena recebia novo bilhete do seu pai pedindo, por tudo quanto era mais sagrado, para ela conseguir arrumar o dinheiro do resgate. Os sequestradores, após uma seção de torturas, haviam dito a Raul que, na próxima vez, o negócio iria ser bem pior, prometendo inclusive, tirar-lhe a vida.

Madalena desesperou-se mais uma vez, agora com a ameaça do bilhete. Telefonou na mesma hora para Marlene a fim de saber se ela já tinha conseguido algumas informações. Mas sua agora amiga e aliada, com muita mágoa, informava-lhe que não tinha conseguido arrancar sequer uma palavra ou um gesto do seu marido que lhe apontasse um caminho a seguir para elucidação do caso. A família de Raul, especialmente dona Lurdes, ao saber da ameaça, se angustiou novamente com a terrível situação do marido, pedindo logo à filha para convocar o seu namorado. Queria que Marcos levasse o caso ao governador do Estado de

São Paulo para que este pudesse interceder a favor do marido e o livrasse daquela desgraça que colocava sua vida em sério perigo. Marcos tinha contatos na Secretaria de Segurança Pública e já havia se encontrado com o governador em cerimônias oficiais.

X
A chegada da encomenda

Depois de ouvir reiterados pedidos de Madalena, o delegado Marcos Vinícius resolveu pedir uma audiência ao governador para lhe falar sobre o caso do sequestro. Entretanto, o governador, político e astuto, empurrara o delegado para apresentar o caso ao secretário de Segurança Pública porque, além de ele não querer se envolver no assunto, de fato se tratava de uma tarefa para a área de seu competente secretário resolver.

Sem perda de tempo, Marcos Vinícius apresentou o caso ao secretário de Segurança Pública. Observando o perigo de vida que o sequestrado corria, o secretário prometeu ao delegado convocar vários delegados de polícia de São Paulo, assim como comandantes de batalhões da PM, e exigir destas autoridades a pronta elucidação do crime, a prisão de seus autores, em três dias no máximo, sob pena de demissão daqueles.

A convocação foi feita logo para o dia seguinte através de e-mails. As mensagens eletrônicas chegaram de forma individual. Como não poderia deixar de ser, o capitão Waldemar foi convocado para a reunião, que discutiu formas de se resolver de imediato o caso do sequestro, na sede da Secretaria de Segurança Pública.

Quando saiu do encontro, o capitão mostrava-se preocupado porque sentira a determinação do secretário de resolver o rapto de Raul. Imediatamente, entrou em contacto com seus conluiados bandidos, avisando-os de que precisava conversar com o responsável pela prisão do industrial. O portador deste recado foi o soldado 35, de seu batalhão, que, de volta, trouxe à sua presença um indivíduo de barba crescida preta e cerrada, um cochino com traços de facínora incorrigível e que acudia pela alcunha de Zelão. Os três homens fecharam-se num gabinete, mais ou menos secreto, dentro do quartel, que o capitão usava esporadicamente para seus negócios escusos e particulares, à revelia das leis.

O capitão Waldemar mostrava-se preocupado com evolução que o assunto tomara. De repente, perguntou ao homem de barba preta, ao cochino:

— Qual é o estado de saúde do prisioneiro? Está em estado razoável, ainda com alguma saúde mental? — Perguntou, meio indiferente, se Raul já havia ou não sido maltratado demais ou mesmo morrido. Ao que Zelão respondeu:

— Bem, ele tá muito assustado. Quase não come, emagreceu muito, de resto tá normal. Ah, todos os dia, ele pergunta se a família dele já arrumô o dinheiro, como está as conversa com sua família. Ele só pergunta essas coisa. — respondeu o gebo barbudo.

— Mas ele não fala de mulheres, de amantes, de sexo, dessas coisas?

— Não, pra mim nunca me perguntô nada disso. Nada de mulhé! Só fala da família dele, mais nada. — acrescentou o cochino.

— Ora, bem! Então, você volta lá ao bangalô onde está o preso e fala pra ele que sua família até agora não mandou o dinheiro para pagar o resgate. Por isso, vocês vão ter de lhe fazer uma operação. Se ele sobreviver, vocês o vão soltar, se não, enterremno! Está entendido?

— Mas qual é a operação, capitão?

— Você diz que tem ordem do chefe da equipe para castrá-lo, cortar-lhe o aparelho genital, entendeu bem?

— O aparelho, aparelho de quê, capitão? — Perguntou Zelão, perturbado.

— Você vai cortar-lhe o pênis, entende agora?

— Ah, agora, entendi! Capá, não é isso?

— É isso mesmo, capá-lo! Mas vocês devem dizer que o vão capar para ele deixar de ser besta e não andar comendo por aí as mulheres dos outros, entendeu bem como é o negócio?

— Ah, ele costumava andá por aí comendo as mulhé dos outro, é isso?

— É isso mesmo, capá-lo para ele não ser atrevido. Cortem-lhe a estrovenga, o pênis, o caralho, a pica, as bolas, tudo, tudo, está bem? Mas não se esqueçam de lhe dizer o porquê de lhe fazerem esse trabalho, certo?... Agora podem ir, e bico calado, está certo?

— Mas, capitão, o senhor disse pra nóis cortá o saco e o que mais que não entendi? — indagou o gebo.

— Não, homem, só o pênis, o cacete! — Entendeu agora?...

— Ah, sim, agora entendi, o cacete, não é?

Quando Zelão, acompanhado do 35, se foi, o capitão Waldemar, com o fura-bolos no nariz, dava estrondosas gargalhadas só de pensar que seu rival Raul ficaria eunuco, incapaz de fazer sexo com belas mulheres, como Marlene e outras. Aquele homem de corpo bem feito e de aparência jovial teria seu aparelho genital extirpado pelos bandidos dali a algumas horas, no barraco de

Parelheiros. O nervosismo de Waldemar prendia-se ao receio de que outros policiais pudessem encontrar Raul e prendessem os seus capangas. Aí, a coisa ficaria ruim para o seu lado. Naturalmente, como sentiu que a coisa era mais perigosa do que pressupunha, tratou imediatamente de mandar libertar o seu prisioneiro para ter tempo de, se alguma coisa desse errado, recompor a sua responsabilidade, defendendo-se jogando a culpa nos homens que detinham o sequestrado.

Raul dormitava no momento em que os dois marginais chegaram. Foi o 35 que o acordou. Havia mais dois marginais que ficaram de guarda, enquanto os outros foram receber ordens do capitão. Mas o encarregado de Raul era o Zelão. Quando chegou ao ergástulo onde Raul estava deitado e amarrado à enxerga que lhe servia de cama, deu-lhe um pontapé nos pés descalços e gritou:

— Então, como é que é? E o dinheiro, os dois milhão de dólar, vem ou não vem? Você disse que a tua família tava arrumano o dinheiro e esse dinheiro não aparece? Que diabo de família é a tua, hein, vagabundo comedô de mulhé ramera? — E, continuando, dizia:

— Olha, trazemo ordis do nosso chefe para matá você se o dinheiro não aparecê em três dia. Você fica brincando com coisas séria, mas agora é pra valê! Ou tu arruma o dinheiro em três dia ou leva uma bala na cabeça! — tartamudeou o barba preta, com voz trêmula. Raul, chorando, dizia:

— Pelo amor de Deus, pela sua família, por tudo quanto é mais sagrado, espera mais um pouco. A minha família com certeza deve andar atrás do dinheiro, atrás dos bancos pra arrumar o dinheiro.

Deem-me mais um pouco de tempo. Não façam isso! Eles vão arrumar o dinheiro, sim! — Dizia Raul, exasperado, lamentando sua sorte, amarrado àquela enxerga fedorenta. Em resposta, o barba preta, se achando o dono do mundo, exclamou:

— Bom, como te disse, você tem três dia para arrumá a grana. Se em três dia, não vié, já sabe o que vai te acontecê!...

Raul passou a esperar atormentado o dinheiro prometido pela família. Não dormiu durante os três dias, que passaram num abrir e fechar de olhos, mais rápido que um relâmpago. Já confundindo os dias, pressentia que o numerário não chegaria. Passadas as setenta e duas horas sem a chegada do resgate, o Zelão, com seu corpanzil enorme, de braços cruzados, veio montar sentinela à porta do ergástulo onde estava Raul deitado e amarrado ao colchão, cheirando a suor e nauseabundo no centro do cômodo. Chorando como uma criança, Raul dizia a Zelão:

— Por favor, não me matem! Deem-me outro castigo qualquer, mas não me matem. Por favor!!! — clamava Raul, se remoendo em altos brados. Então, o da barba preta, chegando-se mais perto dele, balbuciou:

— Bom, já que tu aceita outro castigo, ao invéis da tua morte, eu te proponho de te cortá o teu cacete! Aceita?... Isso te serve de emenda para tu não andá por aí pela cidade comendo as mulhé dos outro...

Raul, que não esperava uma proposta destas, abriu muito os olhos, e, mesmo sob esta pressão psicológica, ainda teve a capacidade de raciocinar que ali havia uma ponta de vingança. Sim, alguém encomendara aquele trabalho hediondo contra a sua pessoa. Calou-se e parou de chorar porque sentiu na reação do seu algoz que a intenção dele era assustá-lo dizendo que iria deixá-lo eunuco, mas não o mataria, pensara.

Não houve mais discussão. Certa noite, borrifaram um spray para dormir no travesseiro de Raul para que este adormecesse profundamente. Zelão não quis fazer o serviço, muito menos o soldado 35. Então mandaram os dois bandidos que faziam a guarda do barraco consumar seus propósitos. Os dois pegaram um estilete fino, afiadíssimo, que reduziria de alguma forma o estrago. Por recomendação, se municiaram com algodão e álcool. Foi tudo muito rápido. Depois do zunir da lâmina, Raul gritou mesmo atordoado com o calmante. Gritou e, no limiar entre consciência e inconsciência, sabia que tinham lhe mutilado. Desmaiou. Jogaram álcool e uns tufos de algodão por cima e lá o deixaram. Nos dias seguintes, fizeram-lhe curativos, ainda que precários, para que a mutilação não infeccionasse. Deram-lhe remédios e fizeram-lhe alguma higiene, conforme instruções do capitão Waldemar.

Cinco dias depois desta amputação, em uma pessoa já debilitada, os bandidos o colocaram num carro e saíram com ele numa noite chuvosa e fria. Abandonaram-no num caminho de terra batida, já no limite entre Parelheiros e a Serra do Mar. Foram momentos horrorosos para Raul. No escuro, no meio do mato, mal podendo se suster em pé e sem saber para onde ir e como chamar alguém para poder se comunicar com sua família. Mas, pelo desenrolar do drama, das negociações de sua família com os bandidos, pensara que dificilmente sairia vivo daquela masmorra. Menos mal ainda estar vivo.

Como chovia muito na pequena estrada de terra, cercada de mata fechada, e estava muito frio, Raul decidiu parar para evitar novo sangramento. Ficou a um canto da estrada sob folhas grandes que conseguiu recolher no entorno. Mal o sol surgiu, retomou a caminhada. Não tardou para ver uma carroça puxada por um senhor, o qual chamou desesperadamente. Contou-lhe apenas que estava ferido e pediu-lhe para levá-lo o mais rápido a um telefone.

O sequestro de Raul, em especial sua mutilação, fora mantido em sigilo por seus algozes. Antes de soltá-lo na estradinha, disseram-lhe que se soubessem que ele ou a sua família haviam entrado com alguma queixa na polícia, iriam procurá-lo e o liquidariam sumariamente.

Foi Madalena, junto com o Dr. Marcos Vinícius, que recolheu Raul, depois de avisada. Logo em seguida, levaram o industrial para o hospital. Onde permaneceu alguns dias internado e em vigilância pelos médicos, passando por alguns tratamentos por causa de seus ferimentos. Sempre pedindo aos médicos sigilo de sua situação aos entes próximos. Após receber alta do hospital, Raul voltou para o seu apartamento na Vila Mariana, acompanhado de Madalena e Margarida. Relatou apenas a seus familiares, o que lhe tinha acontecido durante o seu cativeiro. Muito pesaroso, ainda com dores horríveis, manteve-se deitado dia e noite, acompanhando por médicos, amargurando seus sofrimentos, pensando com seus botões o que seria de sua vida, após estes nefastos acontecimentos.

Entretanto, a comunidade portuguesa de São Paulo logo ficou sabendo do seu regresso a casa. A notícia, com grande alvoroço, se espalhou por todas as comunidades, mormente nas associações onde Raul era mais conhecido. Nos primeiros dias, recebeu muitos telefonemas, recados, correios eletrônicos, visitas de amigos e conhecidos, com todos rejubilando-se pelo industrial e sua família terem saído vivos e, aparentemente, sem ferimentos, do episódio.

Um dos primeiros que vieram no encalço de Raul foi o presidente da Comunidade Portuguesa de São Paulo, António Gomide de Andrade, porque a situação lhe cheirava a dinheiro grosso e pensava já em se locupletar de parte do patrimônio do industrial. Como era advogado, Gomide foi logo correndo oferecer os serviços do seu escritório à família de Raul, que ainda andava desorientada, mesmo com a prestimosa ajuda de Marcos Vinícius, namorado de Madalena. Propondo mundos e fundos, Gomide foi logo contratado pela família para propor uma ação contra o Estado, visando ressarcir Raul dos prejuízos deixados no rastro do crime. O esperto dirigente da comunidade lusitana era um indivíduo sagaz, astuto e falso, sempre pendurado a negócios escusos e mirabolantes. Com um papo loquaz, se dispunha a orientar a família em pânico, cobrando-lhe importância exagerada como entrada dos seus serviços advocatícios, os quais Raul teve de pagar religiosamente, sem que o espertalhão do advogado nada fizesse ou conseguisse nos tribunais. Não mexeu uma palha para que o tribunal analisasse o caso.

Com a perda dos órgãos genitais e mais estes prejuízos todos, Raul se sentia imprestável, sem vontade para nada e sem interesse pela vida. Por isso, limitava-se a ir do quarto para a cozinha e desta para o banheiro ou ainda para a sacada da sala que dava para uma praça.

D. Lurdes sofria com o isolamento do marido. Certo dia, lembrou-se de lhe comprar um cachorrinho pequeno para lhe fazer companhia, enquanto ela ia fazer as compras ao supermercado e as filhas saíam para seus estudos. Entretanto, Raul mantinha-se macambúzio, mergulhado numa solidão profunda, passava os dias a ler os jornais, ver televisão, arrumar gavetas, fazendo e refazendo coisas desnecessárias só para lhe tomar o tempo que custava a passar.

Da rua, só ouvia o ruído incessante dos automóveis e ônibus que trafegavam o dia inteiro. Naquela ociosidade, fechava as janelas e as cortinas para se recolher à penumbra, ora lendo Eça de Queiroz, ora Jorge Amado, seus escritores preferidos pela sutil prosa de ambos. Ficava acaçapado, acendendo um cigarro, lendo algum artigo dos jornais do dia. Depressa, entediava-se, bocejando e deixando cair a leitura no chão do seu quarto muito bem alfombrado...

Na fábrica, a produção e o faturamento haviam diminuído bastante. Também não mostrava interesse em saber como ia ou deixava de ir os seus negócios. Às vezes, quando a esposa não estava em casa, fechava-se no quarto e telefonava para Marlene. Conversavam longos minutos sobre a sua situação. Ela dava-lhe alguns conselhos e esperanças no futuro, dizendo-lhe certo dia que já tinha escutado alguém dizer que, nos Estados Unidos e na Inglaterra, já se faziam implantes de pênis. Ele chorava ao telefone e solicitava a Marlene para perguntar, no hospital onde ela trabalhava, se algum médico sabia onde se faziam esses implantes.

Ela lhe prometia que iria ver se no Brasil já havia tratamento para esse caso ou para implantação de prótese. Aconselhava-o a não se desesperar porque tudo faria para saber sobre esse tipo de operação. Então ele ficava mais calmo e confiante, pensando que pelo menos havia alguém que se interessava por sua saúde e bem-estar.

A esposa D. Lurdes e as filhas achavam que Raul não aguentaria aquela vida solitária por muito tempo. Tentavam de todas as formas incentivá-lo a fazer alguma coisa que lhe proporcionasse alguma alegria. Contudo, observavam que ele, a cada dia, ficava mais pesaroso, triste e ansioso, sem motivação para viver. Mas a esposa não desistia e incentivava-o a levar o cachorrinho para passear. Ele dizia não ter vontade de sair.

Certo dia, de tanto a mulher e as filhas insistirem, ele resolveu dar um pequeno passeio nas ruas em volta de casa, com o cachorrinho preso pela coleira. Regressou meia hora depois, um pouco mais alegre. Conversara com algumas pessoas, mais ou menos da sua idade, e distraíra-se um pouco naquela manhã ensolarada de São Paulo.

A rotina de comer, dormir, ler um pouco e passear com cachorrinho angustiava Raul. Até os antigos amigos se afastaram. Ainda pensou em fundar a associação de inválidos da Vila Mariana. Conversou com um e outro companheiro de passeio matinal, porém ninguém se entusiasmou com a ideia. Uns achavam que iriam ter muito trabalho, outros muitos aborrecimentos, enfim não dava para encarar uma associação de pessoas que não faziam nada. Dos tantos passeios que empreendeu na pracinha próxima de seu prédio, arrumou quatro amigos e começaram a entreter-se a jogar cartas. Acontece que, nos dias de chuva, a jogatina tinha de parar por causa do mau tempo.

Mas Raul, sem querer se tornar líder daquele grupelho de homens aposentados e deficientes, tomou a dianteira de mandar construir um quiosque para se abrigarem da chuva. No grupo, havia um carpinteiro aposentado com o qual Raul conversou para saber se poderia contar com os seus serviços, caso necessitasse. O carpinteiro José Veríssimo, de pronto, se pôs à disposição.

— Oh, senhor Raul, sabe como é, não? Vou realizar a obra, mas depois uns e outros ficam sabendo. Aí, quando eles têm algum problema em casa, vêm atrás de mim para eu fazer isto, consertar aquilo... é um inferno... Entende o senhor como é?...

— Senhor Veríssimo, não se trata de o senhor fazer e não cobrar! Nada disso, o senhor faz o serviço, cobra por seu trabalho e lhe pago tudo. Não é nada para pagar depois, o senhor entendeu?

— Ora, bem! — respondeu o carpinteiro — Se é assim, o senhor pode comprar os materiais, que executo os serviços que o amigo deseja fazer aí no jardim da praça, está bem?

— Ótimo, estamos entendidos! Mas o senhor tem as ferramentas, não tem?

— As ferramentas tenho e muito boas. É só o senhor comprar os materiais que a obra sai em menos de três semanas.

— Então, faça um romaneio daquilo que o senhor precisa e, amanhã de manhã, os materiais estarão em sua casa. Porém, quero uma obra de artista.

— Pode ficar tranquilo, senhor Raul. Vou caprichar no serviço, como se a coisa fosse para mim! — disse o carpinteiro, esfregando as mãos de contentamento.

— Bem, primeiro o senhor me dá um orçamento para eu saber quanto vou gastar, certo?

— Pode deixar. Vou-lhe apresentar os custos o quanto antes!

Como ficara tudo combinado, no outro dia lá estavam os materiais. O carpinteiro meteu mãos à obra e, em duas semanas, os serviços ficaram prontos, no capricho. Teve até um churrasco para comemorar a inauguração do quiosque. Para a pequena comemoração, convidaram várias pessoas amigas daqueles aposentados e deficientes, incluindo amigos de Raul. Lá estava o Magalhães, o Castro, o Verdasca, o Ramalho, o Josué Mariano Junior e outros. Entre tantas pessoas, veio um senhor, de uns sessenta e cinco anos, de cabelos encanecidos e algumas pequenas rugas na testa. No princípio da festa, este homem ficou um pouco arredio e equidistante das demais pessoas. Todavia, depois de uns dois ou três copos de cerveja, entabulou conversa com o Verdasca, um dos amigos de Raul.

Conversa vai, conversa vem, o senhor dos cabelos brancos confidenciou que era juiz de Direito aposentado. A conversa continuou e, como os dois fossem pessoas estranhas àquela comunidade que se juntara ali, uma afeição mútua se estreitou de tal forma que, passados poucos momentos, já confidenciavam particularidades como se fossem velhos conhecidos. Ora, Verdasca, ao saber que arrumara amizade com o Dr. Carlos Francisco das Neves, o juiz de Direito aposentado, entendeu que deveria apresentá-lo ao seu amigo industrial.

Depois de tecer elogios a Raul, Verdasca indagou ao Dr. Carlos se ele gostaria de conhecer o promotor daquela festa. Como pessoa educada, o juiz disse, de imediato, que gostaria de conhecer quem estava promovendo, às suas custas, aquela festa para deleite de tantas pessoas, como enfatizava o causídico, delicadamente. Adiantou-se e perguntou:

— E onde está esse seu amigo, senhor Verdasca?

— É aquele senhor forte que está encostado ali naquele muro do jardim. Olhe, é aquele ali. — e apontava disfarçadamente com o queixo para onde estava Raul. Foi uma apresentação sem formalidades, fraterna. O amigo de Raul convidou logo o juiz para irem fazer parte da rodinha onde estava Raul, com alguns colegas, conversando.

Estava sendo um dia feliz para a comunidade, pela ação benemérita, com todos se confraternizando, comendo e bebendo e se divertindo naquela manhã de sábado de São Paulo. Mas Raul, pensando com os seus botões no seu estado de eunuco, de repente, ficou elegíaco, acabrunhado. No entanto, Verdasca, muito observador, quando se ia em direção ao industrial, deu-se logo conta de que alguma coisa havia acontecido para o amigo ficar tão pesaroso de um momento para outro. Encostando-se a ele, segredou-lhe ao ouvido:

— O que aconteceu consigo, amigo Raul?

— Nada, nada. — respondeu Raul, tristemente.

— Como nada? Você estava bem e de repente entristeceu. Alguma coisa aconteceu para que você mudasse completamente sua fisionomia. — exclamou o amigo, com afabilidade.

— Sabe como são os sentimentos do homem quando lhe ocorre alguma decepção? Eu não fujo à regra, entendeu o amigo!

— Ah, compreendo a sua mágoa, mas isso o amigo Raul tem de se ir habituando aos poucos. Deve é procurar esquecer essa história, distrair-se o mais que puder!...

— Ah, sim, é muito fácil dizer isso. Eu não queria ver o amigo na minha pele. Só quem passa pelo que estou passando é que sabe avaliar o grande desgosto e sofrimento deste momento, entendeu o amigo?

— Naturalmente, naturalmente! — disse Verdasca, conciso do sofrimento do amigo.

— Mas, ó Raul, mudando de assunto, tenho um amigo com o qual conversei toda esta manhã e gostaria de lho apresentar, você consente?

— Com certeza. Pois se é seu amigo, é também meu, mas de quem se trata?

Pegando Raul pelo braço, Verdasca levou-o até onde estava o Dr. Carlos Francisco, que ficara a meio caminho. Sem rodeios e etiquetas, apresentou um ao outro. Verdasca assistia a um aperto de mão com congratulações animadas, pois ali se juntaram várias pessoas que jamais pensou que se juntassem. Eram pessoas desprendidas de interesses particulares, que vinham apenas conviver e arrumar amigos para conversar e confraternizar. Nestes momentos de tanta cisma sobre o seu estado de eunuco, Raul se perguntava: "Onde vou encontrar pessoas, dentro da comunidade portuguesa, que me prestem tantas atenções como estas aqui me prestam, mesmo sabendo da minha desgraça?". Jamais! Lá ele só encontraria gente para galhofar dele, chamando-o de capado, achando-o ridículo e não lhe dando o apoio moral de que ele tanto necessitava agora.

Todavia, a festa foi terminando. Raul, ladeado pelo amigo Verdasca e pelo Dr. Carlos, seguiu pelo passeio, trazendo também atrás de si amigos antigos que sempre lhe deram apoio, no caminho até a sua residência.

Eram duas horas da tarde e a família de Raul, ao vê-lo entrar em casa com várias pessoas, mostrou-se surpreendida porque não era de seu hábito levar amigos desconhecidos em casa. Foi uma agradável surpresa para dona Lurdes ver os costumes do marido mudarem. Ao ver aquela gente toda, foi mais do que depressa fazer um cafezinho com bolachas para oferecer aos convidados de Raul. A sala de visitas do apartamento era espaçosa e bem decorada com móveis modernos.

Conversava-se neste momento sobre a inauguração do quiosque da praça, cujas despesas Raul custeara. Nesta conversa de doações, Magalhães, amigo do anfitrião, ressaltava a generosidade de Raul ao Dr. Carlos Francisco, afirmando-lhe que se tratava de um coração magnânimo e benevolente, capaz de dar a camisa do corpo a qualquer um que lha pedisse. Um pouco constrangido com todos aqueles elogios, Raul ponderou:

— As pessoas que se juntaram para fazer aquele benefício no jardim são de poucos recursos. Além do mais, fiz um donativo sem levar em conta os valores, os quais, afinal, não foram de grande monta.

Os convidados saudaram efusivamente o gesto do industrial

e despediram-se da família, agradecendo muito a dona Lurdes pela recepção.

Desceram até ao hall de entrada do prédio. Depois de um curto silêncio, Raul explicou-lhes porque tinha oferecido aquele churrasco. Não falou, no entanto, das agressões que sofrera dos bandidos. Foi o Magalhães que as mencionou e depois o indagou:

— E como ficou o caso da ação judicial que o teu amigo presidente da comunidade portuguesa disse que iria mover contra o Estado, hein, Raul?

Com as faces a arder, o industrial cravou os olhos no chão, como se estivesse envergonhado, e respondeu:

— Não sei de nada! Só sei que lhe paguei uma nota violenta para ele entrar com a ação, porém nada me foi dito a esse respeito. Estou cismado de que ele nem entrou com essa ação na justiça.

Aí o amigo Verdasca saiu em defesa de Raul dizendo:

— Então você pagou uma nota preta ao presidente da comunidade e ele não fez nada? Não perca mais tempo, homem! Entregue o caso aqui ao Dr. Juiz Carlos Francisco das Neves, homem! Afinal, ele foi juiz, sabe das coisas!...

— Perdão, meu caro! — interrompeu o Dr. Carlos — Peço vênia para informar aos amigos que, durante uns 10 anos, exerci o cargo de desembargador na magistratura de São Paulo. Portanto, um pouco acima do de juiz.

— Mas o senhor doutor tem escritório montado! — Perguntou Raul, encarando o juiz, ainda com rubor nas faces.

— Bem, escritório não tenho, quem tem é o meu filho. Dou assistência a ele em casos mais complicados. Entretanto,

— continuou ele — quero avisar ao amigo Raul que, se houver algum processo contra o Estado, será necessário atender várias formalidades para eu entrar na causa. Porque na advocacia há uma ética a cumprir e, como desembargador, devo cumpri-la antes de entrar na ação. — Esclareceu o Dr. Carlos, informando aos presentes os trâmites do Judiciário.

— Ah, sim, senhor doutor, entendi! — Disse Raul, tirando uma baforada do cigarro, que tinha entre os dedos.

A conversa girava em torno de mover uma ação contra o Estado, e naturalmente, mister se fazia de haver conflito de interesses para que tal ação prosperasse. E como era óbvio, o ex-desembargador, agora na função de advogado, teria de ter conhecimento da história que levara Raul a entrar com este tipo de ação. Quando o Dr. Carlos Francisco indagou a Raul sobre os detalhes do sequestro e dos danos que este lhe causara, Raul embasbacou: não gostava de revelar o seu estado de eunuco, que era o principal motivo que o movia a acionar o Estado. Também tinha ojeriza em falar do seu sequestro e relembrar os castigos de que fora vítima. Raul e Verdasca entreolharam-se como se quisessem impedir que viesse à tona a extirpação dos seus órgãos genitais. Queriam que isto ficasse circunscrito apenas a seus familiares e a alguns amigos mais íntimos. Os dois ficaram estupefatos. E, Raul virando-se para Verdasca, com o rosto pegando fogo, indagou:

— E agora? Conto tudo ao Dr. Carlos, amigo?

Recuando um passo, de olhos fixos no chão, Verdasca tartamudeou:

— Naturalmente, o Dr. Carlos precisa saber toda a história,

inclusive todas as barbaridades que o amigo sofreu nas mãos desses assassinos, não é verdade, doutor?

— Sim, tenho de saber toda a história para pleitear em juízo todos os seus direitos. Inclusive se o senhor tiver testemunhas para depor a seu favor, delas vamos precisar. E ainda precisaremos atender uma quantidade de formalidades, necessárias para acusar os réus pelos crimes cometidos e para dar fundamentos para quem for julgar, a nosso favor, é claro.

Depois desta conversa preliminar, Raul propôs ir ao escritório do filho do Dr. Carlos na segunda-feira seguinte, às duas horas da tarde. O industrial tinha dúvidas sobre o que precisava ser esclarecido ao advogado, e pensava ganhar mais tempo para reunir mais informações.

XI

Gerações na universidade

Já naquela noite de sábado, Raul não pregara o olho. Passara a noite em claro pensando que tinha dado dinheiro à toa ao presidente da comunidade portuguesa. Era o diabo! Como é que ele agora cobraria daquele seu amigo os serviços que ele nunca prestou. Cobrou-lhe adiantado e nunca lhe deu uma satisfação sequer sobre tal assunto. Será que teria esquecido? Ou será que estaria à espera de algum estratagema na Justiça para, depois, lhe informar como estava complicado e enrolado o seu caso?...

Na segunda-feira, como combinado, lá estava Raul na Avenida Liberdade, no escritório do filho do desembargador. O Dr. Carlos já se encontrava à sua espera. Raul munira-se de todos os documentos que tinha, para facilitar ao Dr. Carlos sua busca no fórum a fim de saber o que estaria acontecendo com sua "misteriosa" ação. Não deu outra, no fórum nada constava que o representante do industrial tivesse entrado com qualquer ação.

Então, cabia a Raul seguir em frente com a ação, pois o outro advogado nada fizera daquilo que havia prometido. Era chegada a hora de agir contra os celerados que lhe mutilaram. Todavia, fazia-se necessário conversar com o antigo advogado, talvez ex-amigo, o presidente da comunidade, para saber o que teria acontecido para ele não ter entrado, há tempos, com a ação.

Na quarta-feira seguinte, telefonou para o escritório dele. Não se encontrava no escritório. Tinha ido ao fórum. Era para telefonar mais tarde. Por volta das cinco horas da tarde, ele já teria regressado. Às cinco horas, telefonou outra vez, ainda não tinha chegado. Talvez chegasse até às seis horas. Telefonou às seis horas e nada.

— Só amanhã. — informou a secretária.

— Só amanhã? — indagou Raul, indignado.

— Só amanhã, senhor. — disse a secretária, displicentemente.

— Muito obrigado. — Agradeceu Raul, desapontado com a maneira como pessoal do escritório do seu amigo o tratou.

Não telefonou mais. Afinal, o outro era quem tinha o dever de informá-lo sobre o andamento do processo. Falou ao Dr. Carlos que não conseguira falar com o advogado da comunidade.

— Bem, sendo assim, não posso fazer nada. Só posso tomar conta desse assunto se o seu amigo me substabelecer como seu patrono nessa ação. — Respondeu o Dr. Carlos. Aborrecido com o rumo que assunto tomou, Raul disse ao Dr. Carlos:

— Vou estudar isso com mais calma e depois telefonarei para o amigo dando-lhe mais informações, está certo?

— Tudo bem, ficarei aguardando as suas ordens, amigo Raul. Até outro dia, passe bem. — cumprimentou o Dr. Carlos, desligando o telefone.

Raul, do outro lado da linha, ruía as unhas de nervosismo, e pensava que não era possível que um seu amigo lhe fizesse tamanha desfeita, pois, se se prontificara a tomar as medidas judiciais contra o Estado, e recebera o dinheiro para tal, por que não tinha feito nada nesse sentido? Era a interrogação que fazia. "Por que, meu Deus!" E, muito aborrecido, em solilóquio, disse: "O melhor é esquecer tudo e partir para outra, pois malhar em ferro frio só serve para criar músculos, mais nada!".

No seu escritório na fábrica, divagava sobre o assunto que lhe parecia, grosso modo, muito esquisito. Saiu a dar uma volta pela fábrica. Algumas coisas haviam sido modificadas pela sua filha, contudo, as modificações não foram más. O que ficou mal na fotografia da filha foi a queda da produção, isto é o que lhe dava a cismar. "Por que raio a produção caiu?". Esta voltinha pela fábrica valeu a pena. Pelo menos se distraíra daqueles problemas dos advogados que o aborreciam muito. Ao regressar à sua sala, o telefone tocou. Era o amigo Magalhães querendo saber como ele estava de saúde e também se tinha resolvido o seu problema jurídico com o novo advogado. Raul, então, se queixara que tinha perdido dois dias atrás desse problema e nada fora resolvido!

— Mas por que é que você não telefona para o presidente da comunidade para saber dele o que está acontecendo?

— Oh, Magalhães, você não sabe, mas andei dois dias tentando falar com ele e nada consegui, se quer saber! Não sei onde está o homem! Percebe?

Vendo o desespero do amigo, Magalhães foi até o escritório dele para esclarecer o assunto. Nem o Magalhães entendia porque o advogado da comunidade não queria conversar com o amigo. Tentaram ambos telefonar para o presidente. Também não conseguiram. Pensaram em ir ao escritório do homem, que ficava na Rua 15 de Novembro. Mas Raul, muito aborrecido, não estava disposto a ir atrás de um careta que não queria conversar com ele. Agradeceu ao Magalhães pelo empenho que tivera, mas queria esquecer o imbróglio e dar como encerrado o caso da ação contra o Estado. Não tinha mais saco para tratar com pessoas que não tinham responsabilidade e nem o caráter necessário para honrar seus compromissos. Não aguentava mais tanto desaforo de pessoas que se diziam amigos, mas que no fim eram piores que os outros que nem conhecia. Assim que Magalhães se despediu, Raul rumou para casa, chateado com aquela celeuma humilhante...

Dormiu a tarde inteira. Quando se levantou, a cabeça doía-lhe tanto que nem se podia virar de tanta dor. Tomou um cafezinho que Lurdes acabara de coar. Sentou-se em frente à televisão a ver as notícias. Justamente naquele momento, a emissora noticiava um sequestro- relâmpago ocorrido na Avenida Ibirapuera. Dois bandidos, numa moto, apontaram uma pistola para a cabeça de um homem que dirigia um carro importado, entraram no veículo e o obrigaram a fazer vários saques nos vários bancos em que tinha conta. Fugiram, com a moto em alta velocidade, com todo o dinheiro dentro de numa sacola previamente preparada.

Raul ficou estarrecido com o episódio do sequestro-relâmpago e pensou: "Não tive a mesma sorte do homem que sofreu o sequestro- relâmpago. O meu rapto foi longo e me deixou mutilado para o resto da vida". Não se conformava com este tipo de criminalidade que agora grassava em São Paulo. Era preciso, segundo o seu ponto de vista, acabar com essa barbárie em que os bandidos espalham o terror por toda a cidade, sem nada lhes acontecer. Era preciso a sociedade civil se organizar e tentar por um fim a este estado de coisas. Não poderia a comunidade paulistana assistir a essa disseminação de atrocidades de braços cruzados. Notava, entretanto, que muitos servidores do próprio Estado, dando retaguarda aos malfeitores, se locupletavam de grande parte do dinheiro subtraído da sociedade civil. As autoridades constituídas nada faziam para minimizar os sofrimentos das pessoas de bem, que já pagavam impostos exagerados e que deveriam ser protegidas, mas estavam desamparadas e à mercê das ações dos criminosos. Criminalidade que já se instalara dentro de governos, desde o Federal, passando pelo Estadual e municipal, que foram eleitos e prometeram a esta sociedade tudo fazer para proporcionar segurança e bem-estar social a todos. Pois, sim, essas várias camarilhas de bandidos incrustadas no poder público jamais fariam algo ou aliviariam o cotidiano dos cidadãos. O povo sentia suas forças sendo exauridas depois de sofrer tantas malvadezas.

Estas reflexões, sobretudo a da segurança pública, dos assaltos à mão armada ou dos sequestros fulminantes como o daquela notícia, deixaram Raul agastado e perplexo com tanta desgraça. Não conseguia dormir, como já acontecera na noite anterior. Tinha de fazer alguma coisa para acabar com a ansiedade que acumulara durante aqueles últimos meses de suplício. Já esquecera os dias mais ou menos alegres que passara quando da inauguração do quiosque. Até o cachorro apenas lhe ficara na lembrança.

Sentado na borda da cama, imóvel, olhando pela janela a escuridão da noite, via sua enérgica figura de outrora elevada num pedestal. Pensava em uma vida superior, antevia uma atmosfera grandiosa em seu coração. Imaginou-se um homem em plena atividade fazendo leis sólidas e fecundas que soberbamente amparassem a sociedade paulistana, que tanto sofria as amarguras do descaso das autoridades que a governavam naquele instante...

Lurdes surdiu na porta do quarto e o viu com um olhar vago naquela escuridão e lhe perguntou:

— Você não conseguiu dormir, Raul?

— Não, não. Deitei-me é verdade, mas não conseguiu dormir! — Respondeu o marido.

— Mas você não se divertiu com os seus amigos ontem?

— Oh, Lurdes, você acha que, no estado em que estou, tenho alguma alegria ou vontade de me divertir, acha mesmo?

— É porque vi você rir e dar gargalhadas. Pensei que estava se divertindo, entendeu?

— Bem, também tenho que mostrar às pessoas que não estou morto, mas daí a sentir alegria de viver, vai muito longe. Não me diverti, não. Apenas mostrei satisfação em estar com meus amigos. Foi só isso que aconteceu, nada mais!

— Mas, Raul, você tem de esquecer esse episódio da sua vida. Não fique encucado com essas coisas, deixa para lá, não leve isso tão a sério! Melhores dias virão, homem! Vai com calma, esqueça!

— É muito fácil dizer que melhores dias virão quando não se tem nada que nos martirize, quando não temos problemas a nos afligir! O diabo é que, quando temos problemas como tenho, não é assim tão fácil. Por falar em problemas, estava pensado há um instante, depois de ver um sequestro-relâmpago na televisão, que eu deveria fazer alguma coisa para proteger a sociedade desses biltres que assombram as populações com essas ações nefastas.

Isso porque ninguém faz nada! O que diz você desta minha ideia?

— Mas o que pode você fazer em favor da população, Raul? — Exclamou Lurdes, de braços cruzados à sua frente.

— Era nisso que estava matutando quando você entrou. Pensava em estudar Direito para começar a entender como são feitas as leis pelos legisladores. Então, eu estava pensando em começar a tirar um curso de Direito. O que é que você acha desta minha ideia?

Lurdes, que observava a cada segundo, sem entender, a tristeza, o mau humor, a angústia do marido, ponderou:

— Se você tem disposição para tirar esse curso, tudo bem. Não tenho nada a me opor aos teus desejos, Raul!

Irritado com a mulher por ter duvidado de sua disposição, respondeu:

— Ora bolas, se estou dizendo que estou pensando em fazer um curso numa faculdade de Direito, é porque tenho disposição para isso, você não acha?

— Sim, acho. Então, o que é que te impede? — disse Lurdes, mostrando-se cordata com a decisão do marido...

— Vou pensar melhor no caso. — disse Raul com efusão.

Dando uma palmada na coxa, exclamou:

— Vou dormir, que são horas! Amanhã, voltaremos a conversar sobre este assunto, está certo?

Levantou as cobertas e deitou-se. Dormiu como um nababo até às sete horas da manhã do outro dia. Na verdade, só a ideia de se juntar à juventude estudantil já lhe bastava para aliviá-lo dos maus pensamentos que rondavam o seu espírito continuadamente.

E passou de um plano traçado meticulosamente à ação.

Ainda estávamos no mês de agosto. Os exames dos vestibulares da faculdade só se iniciariam nos meses de dezembro e janeiro. Contudo, era salutar porque, neste espaço de tempo, poderia entrar num cursinho preparatório. Calhava bem porque, ali perto de onde morava, havia um colégio que preparava alunos para todas as faculdades de Direito. Ficava na Rua Vergueiro, muito perto da Avenida Liberdade.

Logo pela manhã do dia seguinte, antes de ir para a fábrica trabalhar, passou pelo colégio e indagou se havia curso para o período que desejava estudar. Na secretaria, informaram-lhe que sim. Ele já poderia frequentá-lo imediatamente desde que pagasse o mês em andamento. Agradeceu e disse que voltaria outro dia para se inscrever e frequentar as aulas. Eram dez e quarenta da manhã e, ao invés de ir para a fábrica, voltou para casa. Iria trabalhar apenas de tarde. A mulher, surpreendida com a sua presença ali àquela hora, indagou:

— Mas você não foi para a fábrica trabalhar?

— Era para ir, mas fui ver um cursinho ali na Vergueiro. Como já era um pouco tarde para ir para a fábrica, vim para casa. Irei trabalhar depois do almoço.

— E queres almoçar já ou vais esperar as meninas chegarem para almoçarem juntos.

— Vou esperar minhas filhas. Quero ser o primeiro a dar a notícia à Madalena que vou fazer o curso que ela acabou de concluir. Vou ser seu colega de profissão, o que você acha, hein?

— Acho bonito você comunicar à sua filha essa nova atividade.

É melhor que ficar aqui em casa vendo televisão o dia inteiro sentado aí nessa cadeira. Acho que fazes muito bem! — exclamou Lurdes, sorridente por ver o marido com disposição de voltar a estudar depois de tantos anos.

Nessa mesma tarde, já no escritório da fábrica, Raul começou a telefonar para todos os seus amigos mais íntimos para comunicá-los de sua decisão de se formar em Direito. Falou para o Verdasca, o Castro, o Magalhães, o Ramalho, o Afonso Henrique, enfim, para os amigos que mais apoio lhe tinham dado no momento em que mais carecia da amizade.

Grande parte desses seus amigos se regozijou com a ideia de Raul que, já com certa idade, demonstrava disposição e vontade de estudar. Outros, porém, não aprovavam a ideia porque entendiam que a idade dele não era compatível com o regresso aos bancos escolares para tirar um curso tão complicado. Havia os prós e os contras. Mas o que valia era a disposição dele para enfrentar um curso de cinco anos numa faculdade em que a maioria dos alunos era formada por jovens. Alguns ainda diziam que não ficaria bem a um velho de cinquenta anos andar ali junto àquela mocidade! Para esses que o criticavam, Raul tinha uma boa resposta, que guardava para si mesmo: "Afinal, quem sente a necessidade de tirar esse curso? Sou eu! O dinheiro que irei gastar é meu. O esforço despendido para frequentar as aulas será meu. Então, que querem os amigos do contra? Querem que fique em casa sentado numa cadeira vendo televisão? Que pule da cama para o sofá e deste para cama, passando meus dias entediados e sem gosto de viver e pensando somente na morte?". Como já tinha acontecido!

Era isso que aqueles seus amigos queriam? Peremptoriamente, estes não eram seus amigos! — dizia Raul em solilóquio.

Os primeiros dias de cursinho foram de adaptação e integração ao ambiente da classe, da qual era o mais idoso. Logo, os gozadores e engraçadinhos, pensando ser espirituosos, começaram com tio para cá, tio para lá, e com certas intimidades que ele não lhes dera. O curso era noturno e Raul foi ficando irritado. Não estava disposto a servir de chacota para ninguém. Certa noite, um rapazinho, aparentando ter uns dezoito anos, veio com lorotas e chalaças para cima dele, chamando-lhe tio, vovô, vovozinho etc. Raul estava naqueles dias de aborrecimento e respondeu-lhe:

— Ouça lá, você me conhece de algum lugar? Não, não é verdade? Pois saiba que não tenho netos da sua idade e nem de idade nenhuma. Melhor você tirar sarro daqueles de sua família. Exijo respeito, que é o mínimo que você deveria ter pela diferença das nossas idades, está certo? Escutou ou quer que repita?

— Ô, tio! Eu não quis tirar sarro da sua cara, não! Este jeito de lhe chamar de vovô é mais um carinho que gozação, homem!

— Olha aqui, se você não sabe o meu nome, eu lho direi. Quando tiver necessidade de falar comigo, me chame por Raul que terei muito gosto em falar com você, estamos entendidos? Então, já sabe, Raul é o meu nome e passe bem!...

O rapaz, que estava acompanhado de uma garota, vermelho de vergonha, ficou a olhar para Raul com um jeito apalermado e sem graça. Ainda gaguejou com Raul, mas este já andando, deixou-o falando sozinho e embasbacado. Estas zombarias eram frequentes até àquela data. Depois disso, jamais outro daqueles jovens abusados chamaram Raul de tio ou vovô. As coisas foram aos poucos melhorando entre os colegas de classe do curso para o vestibular de Direito. Os meses foram transcorrendo. A época de prestar os exames aproximava-se. Muitos daqueles alunos não faziam outra coisa que não fosse estudar, outros, porém, assim como Raul, trabalhavam de dia e estudavam à noite. Isso, com raras exceções, resultava em melhor preparo daqueles que tinham mais tempo disponível.

Os exames do vestibular foram separados por universidades, mormente entre públicas e privadas. A Faculdade de Direito da Universidade de São Paulo, também conhecida como Faculdade do Largo São Francisco, era a mais concorrida por ser a mais prestigiada, respeitada por sua longa tradição no Brasil. Raul, que não tivera tempo de se preparar convenientemente, prestou exames para entrar nesta e também nas Faculdades Urbanas Reunidas (FUR). Não passou nos exames da Faculdade do Largo São Francisco, mas foi aprovado, entre os vinte primeiros, nos exames da FUR.

As aulas começaram em fins de fevereiro. A princípio, era como no cursinho. Os alunos, a maioria composta por moleques atrevidos e encomiastas, pensavam que Raul, por ser mais idoso, era um estulto qualquer, um Zé ninguém que viera para a escola para se formar e depois dar um adeus aos ensinamentos do curso e gozar as benesses do pomposo nome de senhor doutor. Brincavam com ele e, outra vez, teve de se impor com os insolentes e petulantes da classe. Não era de seu feitio encrencar com ninguém, mas também não tolerava que qualquer um palhaço viesse gozar com a sua cara. Sempre dava logo o troco, para não o confundirem com um tolo qualquer. Foi o caso de um professor impertinente que, quase sempre, iniciava as suas aulas dizendo: "Bem, crianças, hoje vamos ter aula de Direito Romano". Numa noite, chegou com a mesma lenga-lenga dizendo: "Bem, crianças, hoje vamos entrar na matéria de Economia Política, que é parte da Teoria Geral do Estado". Ora, Raul, que era bem mais velho que o professor, levantou a mão para falar. O professor interrompeu a aula para que Raul falasse. Então, aquele aluno grandalhão, com uma voz grossa e altissonante, já nos seus 50 anos, disse:

— Senhor professor, peço licença para lhe perguntar se acha certo o senhor nos tratar por crianças como se, de fato, fôssemos meninos e meninas, em especial eu que sou bem mais idoso que o senhor. Esse seu tratamento está correto e de acordo com a sua consciência?

O professor, que supunha que o aluno se levantara para lhe perguntar alguma coisa sobre a matéria, embasbacou. Coçou a cabeça, enrolou a língua e com certa dificuldade, respondeu:

— O senhor me perdoe, mas este meu jeito de dizer "crianças" vem de tempos antigos, mas não é por mal, entendeu?

— Não. Como seu aluno o respeito, apesar de eu ser bem mais velho que o senhor. Mas entendo que o senhor está gozando com a minha cara e com a de alguns dos colegas quando nos trata a todos por criança! — disse Raul, com cara de poucos amigos.

Ora, a classe, que se mantinha num silêncio profundo, depois que Raul terminou a sua rezinga, levantou e todos de pé ovacionaram o aluno-industrial. Moral da história: daí em diante, nunca mais o tal professor veio com essas brincadeiras de mau gosto. Raul sentia que o homem maduro tem de ser mais respeitado e encarado pelo seu passado e experiência acumulada. Mas estes preconceitos influenciavam a maneira de ser de Raul na faculdade, incomodando-o. Pensava que estava "a mais", sobrando, ali entre aquela gente que pouco sabia da vida. Por isso, aborreceu-se e, no final do ano, trancou a matrícula e nunca mais voltou à faculdade.

XII
Sua Excelência, o deputado

O capitão Waldemar da Costa, constantemente, se mostrava nervoso e preocupado com o rumo que o assunto do sequestro de Raul tinha tomado. Principalmente quando ficou sabendo, através de conhecidos e cupinchas do batalhão, que o seu rival andava às voltas com um advogado para propor uma ação por danos morais e físicos contra o Estado, a fim de ser ressarcido de seus prejuízos e também para descobrir quem fora o sicário que lhe tinha mutilado ou que tinha mandado fazer a crueldade. Pairava no ar que, cedo ou tarde, seriam descobertos os nomes dos mandantes e dos executores da atrocidade.

Antes que se descobrisse quem foram os viperinos que cometeram aquele crime atroz, o capitão teria de tomar todas as providências para evitar bater com os costados numa enxovia entre aquelas fedorentas cadeias de São Paulo. Por isso, andou vários dias cismando sobre qual a melhor maneira de se livrar de eventual prisão. Lembrou-se de que alguns dos seus conhecidos deputados gozavam de vantagens dentro das funções públicas que ocupavam. Isto é, tinham vantagens que outros funcionários do Estado não tinham, como, por exemplo, a imunidade parlamentar. Pensando mais a sério neste caso, viu que a resolução mais concreta seria a de ir conversar com o presidente de um partido político, seu amigo. Queria saber se, caso concorresse a uma vaga para deputado estadual, ele também gozaria das mesmas vantagens, em particular da imunidade parlamentar, com a qual muitos políticos ficavam imunes contra processos por estelionato, crimes contra a pessoa e outras ações deletérias que praticavam. Horas depois, telefonou para esse seu amigo. Este, de pronto, lhe informava que sim, que se ele se candidatasse a deputado e fosse eleito, essa vantagem poderia considerar automática. Ora, diante dessa informação, ele logo indagou:

— Se eu concorrer agora nas próximas eleições e for eleito, já gozo dessas prerrogativas?

— Claro, claro. — disse o outro.

— E o que tenho de fazer para concorrer já nessas eleições?

— Bem, você vem aqui no diretório, preenche uma fixa de filiação partidária e colocamos você como um dos candidatos do partido para a próxima legislatura. Eu ajudo você a se eleger, está certo?

— Mas já tenho a filiação. Quando posso ir aí para me inscrever?

— Pode vir a qualquer hora. Se eu estiver aqui, já ajudo você a se candidatar pelo partido. É só começar a trabalhar para se eleger. Você eleito, meu caro, já gozará da imunidade parlamentar, entendeu!

— Entendi, sim. Então, vou agora mesmo aí, está bem! Você está agora aí, não?

— Pode vir que o espero, pode vir!

E o capitão Waldemar pegou o automóvel que estava estacionado dentro quartel e foi correndo para a sede do Partido da Construção Cívica do Brasil (PCCB). Logo depois de ter chegado, o presidente do PCCB viabilizava a candidatura do capitão a deputado estadual. Convenhamos que o capitão, com a ajuda de elevada personagem no partido, não teria dificuldades para se eleger. Se fosse eleito antes de se descobrir que fora ele o mentor intelectual da quadrilha que sequestrara Raul, Waldemar não poderia ser preso. Toda a responsabilidade cairia nas costas dos seus cupinchas que executaram a ação criminosa. As eleições para a Câmara Estadual se realizariam no final daquele mesmo ano.

Com grande ajuda do presidente do PCCB, Waldemar fez sua candidatura avançar, mesmo porque já fora militante desse partido anos atrás, encontrando portas abertas para sua caça à popularidade. Ainda assim, a luta política foi assaz renhida, difícil, mas ele conseguiu vencer as eleições. Seria empossado no cargo de deputado no próximo ano. Calculista, sabia que, mesmo que Raul entrasse já com a ação, como pensava entrar, quando a sentença fosse prolatada, ele já estaria empossado como deputado estadual. Já pertenceria à classe política, na qual se refugiaria para não ir preso se, por acaso, aparecesse o seu nome entre os meliantes que fizeram aquelas barbaridades a Raul.

Assim, o neófito deputado eleito seguia a rotina de muitos de seus colegas, de todos os partidos, ao trilhar caminhos torpíssimos que os levavam à casa das leis do Estado de São Paulo. Os objetivos que os nortearam eram escusos e sua eleição só faria o povo ficar mais desassistido, à mercê da bandidagem. Arrumavam, na realidade, um valhacouto para se esconderem da Justiça. O capitão fora comandante de uma unidade da Polícia Militar e já cometera vários crimes, como um marginal qualquer que muitas vezes ele prendeu como fora-da-lei. Já nesta sua função anterior em que se aboletara, escondera seus crimes de abuso do poder, sua cacotimia, com o manto e a força do cargo que ocupava, trilhando caminhos sinuosos e deletérios, como era de seu caráter e feitio.

Mas quando, naquela quinta-feira, Waldemar pensou que estaria a salvo da prisão, deu-lhe saudades de Marlene. Lembrou-se dela e de seus carinhos. Sabendo que Raul não se encontrava mais em condições físicas de manter relações com ela, telefonou-lhe para saber como ela estava de saúde e também para lhe dar a novidade que tinha sido eleito deputado estadual, gozando, nesta condição, de todos os benefícios das leis.

Ela, naturalmente, atendeu ao telefone, desejando-lhe sucesso na sua nova missão na Assembleia Legislativa de São Paulo, porém, sem outra intenção. Ele logo aproveitou para convidá-la para irem passear os dois no Shopping Ibirapuera, com a finalidade de lhe dar um presente. Ao que ela agradeceu muito, mas disse-lhe logo que não estava interessada em receber presentes dele.

Exultante, sem esperar a resposta da ex-amante, dizia da sua alegria com o seu mandato de deputado. Agora, passaria a ganhar um bom salário e, com certeza, conseguiria a sua independência financeira, ainda mais que auferiria a outra verba correspondente aos anos de serviço na PM. Marlene escutava estas grandezas do antigo amante, sem, contudo, se sensibilizar e nem lhe dar muita atenção porque sabia da sua conduta desprezível e corrupta. Mas ele, sempre se mostrando muito amável ao telefone, pensando em conquistá-la novamente, indagou:

— Oh, Marlene, você agora não tem ninguém, certo?

— Como não tenho ninguém, Waldemar? Tenho o meu marido, esqueceu que sou casada?

— Ah, mas o Jorge, como você me dizia, não funciona, não é verdade?

— Sim, isso é verdade, mas se você quer saber, cansei de ter homem só para me explorar, entendeu, Waldemar?

— Ah, entendi. Porém este momento é diferente. Como disse para você, agora estou ganhando bem mais do que ganhava na PM, percebe?

— Isso eu não sei. Sei que você sempre foi um unha de fome, daí eu concluir aquilo que penso a seu respeito, está certo?

— Quer você dizer que não deposita confiança nenhuma em mim?

— Lógico, o que você acha? Depois do que você já aprontou para cima de mim, devo confiar em você? Claro que não!...

— Quer isso dizer que você nunca mais vai sair comigo?

— Claro que não. Ou você acha que sou burra para sair com você só porque agora é deputado? Eu jamais sairei com você!

— Ah é, cortou definitivamente suas relações comigo, é isso que você está dizendo?

— Para bom entendedor meia palavra basta. É isso mesmo, não adianta você me convidar porque jamais sairei com contigo, entendeu bem?

— Sendo assim, está bem. Então, adeus! E passe bem!

— Passe muito bem e obrigada! — Respondeu Marlene, desligando o telefone.

Entendia Waldemar que, porque tinha sido eleito deputado, as pessoas correriam para abraçá-lo, aclamá-lo, badalá-lo e enchê-lo de mesuras só para agradá-lo.

Marlene, depois deste bate-papo com o antigo amante, telefonou para a filha de Raul. Ela estava quase certa de que Waldemar estava no meio dos bandidos. Madalena estudava em casa porque tinha prova naquela noite na faculdade. Marlene perguntou-lhe como estava a saúde de seu pai e informou-lhe que o capitão Waldemar era agora deputado estadual e a tinha convidado para um jantar de comemoração que ele daria em pouco tempo num grande buffet da cidade. Porém, disse que havia descartado a hipótese de ir à festa porque, além de ser capaz de o anfitrião cobrar o jantar dos convidados, estava certa de que ele estava metido com a quadrilha do sequestro. Aí a filha de Raul, voltando-se para Marlene, perguntou:

— Como é que você chegou a essa conclusão, Marlene?

— Ora, tenho cá as minhas razões para chegar a esta conclusão. Então, eu não tenho escutado o Jorge às vezes dizer por meias palavras algo que me leva a pensar assim?

— Ah, o Jorge tem dado algumas dicas. Tem dado com a língua nos dentes de modo que você perceba que está falando sobre o caso do meu pai, é isso?

— Não tem dado dica nenhuma porque ele fala às vezes com o Waldemar só através de códigos e palavras curtas. Escuto e há qualquer coisa nessa conversa cifrada que me leva a pensar que eles conhecem os meandros da maroteira que aprontaram, entendeu?

— Ah, entendi, mas você não escutou nada de concreto, não é verdade? São apenas suposições suas, não é?

— É isso aí, mas às vezes escapa uma ou outra palavra que dá para pensar que ambos conhecem muito bem essa história, percebe como é o negócio? — Respondeu Marlene, com certa alegria na voz.

— E o que você pensa em fazer sobre isso que me está narrando?

— Olha Madalena, às vezes me dá vontade de contratar um bom detetive para descobrir essa safadeza. É que não tenho dinheiro, mas se tivesse e fosse rica como você, já tinha ido atrás desses bandidos, se você quer saber!...

— Marlene, sabe que também pensei em fazer isso. Mas consultei o meu pai a esse respeito e ele me disse que está agora tratando do caso com um bom advogado, o Dr. Carlos, que é desembargador aposentado. De modo que estou presa a essa conversa do meu pai. Mas se isso demorar muito, acho que vou seguir o teu conselho porque isso não pode ficar assim toda vida, não é verdade?

— É isso mesmo! — respondeu Marlene e, prosseguindo, asseverou:

— É que esses bandidos cometem essas crueldades com as pessoas e não vão presos, sequer são incomodados, não é verdade?

— Pois é, mas o dia deles chegará. A Justiça tarda, mas não falta. Um dia nós descobriremos quem foram os facínoras que fizeram aquilo com o meu pai, está bem?

Desejando um bom dia para Marlene e para a sua família,

colocou o fone no gancho. Pensativa, cogitava sobre as palavras de Marlene. Era duro encarar esta realidade em que os criminosos ficam impunes. Porém não havia nada a fazer. Era esperar até que um dia por acaso os policiais encontrassem os bandidos num outro crime igual àquele que cometeram contra a sua família. Aí talvez pudessem ser pegos.

E continuava a refletir sobre Marlene, espantada com a atitude da amiga com referência a seu pai. Ganhava devoção por alguém que não era sequer da família. Eis que surdiu a sua mãe, em seu quarto, limpando as mãos ao avental que trazia pendurado ao pescoço, e indagando da filha quem era a pessoa que estava com ela ao telefone, tanto tempo. Madalena fez-se escarlate e com algum nervosismo perguntou:

— Você estava escutando a minha conversa, mamãe?

— Eu não escutei nada, só sei que você estava falando dos bandidos que fizeram mal ao seu pai, só isso é que escutei, mais nada!

— Ah, pensei que você estivesse espiando as minhas conversas com os meus amigos.

— Oh, filha, e o que tem se estivesse escutando as tuas conversas, você tem segredos que a tua mãe não os possa saber, tem?

— Não, mamãe, não tenho segredos que você não possa saber! Mas às vezes há certas conversas que você não deve escutar, entendeu?

— Ah, é? E que conversas são essas? — Interrogou a mãe, com os olhos muito abertos — Que conversas?...

Foi quando Madalena, atalhando-a, exclamou com o rosto vermelho:

— São conversas que não interessam, deixa para lá, não interessa e pronto!

Mas a mãe ainda ficou embasbacada olhando a filha que, se não mentia alguma coisa, pelo menos pretendia esconder algo. Abanando a cabeça, duvidando, encolheu os ombros e deixou a filha sozinha no seu quarto estudando.

Na verdade, Madalena presumia o caso do pai com Marlene desde quando fora atrás daquela nota fiscal de um vestido que ele tinha comprado no Shopping Iguatemi para Marlene. Entretanto, como Marlene se tivesse mostrado grande amiga ao ajudá-la no caso do sequestro de seu pai, guardou este segredo para não causar mais desgostos à mãe.

Nesse dia mesmo, Madalena se encontrou com o seu namorado, o delegado Marcos Vinícius para saírem daquela rotina das coisas do pai e também para pesquisar a compra de um apartamento. Ela gostaria de adquirir o imóvel perto de onde morava a sua família. Contudo, ele preferia comprar perto de onde trabalhava, na Zona Leste. Esta tarefa, nada fácil por causa da divergência na preferência de local, teve como desfecho a busca de um lugar que satisfizesse as duas exigências. Chegaram a um acordo e optaram por buscar um imóvel no bairro de Pinheiros. Enquanto iam, conversavam e ela se queixava ao namorado dos problemas que o pai encontrara para acionar a justiça. Madalena encontrou, no Alto de Pinheiros, uma casa isolada das demais, com ótimas condições tanto de preço como de conforto.

Enquanto isso, o deputado Waldemar da Costa, mesmo tendo Marlene o descartado, telefonou para o sargento Jorge. Disse que gostaria de oferecer um jantar em sua casa, à sua esposa e naturalmente a ele mesmo, mas que Jorge deveria guardar segredo porque era uma surpresa. Jorge, ao telefone, indagou:

— Mas, capitão, como é que vou dizer que o senhor quer oferecer um jantar a Marlene sem ela tomar conhecimento de como é esse evento?

— Oh, Jorge, que diabo, diz-lhe que queres oferecer um jantar a um teu amigo na tua casa e que lhe queres fazer uma surpresa. Enfim, inventa aí uma história qualquer, homem! Inventa, cria, homem!!!

Como bom corno manso, Jorge apressou-se logo a dizer ao agora deputado:

— Pode deixar, deputado, pode deixar que vou dar um jeito de vocês conversarem! Está bem?

— É isso aí, amigão! Dá um jeito para eu ir visitar vocês. Você sabe, agora ganho muito mais do que quando era capitão aí na PM. Então, posso gastar um pouco mais com Marlene, sabe como é, não?

Esfregando as mãos, o deputado regozijava-se com a possibilidade de conversar com a amásia de antigamente. Já fazia as contas de mais outra vez ter Marlene com sua amante e presenteá-la com belos mimos. Muito alegre, pensando com seus botões, dizia para consigo: "Está no papo, é só mais um empurrãozinho do marido e Marlene virá correndo para os meus braços satisfazer o meu tesão!".

Eram quatro horas da tarde daquele dia quando, no gabinete do Waldemar, uma visita inesperada aparecera à porta, dizendo que gostaria de falar com o senhor deputado. Uma assessora do gabinete disse à visita que o deputado Waldemar da Costa estava ocupado com outro eleitor, mas que logo a seguir a atenderia. Porém deveria identificar-se para sua excelência o atender.

— Como se chama o senhor? — indagou a assessora.

— Oh, sim, diga ao senhor deputado que é o Zelão, grande amigo de Sua Excelência.

A funcionária do gabinete, pé ante pé, foi até a porta de sua excelência dizer que ali estava o senhor Zelão, que se dizia seu amigo e precisava dar uma palavrinha com ele.

— Oh, o Zelão, diga-lhe que já o vou atender. É só mais uns cinco minutinhos e já, já o vou atender.

— Está bem, Dr. Vou dizer que é só mais alguns segundos e o senhor Zelão será imediatamente atendido. Obrigado, doutor. — agradeceu a secretária que, incontinente, informou o Zelão.

O encontro entre os dois conluiados que maltrataram Raul deu-se amistosamente. É que Zelão tinha um irmão traficante, que foi preso numa batida da polícia num armazém clandestino, onde armazenava toneladas de cocaína, maconha e armas. Zelão vinha conversar com o deputado para saber se ele não poderia interceder a favor do irmão.

— Oh, Zelão, isso não é impossível. Porém, custa muita grana. Você entende como são essas coisas: a polícia quer o seu, o delegado também leva o dele, o juiz e o promotor nem se fala, eu também preciso de algum, ora tudo isso é muito dispendioso.

— Bem, deputado, quanto custa isso mais ou menos?

— Calculo que entre oito a dez milhões de reais, não sei se não será mais, entendeu! É muita gente enrolada nisso, então, como você sabe, isto é caro, além de ser trabalhoso. — disse o deputado ao Zelão que, de cabeça baixa, concordava com Waldemar.

— Mas o senhor faz esse serviço? — indagou Zelão, olhando fixamente para o chão.

— Fazer, eu faço, mas é coisa demorada porque tem muita gente nesse rolo. Então conversa com um, conversa com outro... é coisa que envolve droga e dinheiro, meu amigo! É preciso você ir apalpando aqui e ali até encontrar o fio da meada, sabe como é, não é?

— Como é que vou pagar isso?

— Bem, isso é conforme as coisas se vão desenrolando. Vai ter que dar dinheiro para a coisa fluir, entendeu, Zelão!

— O que é isso deputado, a coisa fluir?

— A coisa fluir quer dizer andar, ir quebrando uma barreira aqui, outra ali, para a gente chegar aos "finalmente", entendeu?

— Bem, meu irmão me disse para eu li dá cinco milhão. Não sei se ele tem mais, não!

— Nesse caso, você traz os cinco milhões e, conforme o andamento, nós vamos vendo o que podemos ajeitar. Está bem?

Combinados, os dois comparsas se despediram, porém, sendo certo que Zelão iria trazer os cinco milhões já no dia seguinte.

XIII
O que se espera é o que se sabe

Naquele domingo ensolarado, Raul levantou-se cedo. Bocejando, entediado e espreguiçando-se, foi para a cozinha e fez um café. O relógio do cuco do corredor batia seis da manhã. Tomou o café e em seguida, para desanuviar a cabeça, pensou em fazer uma caminhada no jardim que ficava a uns duzentos metros do prédio onde morava havia mais de vinte anos. Não era cansaço ou fadiga, mas uma dorzinha chata nos rins que sentira de madrugada e que o tirara da cama. Depois de algumas voltas em redor do jardim, encontrou um conhecido que, também com uma indisposição, se levantara cedo e calcorreava em volta do jardim, com a intenção de melhorar de seu agastamento.

Era um homenzarrão de andar bovino, bonacheirão e lento, tanto no andar como no pensamento e até no falar. Chamava-se Baltazar e era viúvo. Baltazar, que morava sozinho numa casinha de uma água-furtada perto da praça, ao cumprimentar Raul, o inquiriu:

— O amigo já anda aqui há muito tempo, chegou cedo?

Raul, que não esperava esta indagação inconsequente, disse:

— Não, ando aqui se tanto há uma meia hora. Por quê?

— É que escutei uns tiros por aqui nesta madrugada, pensei...

— Pensou que eu estivesse metido nessa encrenca, é? Nem me fale nisso, homem. Mal saí de uma, você já quer me colocar em outra? — Disse Raul, mostrando-se aborrecido.

— Não, não estou pensando que fosse o amigo, afinal, conheço-o de vista há algum tempo. Sempre soube que o amigo é gente boa, honesta e respeitadora e que não se mete em encrencas.

— Então por que me perguntou se escutei os tiros?

— Ora essa! Perguntei por perguntar! Assim como escutei os tiros o amigo também poderia ter escutado, não é?

— Não, moro a 200 metros daqui, no meio destes edifícios todos. Nada mais natural eu não escutar tiros. Mas morreu alguém ou foi só barulho?

— Que eu saiba, não morreu ninguém. — respondeu Baltazar, com aquela sua voz pausada, quase de sonâmbulo. E a seguir, indagou:

— Afinal, o amigo disse que há poucos dias saiu de uma dessas, como foi esse caso? Pode me dizer ou é difícil?

— Ah, isso é uma história muito complicada que nem me quero lembrar. Por que me pergunta isso?

— Bem, é porque tenho uma irmã, que mora ali para os lados de Moema, e com a qual também aconteceu uma história complicada. Acho que sei da história do senhor.

— E como se chama essa sua irmã?

— Marlene. É casada com um sargento da PM que se chama Jorge.

— E que mal lhe pergunto: como se chama o senhor?

— Baltazar, por quê?

— Mas a Marlene nunca me falou que tinha irmão. Me disse que tinha uma irmã que morava para os lados da Barra Funda e que tinha uma filha da qual foi madrinha de casamento. Será que o amigo não está enganado?

— Não, não estou enganado. A Marlene é minha irmã, sim. Porém, nós cortamos relações porque ela andava com um capitão da PM e corneava o meu cunhado Jorge, que é um bom homem. Então, achei por bem cortar relações com ela. Por causa disso, nós não nos damos bem e ela nunca fala de mim a ninguém, entendeu?

— Ah, a Marlene é sua irmã. Pode deixar que vou falar com ela que fiquei conhecendo você! O amigo chama-se Baltazar, não é?

— É, o meu nome é Baltazar. O seu é Raul, não? Fiquei sabendo do seu caso através dos jornais e ainda estou acompanhando. Até ouvi dizer que o senhor vai acionar o Waldemar, é verdade?

— Ah, sim, resolvi acioná-lo depois de esclarecer várias dúvidas que tinha sobre sua participação no caso do meu sequestro. Agora, convencido de que ele sabe de muita coisa, penso em denunciá-lo à polícia. Vamos ver no que isto vai dar!

— Repare, não sei bem como foi o caso, mas aquele safado é bem capaz de estar por detrás de tudo isso, penso eu! Todavia, não sei de nada, porque, como disse, não tenho mais relacionamento com a minha irmã e nem com o Jorge há muito tempo.

— Ah, você brigou com eles por causa do Waldemar, é?

— É, tive uma briga feia com eles. Nunca mais fui visitá-los e nem eles a mim! — Exclamou Baltazar com certa veemência. Depois, bem depois, trocaram de assunto e ficaram amigos.

A Raul, aquela conversa do Baltazar cheirava-lhe a esquisitices. Afinal por que ele teria brigado com a irmã? Por causa do capitão

Waldemar? Não haveria algum outro motivo? Aquela conversa de Baltazar não estava bem contada. Achava Raul que algum outro assunto deveria haver entre os irmãos para haver aquela briga. Mesmo porque Baltazar titubeou logo quando teve de falar essa zanga entre eles. Mas iremos descobrir o que houve entre os irmãos, pensou Raul consigo mesmo.

Despedindo-se de Baltazar, Raul veio pelo caminho de casa, cismando naquela conversa do irmão de Marlene. Quando chegou em casa, já passava das onze horas. Como tinha se levantado muito cedo, já estava com vontade de comer alguma coisa. Dona Lurdes, que já o esperava com o almoço pronto, colocou logo o almoço na mesa. Almoçaram só os dois porque as filhas estavam nos empregos e, raramente, vinham almoçar em casa nos dias de semana.

Como de costume, Raul tirou a soneca que sempre tirava depois do almoço. Depois, se levantou, tomou banho, se barbeou e preparou-se para sair. Todavia, lembrou-se da conversa que teve com o irmão de Marlene. Conjecturando sobre a zanga entre os dois, lembrou-se de ouvir Baltazar dizer que estavam de mal por causa do capitão Waldemar. Mas por que os dois irmãos se zangariam por causa do capitão? Ora, Raul pensando esclarecer melhor o assunto, resolveu ir, no outro dia, ao jardim, visando encontrar-se com Baltazar. Não deu outra, lá estava Baltazar andando com seu passo bovino em volta do passeio do jardim. Cumprimentaram-se e Raul puxou logo esse assunto:

— Quer dizer que o amigo brigou com a irmã por causa do capitão Waldemar, é isso?

— Bom, o negócio é o seguinte: gosto muito do meu cunhado Jorge e achei uma sacanagem da parte da minha irmã e também do Waldemar o que fizeram com aquele pobre-diabo! Primeiro, porque ele não merecia o que ambos fizeram. Segundo, é uma grande mancha para a minha família porque, mesmo que o Waldemar sempre a assediasse, a minha irmã não deveria se comportar como se comportou. Tentei conversar com a Marlene sobre esse assunto. Em vez de conversar comigo numa boa, ela foi logo gritando que ninguém tinha que meter o bico onde não era chamado, que era dona do seu nariz e tal. Por isso, ela trabalhava no hospital para dar uma vida melhor aos filhos, enfim, uma porção de desaforos que nem me lembro mais.

— Mas as suas relações com o Waldemar são amistosas ou não?

— Bem, até eu discutir com a minha irmã, convivíamos porque eu tolerava os deboches dele em relação a meu cunhado. Mas não era assim uma grande amizade.

— Ah, entendi, — respondeu Raul — você não gostava dele, apenas o tolerava, é isso?

— É por aí, é por aí!... — insinuou Baltazar.

— Sabe por que eu queria saber se havia um bom relacionamento entre vocês? É que, se você ainda se relacionasse amistosamente com ele, talvez me pudesse prestar um grande favor!

— E que favor era esse? — interrogou Baltazar, com a sua voz mole.

— É que me contaram que ele foi eleito deputado estadual. E, se foi, já pode contar com a tal imunidade parlamentar. Ocorre que se conseguir provar que ele esteve com o grupo que me sequestrou, é minha intenção pô-lo na cadeia.

— Ah, mas aquele safado é muito esperto e tem muitos padrinhos na política. O amigo sabe como são as coisas da política, eles se protegem uns aos outros, não é verdade?

— Sei disso. Mas o meu advogado me garantiu que se provar-se que ele esteve com aqueles bandidos, põe todo o mundo na cadeia.

— Bom. — respondeu logo Baltazar, como se tivesse previsto a resposta. — Na verdade é o que eles merecem e estou torcendo para que isso aconteça. Mas olha, não é fácil brigar contra aquele cara. As leis são feitas para todos, mas quem se beneficia delas é só essa gente da política, do governo e dos safados, as leis estão sempre a favor deles. Às vezes, num caso ou outro, esses bandidos sofrem as sanções legais, todavia é muito raro eles sentirem o braço forte da justiça e sentarem nos bancos dos réus.

Depois das palavras de Baltazar, Raul sentiu que não conseguiria nenhum tipo de ajuda do irmão de Marlene sobre o problema dele. Então, mudando de assunto, indagou:

— Oh, Baltazar, agora que o Waldemar não tem mais relações com sua irmã por que você não faz as pazes com ela? Vá conversar com ela, homem, afinal ela é boa pessoa e você tem conhecimento disso, não é verdade?

— Sabe que às vezes tenho vontade de me aproximar deles, da família. Mas esta minha inibição e fraqueza de espírito para entabular novamente conversações com o meu cunhado me impedem de fazê-lo. Não que não tenha vontade de pôr uma pedra em cima de tudo o que aconteceu, porém o tempo vai passando e não tenho coragem de dar o primeiro passo nesse sentido.

— Para isso não há impedimentos. Posso conversar com sua irmã. Digo que conheci você, que me parece bom homem e amigo, e falo com ela para vocês conversarem! Você aceita esta minha interferência nas suas relações com a família?

— Se não for muito incômodo para o amigo, tudo bem. — respondeu o irmão de Marlene.

Ficaram então combinados de se encontrar dois dias depois. Antes mesmo de Raul falar com Marlene, Baltazar resolveu fazer um contato de aproximação com a irmã. Telefonou-lhe, perguntou-lhe como estava e já logo indagou:

— Ah, o Waldemar agora é deputado?

— Sim, ele foi eleito. — respondeu Marlene.

— Foi nestas últimas eleições que ele concorreu e ganhou esse cargo, foi? Olha, pois não sabia dessa nova façanha daquele pilantra! — exclamou surpreso o irmão.

— Pois é, ele agora é deputado e até me convidou para assistir à posse dele na Assembleia Legislativa.

— Você foi à posse ou não?

— Eu, não! Imagina se eu ia a uma festa desse cafajeste! Aliás, ele até veio aqui em casa me convidar para ir com o Jorge. E disse que me ofereceria um vestido comprido daqueles que as grã-finas usam para ir de noite às festas chiques de São Paulo. Mas rejeitei tudo o que ele me ofereceu...

— E o Jorge não disse nada, é claro, como sempre, não é verdade? — tartamudeou o Baltazar.

— É isso aí! O Jorge ficou calado o tempo todo, enquanto o Waldemar falava pelos cotovelos. Um cafajeste que, em mais de quatro anos em que esteve comigo, nunca me ofereceu sequer um lenço, agora vinha com conversa fiada de me oferecer vestidos, sapatos e não sei o que mais! Não tem jeito, não! O Waldemar não presta, e agora que se meteu na política, parece que se tornou mais safado. Pelo menos é o que dizem por aí! — disse Marlene, encolerizada, sobre seu ex-amante.

Aí Baltazar mudou de conversa, perguntando à irmã qual era o melhor dia para ele ir visitá-la, declarando em seguida que também gostaria de bater um papo com o Jorge. Relembrou Marlene que talvez o Jorge soubesse alguma coisa sobre o sequestro do senhor Raul:

— O que você acha de lhe perguntar se ele tem algum conhecimento disso? — indagou Baltazar.

— Ah, não sei se o Jorge te irá dizer que sabe alguma coisa. Já o provoquei para ele falar sobre isso e ele me respondeu muito bravo, me mandando perguntar ao Waldemar. Não te posso falar nada a esse respeito, tá bom!... — respondeu Marlene, com certa dose de enfadonho.

— Tudo bem, qualquer dia apareço, está certo? Então, um beijo e um abraço para o Jorge! — Despediu-se Baltazar.

Logo depois, Marlene recebeu um telefonema de Raul, que disse-lhe sobre o seu encontro casual com Baltazar e de seu contentamento em conhecer aquele membro de sua família. Naturalmente ela lhe agradeceu, mas queria saber mais:

— Sobre o que conversaram?

— Bom... — disse Raul — você sabe que penso em mover uma ação contra o Estado para saber quem foram os meus sequestradores. Para que o Estado me indenize dos sofrimentos, sequelas e traumas decorrentes do crime, preciso provar tudo o que posso. Por isso, quanto mais testemunhas tiver a meu lado, melhor será para a minha causa. Se o seu irmão não tolera de maneira nenhuma o capitão Waldemar, pensei que talvez ele me pudesse ajudar nesse misterioso caso, entendeu?

— O Baltazar me telefonou para dizer que se encontrou com você e falaram de mim. Disse-me tudo o que você me está narrando.

— Bem, queria aproveitar e dizer que vocês não podem alimentar picuinhas. Devem reatar relações porque são pessoas boas. — sugeriu Raul, logo depois se despedindo de Marlene.

Quando se viram novamente, Baltazar anunciou a Raul que havia telefonado para sua irmã e que tudo rumava para uma reaproximação entre ele e a família de Marlene. Após alguns minutos de silêncio, foi Baltazar que, que com sua voz molenga e bem pausada, lhe disse:

— Então, já resolveu a acionar o Estado?

Raul, que não esperava a pergunta, simplesmente deu de ombros e respondeu:

— Por enquanto, não. Mas muito em breve teremos notícias. Te contarei tudo! Me dá só mais um pouquinho de tempo. E você, já fez as pazes com sua irmã? Ela me contou que você ficou de ir na casa dela. Já foi ou ainda é muito cedo?

— Não, ainda não fui, mas nesta semana que entra vou lá, no

dia da folga do Jorge. Sabe, tenho muita pena do meu cunhado, coitado! É uma boa alma e a minha irmã faz dele gato e sapato! — acrescentou Baltazar.

— Também pudera! A sua irmã Marlene queixa-se amiúdes vezes de que ele não é de nada, é um bola-murcha. Ela é uma mulher bonita e fogosa com uma porção de homens a fazerem-lhe a corte. O que se espera é o que se sabe. Como se diz, a carne é fraca, amigo Baltazar, a carne é fraca... e a Marlene é de carne e osso. Olhe, não a censuro por isso, está bom!

— Sim, sei dessa deficiência do meu cunhado. Já em certa ocasião abordei esse assunto com ele. Perguntei até por que ele não fazia um tratamento para curar essa sua deficiência. Ainda mais que, hoje em dia, há tantos medicamentos para combater essas disfunções. Afinal de contas, ele ainda é um homem novo. Por que não trata disso, meu Deus!? — Exclamou, criticando a falta de iniciativa do cunhado.

— Ah, vocês já conversaram nesse sentido. O que ele diz a esse respeito?

— Não sei, conversamos sobre esse assunto já há uns quatro ou cinco anos. Logo depois, cortamos relações e nunca mais tive oportunidade de falar com ele.

— Ah, mas agora que você vai lhe fazer uma visita, bem que poderia chamar a sua atenção sobre esse caso, não? — comentou Raul, olhando no fundo dos olhos de Baltazar.

— Vamos ver como correm as coisas. Se tiver oportunidade e me lembrar desta nossa conversa, hei de lhe falar, mesmo porque não gosto de saber que minha irmã anda por aí debaixo de um e de outro só por causa dessa deficiência do Jorge, entendeu o amigo?

— Ah, sim, entendi. Faz você muito bem em preservar o nome de sua família porque não tem coisa mais desagradável do que saber que os nossos andam por aí na boca do povo. Este é o meu ponto de vista, é claro. — concluiu Raul.

Depois deste bate-papo entre os dois homens que andavam em volta do jardim, exercitando as pernas, cada um foi para sua casa, que era hora do almoço.

Raul costumava tomar banho antes do almoço. Debaixo do chuveiro, lembrava-se dos momentos agradáveis que passou com Marlene, quando ainda era um homem viril. As lágrimas vieram-lhe aos olhos e chorou a sua desgraça, sozinho. Dona Lurdes tinha posto o almoço na mesa e quando o marido saiu do banheiro, observou que ele estava com os olhos vermelhos. Logo não disse nada, mas quando estavam almoçando, indagou:

— Está com os olhos vermelhos por que, Raul? Você chorou?

— Não, não estive chorando. Foi um pouco de sabonete que me entrou nos olhos. Por que haveria eu de chorar? Não tenho motivo para isso! Por que haveria de chorar?

— Acho que você não está falando a verdade, esse vermelhão nos olhos não têm que ver com sabonete. É o que acho!

— Isso é o que você acha. E se eu chorasse, você acha que não tenho motivo para tal, pergunto eu?

— Motivo, motivo você tem, não posso dizer que não. Mas você ainda pensa nisso assim tão seriamente, ainda não se conformou? Oh, Raul, se isso te causa grande sofrimento, por que você não telefona para o meu irmão lá em Nova York para saber se ele te pode ajudar nesse sentido? Você sabe que meu irmão é especializado em implantes, não sabe? Então, conversa com ele, homem!

— Ah, é verdade. O Fernando é especializado em implantes. Por acaso você tem o telefone dele?

— Claro que tenho. Vou buscar e vocês conversam. Se ele achar que pode resolver o problema, nós tiramos umas férias e vamos aos Estados Unidos e você resolve isso de uma vez por todas!

— Ai, Lurdes, muito obrigado, meu amor. Você é o meu anjo da guarda! — Disse Raul emocionado.

Dona Lurdes levantou-se da mesa, deu-lhe um beijo na testa e foi buscar o telefone do irmão. Todavia, Raul ficou envergonhado de telefonar ao cunhado Fernando ali na sua presença. Esperou para telefonar do seu quarto. Teve uma conversa demorada. Foi difícil para Raul explicar ao cunhado aquela sua situação e lhe perguntar sobre o implante que sua mulher lhe havia sugerido. Porém, mesmo com alguma dificuldade, conseguiu explicar.

— Bem! — exclamou o cunhado a Raul — Esse problema é muito complicado, não apenas pela grande quantidade de veias de que é constituído o pênis, como também pela ligação destas ao seu organismo. Para que nós tivéssemos resultados satisfatórios, o melhor seria você se deslocar até Nova York. Aqui temos equipamentos mais adequados para avaliar se é possível fazer uma cirurgia, além de estudarmos outras alternativas de tratamento. Entende você, Raul?

— Bom, não percebo nada disso, mas se você entende que

tenho de ir aos Estados Unidos, vou e pronto. Você teria vaga agora aí no hospital para fazer essa cirurgia?

— Dá-se um jeito! Mas, veja você, não podemos ainda falar em cirurgia. É preciso diagnosticar o seu problema com a maior precisão possível. Se a Lurdes também puder vir seria muito bom para a minha família, que ficaria conhecendo os tios do Brasil, como eles costumam dizer aqui em casa! Está bem? — Observou o Dr. Fernando, mostrando-se alegre com a possibilidade de receber a irmã e o cunhado.

— Então, ficamos combinados. Eu e a Lurdes estaremos aí lá para o dia 15 do mês que vem, se Deus quiser. Confirmamos antes o dia certo, está bem?

— Muito bem, esperamos vocês. Um grande abraço e transmita muitas saudades à Lurdes. Até breve.

— Até breve, Fernando, até breve e um grande abraço!

XIV
Feijoada, imprensa e política

A noite seguinte à da conversa com o cunhado foi agitada para Raul. Sonhou com implantes, com Nova York, com Lurdes, com a casa de Fernando, com Marlene e até com o capitão Waldemar. Foi uma péssima noite, com pesadelos fora do comum. Acordou meio zonzo, levantou-se e veio até a sacada que dava para a avenida, deparando-se com um sol brilhante que despontava no horizonte. Bocejou. Depois, foi até a cozinha. Sua mulher já tinha feito o café com torradas de pão caseiro e barradas de manteiga fresca. Tomou o café sem saber o que deveria fazer naquela manhã tão clara. Resolveu dar o seu passeio matinal em volta do jardim perto de casa.

Eram dez horas da manhã quando saiu de casa. Na rua, respirava-se um ar morno e poluído pelos automóveis que se dirigiam ao Parque do Ibirapuera, que recebia muita gente que para lá se dirigia para ver shows programados para aquele dia na cidade. Já no jardim, encontrou um seu velho conhecido que trazia a passear a cachorrinha Poliana, que recebera o nome em homenagem a uma sua antiga empregada mineira que trabalhara em sua casa.

Muito embora recebesse todos os dias, em sua casa, o jornal *Fatos de São Paulo*, ao passar pela banca da esquina, viu uma manchete na *Gazeta Paulista* que lhe chamara a atenção. Tratava a manchete de um assunto muito discutido pela população brasileira naquela altura. Afirmava a manchete em letras garrafais:

"Supremo Tribunal Federal Condena cúpula do Partido Operário Nacional".

Isso pelos crimes de corrupção ativa e passiva. E a seguir, dava os nomes dos condenados, sendo que, dois deles tinham sido personalidades graúdas do governo do ex-presidente Eduardo da Silva, o Dudu, líder operário e popular do País. Comprou o jornal e procurou um banco no jardim para se sentar e ler. Eis que lhe aparece no jardim um seu velho amigo, o ex-desembargador e agora advogado Dr. Carlos Francisco das Neves. Com o jornal dobrado debaixo do braço, ao cumprimentar o advogado, exclamou:

— Oh, doutor, o senhor viu esta manchete que vem na *Gazeta Paulista*?

— Manchete na *Gazeta Paulista*? — interrogou o advogado — De que trata?

— Olhe, veja do que trata, doutor! — E, desdobrando o jornal, mostrava ao advogado a manchete do escândalo de corrupção, apelidado de Mesadão.

— Ah, já vi. E vi a mesma manchete no *Fatos de São Paulo.*

— E o que o senhor acha desse rolo de os políticos do nosso país andarem comprando votos aos deputados de outros partidos para que o governo do Dudu de Oliveira tivesse a maioria nas votações nos seus projetos na Câmara dos Deputados?

— Ora, é uma grande sacanagem. É a corrupção que sempre

ocorreu no nosso País. Digo que são todos uns corruptos. Aliás, o Getúlio Vargas assumiu o poder, em 1930, por causa de uma situação parecida com esta de agora! Depois, quando voltou à presidência, em 1951, ele se matou, já em 1954, porque os corruptos acusaram seu governo de corrupto e não o deixaram governar.

— Ah, foi? Esse caso não sei como aconteceu, mas se foi parecido, fez ele muito bem em assumir as rédeas da nação. Não sei como foi naquele tempo, mas esses políticos safados, de todos os partidos, merecem cadeia. — proclamou Raul muitíssimo irritado com o tal Mesadão. Voltando-se para o Dr. Carlos, inquiriu:

— Como o senhor está vendo esse tal de Mesadão?

— Bem, acho que foi uma armação sofisticada e urdida inteligentemente para esse partido do Dudu da Silva enganar outra vez esse povinho que o acompanha há alguns anos. A verdade, nua e crua, é que esse partido quer se perpetuar no poder, ficar no mínimo mais uns 20 anos.

— Mas, ó doutor, o senhor acha que o Dudu tem inteligência para engendrar essa teia em volta dele, para perpetrar esse jogo de poder?

— Oh, senhor Raul, vamos pensar bem: o Dudu é um analfabetão, mas não é burro, não! É, isso sim, um grande espertalhão. Pelo menos é o que eu entendo. Veja só: ele é tão envolvente que arrastou para o seu lado o maior criminalista do Brasil, o Dr. Leôncio de Vieira Ferro. Veja, ele conseguiu trazer para o seu grupo homens da envergadura de uma figura como essa que lhe mencionei.

Raul, com a mão segurando o queixo para não cair, arriscou:

— Mas não foi ele quem montou o Partido Operário Nacional?

— Bem, não foi só ele! Outras pessoas se juntaram para formar esse partido. Os partidos são organizações que se montam para alcançar o poder mais tarde. Esta é a premissa maior, depois vêm as menores. Creia, o objetivo principal é este, e não as ideias, os programas, a ética, o compromisso com a maior parte da população. Os partidos no Brasil geralmente se formaram através de uma reunião de algumas pessoas em volta de uma mesa. Sempre foi coisa de gabinete. Mas esse partido, o PONAC, têm muitos seguidores, criou o que eles chamam de base ou militância forte. Diferente de outros, mais articulados com a elite do País, essa militância nasceu no seio do povo e carrega o PONAC, ou seja, carrega o piano. No início, esse partido se sustentou com recursos dos próprios militantes, sempre direcionados por sua cúpula, que decide e convoca as assembleias. Eis a sagacidade dessa gente que subtrai o dinheiro aos pobres, que muitas vezes mal ganham para sustentar a sua família. Todavia, dão o seu dinheirinho suado àquela cúpula que funda as células partidárias e ainda levam a pecha de ignorantes! Entendeu como são formados os partidos!?

— Ah, quer dizer que essa gente arrecada o dinheiro suado dos pobres com falsas promessas de melhorar-lhes a vida e ainda os taxam de ignorantes?

— É isso mesmo. É assim que esses impostores olham para as massas que os apoiam nas suas falácias e ululações do alto dos palanques eleitoreiros, nos comícios públicos. — Disse o advogado com uma expressão enfezada e de poucos amigos!

— Mas é muita cara de pau dessa gente! Olha! Recapitulando: para formar os partidos políticos, os dirigentes já têm a ideia preconcebida de usar, num primeiro instante, o trabalho, o dinheiro e o tempo daqueles coitados. Estes, chamados militantes, carregam em suas costas todo o esforço para disseminar o partido, ou estou enganado?

— Não, o senhor não se enganou, é isso mesmo! — vociferou o advogado. — Todavia, pode acreditar que tem muito mais safadezas e velhacarias por detrás desse entulho podre que esses biltres confabulam e aprovam nessas reuniões partidárias. — confirmou o advogado, agastado com tantas patifarias que ele sabia que eram tramadas pelos diretores desses partidos.

Passavam das onze horas da manhã quando Raul se lembrou que a esposa lhe dissera que não se demorasse muito para vir almoçar. Ela precisava sair a fazer umas compras no supermercado ali perto de casa. Consultando o relógio, voltando-se para o advogado, disse-lhe:

— Oh, doutor, o amigo quer almoçar comigo em minha casa? A Lurdes com certeza já aprontou o almoço porque ela me pediu para eu ir mais cedo. Vamos? — insistia Raul com o Dr. Carlos que especara, encostado a um muro que circundava o jardim.

— Oh, não, meu caro Raul, a minha esposa também me está esperando para almoçar. Fica para outro dia, estamos de acordo? Outro dia irei almoçar em sua casa. Muito obrigado. — despediram-se e cada um seguiu o seu caminho de casa.

Pelo caminho, Raul pensava no bate-papo que tivera naquela manhã ensolarada de São Paulo. Julgava aquela manhã proveitosa porque o Dr. Francisco lhe explicara detalhadamente como funcionava a política brasileira. Muito especialmente como os políticos se encobriam uns aos outros, costurando alianças nem sempre honestas para enganar os munícipes e, além disso, julgando-os ignorantes.

Pena que, muito em breve, tivesse que embarcar para os Estados Unidos da América, onde estava o seu cunhado. Em casa, D. Lurdes já havia preparado o almoço para o marido. Raul apagou o cigarro e jogou-o no vaso do banheiro. Lavou as mãos e dirigiu-se para a mesa das refeições. Deteve-se uns poucos segundos e dirigiu-se à esposa :

— Oh, Lurdes, se soubesse que você tinha preparado este almoço tão saboroso, tinha arrastado o Dr. Carlos para almoçar conosco!

D. Lurdes, atenciosamente, respondeu-lhe numa rasgada impressão:

— Por que não preparas uma feijoada no sábado e convidas esse senhor pra vir almoçar conosco?

Raul, pousando o garfo na mesa, rosnou:

— Não é que você tem razão! De fato, no sábado, com uma boa feijoada, sempre é mais agradável o bate-papo. Depois do almoço, vou convidar o Dr. Carlos a vir tomar uma caipirinha e comer a nossa gostosa feijoada.

D. Lurdes, que sabia como o marido gostava de receber os amigos, logo, alvitrou:

— Naturalmente, tu deves arrumar alguém que venha fazer a feijoada, como também servi-la à mesa, não é verdade? —

Ponderou D. Lurdes com certo carinho na voz por sentir que o marido volvia novamente a ter gosto pelas coisas boas da vida.

— Tens razão em me lembrares de todos esses detalhes, coisa que nem passava pela cabeça. Vamos convidar também o namorado da Madalena e o meu amigo Magalhães e a esposa. Enfim, vamos convidar meus amigos mais chegados, como se fosse um bota-fora da minha viagem aos Estados Unidos. O que você acha, hein, Lurdes?

— Acho ótimo. Se você tem disposição para isso, fazes bem em reunir alguns amigos aqui em casa. Já há tanto tempo não fazemos uma festinha aqui. Acho que vem a calhar. — Respondeu a esposa, pensando nesta atitude do marido em voltar novamente ao convívio dos seus amigos.

Logo depois que levantou da mesa, Raul começou a telefonar para os amigos a fim de saber quem é que se dispunha a vir em sua casa para aquela confraternização. Naturalmente, o primeiro a ser convidado foi o Dr. Carlos e a esposa, que aceitaram o convite para degustar uma suculenta feijoada. Daquela lista de convidados, todos se dispuseram a comparecer.

No sábado, pelas onze horas, os convidados começaram a chegar. O primeiro foi o futuro genro, o delegado Marcos Vinícius. Viera mais cedo para ajudar Raul a preparar as coisas. Depois, um pouco mais tarde, o amigo Magalhães, que era da casa pela amizade que tinha com Raul e D. Lurdes, assim como com as duas filhas do casal. E, assim foram chegando os outros, que deveriam somar doze pessoas.

O cozinheiro da feijoada era um amigo de Raul, funcionário de um restaurante ali de Moema que ele costumava frequentar com a família quando saíam, vez por outra, aos domingos ou feriados. Chamava-se Francisco Arruda e fora-lhe bem recomendado pelo dono do restaurante de boa fama.

O amigo Chico, como Raul costumava chamar-lhe, era um homenzinho meão, gordote, careca e de poucas falas, mas de belas obras, especialmente as suas feijoadas. Ele mesmo trouxera as carnes e os temperos porque, segundo dizia, não confiava nos ingredientes que as pessoas compravam, pois a qualidade era o que dava melhor sabor à sua arte de cozinhar. Naturalmente, a compra das carnes e dos condimentos já tinha sido previamente autorizada por Raul. Às doze horas em ponto, a feijoada estava pronta para ser servida aos convidados.

O Dr. Marcos Vinícius foi quem primeiro provou os bródios daquele dia festivo. Para ele, a feijoada estava deliciosa, ainda mais acompanhada de umas cervejas geladinhas, que desciam que nem quiabo. Antes, porém, uma caipirinha feita com pinga Três Fazendas fora servida aos convivas. Quando foram para as mesas, os convidados, que se conheciam, muito descontraídos já conversavam alto. Os amigos, na intimidade, eram unânimes em gabar a suculenta feijoada oferecida por Raul e cozinhada pelo famoso Chico do restaurante "Lanterna Vermelha".

A conversa corria tranquila durante a refeição, porém muito agitada e barulhenta. De repente, foi trazido à baila o grande escândalo acontecido naqueles dias, mais denúncias sobre o tal Mesadão, no jornal *A Gazeta Paulista.*

Convém lembrar que, sentados à mesa, estavam algumas

autoridades e profissionais do Direito como o Dr. Carlos Francisco das Neves e o delegado Dr. Marcos Vinícius de Morais e ainda a filha mais velha de Raul, que estava terminando seu curso de Ciências do Direito.

O escândalo do Mesadão suscitava várias e diferentes discussões. Algumas opiniões foram levantadas, porém, deixadas no ar sem uma definição de como o assunto correria nas vozes dos iminentes ministros do Supremo Tribunal Federal, que estava julgando a ação. Os ministros deveriam observar o relatório e o parecer do ministro-relator sobre o caso, bem como avaliar as ponderações do ministro-revisor, inclinado a contestar o relator em alguns crimes contra certos réus.

Todavia, a grande maioria das pessoas ali presentes ao almoço tinha a mesma opinião do ministro-relator, o Dr. Benedito dos Santos. É que entre os réus havia figuras de proa do governo do presidente Dudu, que ganhara as eleições da legislatura passada havia poucos meses. Entre estes, estavam o ministro da Casa Civil do governo de Dudu, Lineu de Souza, que, segundo apurado pela promotoria pública, fora o segundo principal réu, o articulador e quem comandava politicamente o esquema escandaloso do então governo eleito. O principal réu era o publicitário Marcos Valentin, que já mantinha negócios escusos há muitas anos na Câmara Legislativa e no Congresso Nacional, tendo estabelecido contratos com o poder público por meio do então presidente do partido do governo anterior ao do Dudu. Valentin havia sido condenado a mais de 40 anos de prisão. Lineu fora condenado a pouco mais de sete anos de cadeia.

A mesa formada na casa de Raul naquele dia não era unânime e cordata quanto aos critérios e crimes apontados pelo representante do ministério público que, invariavelmente, coincidiam com as opiniões de ministro-relator. Em tempos idos, o relator tinha pertencido ao Partido Operário Nacional, que tinha guindado o presidente Dudu ao cargo de Presidente da República. Como havia divergências, naturalmente, que alguns poucos entendiam que o ministro-relator estava querendo exorbitar nas suas condenações. Foi aí que a voz do Dr. Carlos Francisco se fez ouvir:

— O senhor ministro-revisor inocentou o ex-ministro Lineu de Souza e o presidente do PONAC, José Germino, porque, segundo ele, não há testemunhas e nem provas de que estes dois réus cometeram crime de corrupção ativa. Ora, meu Deus, estes dois elementos tinham pleno conhecimento do esquema, foram ambos que o montaram e o traçaram para aprovar os projetos do governo Dudu na Câmara dos Deputados e no Senado Federal da República. Era um projeto ilegal, daí a razão de não haver nem testemunhas nem chancelas desses atos criminosos. Tanto o Lineu de Souza quanto o José Germino alegam que não há testemunhas para condená-los. Porém, se pusessem suas mãos na consciência, saberiam muito bem que cometeram os crimes dos quais estão sendo acusados. — E acrescentou o ex-juiz:

— Como os senhores estão observando, os crimes de comando nunca dão a conhecer ao público quem os lidera. Portanto, estes crimes têm na sua direção gente que não assume responsabilidades, que nunca aparece porque sabem, de antemão, que estão praticando atos criminosos. Essa é a verdade de não haver testemunhas para incriminar esses senhores que não aceitam ser criminosos, mas que na verdade o são.

— Mas, ó Dr. Carlos, o tribunal e os juízes que estão julgando esses réus são a última instância da justiça brasileira? Como é que alguns desses acusados querem apelar para outra corte?

— Isso é falácia desses que cometeram esses crimes e agora entendem que foram injustiçados. Essa gente não tem consciência, não têm autocrítica. Acham-se acima da lei, acham-se os todo-poderosos, os donos do mundo, entendeu?

E outro amigo de Raul ainda fez uma nova observação:

— É verdade que esses caras condenados nessa ação não podem apelar da decisão do Supremo Tribunal Federal, é?

— Naturalmente que não! Lá é a última instância da Justiça brasileira e, por isso, não há mais espaço para apelação!

Nesse momento, Pedro de Souza, que era um vizinho de Raul e militante do PONAC, interrompeu a todos:

— Está bem, mas me digam por que as cúpulas dos outros partidos não foram julgadas e punidas? Vocês estão querendo dizer que nunca se comprou votos nesse país? Ora, ora, a corrupção está enraizada na sociedade brasileira há muito tempo. Vejam, o governo do presidente Antônio Martins Veloso, que antecedeu o de Dudu, comprou votos para aprovar a sua própria reeleição! Foi comprovado e ninguém punido! Por que vocês estão querendo jogar a culpa da história da corrupção do Brasil nas costas do PONAC e do Dudu?

— Ora, Pedro! — interrompeu o Dr. Carlos — Talvez você não tenha acompanhado o desfecho do julgamento do caso do

Mesadão, mas se você perceber, vários ministros que estão julgando esse caso foram selecionados a dedo pelo PONAC, que hoje é Governo Federal, ou seja, é o executivo interferindo diretamente no judiciário. Tudo isso na busca pela absolvição dos envolvidos no caso de corrupção. A impunidade para com a corrupção no governo do Veloso tem a mesma origem, da futura impunidade, no caso do Mesadão, o aparelhamento do Poder Judiciário. Se eles não intervem diretamente no Judiciário, compram a consciência de Juízes e Promotores para se livrarem da cadeia.

— Veja, o PSC (Partido da Causa Social) está há mais de 20 anos encastelado no poder do Estado de São Paulo e de Minas Gerais e ninguém reclama disso! E digo mais, o Dudu é uma das lideranças populares mais legítimas que surgiram no nosso País. É o nosso sistema político que está falido! Esta na hora de se aprovar a reforma política.

— Reforma política? Como defender uma reforma política que está sendo elaborada, não pelo povo, mas pelo próprio Governo Federal, pelos partidos de base aliada e seus militantes, pelos, ditos, movimentos sociais que usam da violência urbana e rural como meio de "legítima reenvindicação dos seus direitos" tendo aval do Governo para todos os tipos de atrocidades? PSC e PONAC são uma falsa oposição, ambos os partidos são falsos e não visam o bem do Brasil e do povo. Novos partidos estão sendo impedidos de serem criados, os jornalistas sendo perseguidos e censurados através de leis criadas pelo Governo, estipulando o que podem ou não falar. Estamos praticamente vivendo em uma ditadura não assumida. Porém se algo não for feito, o Brasil se transformará em uma nova Venezuela, ou, quiçá, Cuba.

Antes que o debate descambasse, Raul tratou de mudar o rumo da prosa para amenizar o ambiente, no que foi bem-sucedido. Já davam quase três horas da tarde e o almoço chegava ao fim. Alguns amigos de Raul se despediram logo, outros, porém, ficaram conversando sentados à mesa, contando anedotas. Mas às cinco horas da tarde não havia mais ninguém na casa de Raul.

O industrial já estava com sua viagem marcada para embarcar para os Estados Unidos, onde pensava tratar do implante. O cunhado se mostrara interessado em submetê-lo à operação, depois de diagnosticá-lo muito bem.

XV
Encantos e desencantos na América

Raul alimentava fortes esperanças no tratamento de saúde que o seu cunhado lhe prometera e aguardava com ansiedade o transcorrer daqueles vinte dias que faltavam para embarcar para os Estados Unidos. Vindo da sala onde fora servida a feijoada, Raul, entrando na cozinha, indagou a esposa:

— Você sabe se o teu irmão tem reservado algum quarto na casa dele para nos alojar quando chegarmos à América? Ou vamos ficar nalgum hotel perto da clínica onde ele trabalha? Sabe alguma coisa a esse respeito?

— Não sei nada sobre nossa estadia na América. Ele não falou com você nesse sentido, não, Raul? — Respondeu Lurdes, limpando as mãos ao avental que trazia preso à cintura.

— Temos que conversar com ele a fim de sabermos dessas coisas! Não vamos alugar um quarto de hotel se ele já providenciou o nosso alojamento na sua residência, não é verdade?

— Sim, naturalmente. Daqui a pouco, vou telefonar para ele para saber disso. Se ele não tomou providências nesse sentido, nós temos que tomar, não é? — disse D. Lurdes ao marido e a conversa sobre a viagem terminou.

De fato, D. Lurdes telefonou. Contudo, o telefone estava mudo, não dava sinal de nada e ela, aborrecida, resolveu telefonar no dia seguinte, pela manhã. Mas no outro dia era domingo e

Raul, após tomar o café, pegou o jornal para ver as notícias. Logo na primeira página da *Gazeta Paulista*, vinha a notícia de que um furacão, ao passar por Nova York, provocou grande catástrofe que causou estragos e mortes, pondo em pânico a população daquela região metropolitana. A cidade ficou um caos, em calamidade, com suas ruas e avenidas tomadas pelas águas do mar, árvores e prédios derrubados e grandes incêndios por toda a parte. Com o jornal na mão, Raul perguntou à esposa:

— Você conseguiu falar com o seu irmão ontem em Nova York, hein, Lurdes?

— Não, não consegui. O telefone parecia desligado, não dava rumor de nada. Decidi que iria telefonar hoje, está certo, Raul?

Mostrando-se preocupado e apreensivo com a situação em Nova York, Raul adiantou:

— Não adianta você tentar telefonar para lá porque a cidade está um pandemônio! São as notícias que vêm hoje na *Gazeta Paulista*. Olha aqui, olha!

Lurdes, que acabava de arrumar a mesa, dizia com certo enfado:

— Aguardarei até amanhã para quando consertarem os telefones da cidade. O remédio é esperar.

Sentada na cozinha, esperava com paciência as filhas se levantarem para tomar o café. O relógio do corredor entoou nove horas e então as filhas chegaram-se à mesa. D. Lurdes dizia-lhes sobre a viagem que ela e o pai delas pretendiam fazer aos Estados Unidos para o tratamento de saúde dele. Foi quando Madalena, voltando-se para a mãe, indagou:

— Vocês vão ficar na casa do tio ou em algum hotel, mamãe?

— Ainda não sabemos! Tentei telefonar para o teu tio lá em Nova York, mas aquele vendaval que passou por lá devastou várias cidades americanas, deixando-as sem água, luz e telefone. O jeito é esperar até amanhã e telefonar para saber se as coisas já estão funcionando e sobre as providências que seu tio tomou.

Neste meio tempo, o telefone tocou. D. Lurdes atendeu. Era uma pessoa procurando pela Dr.ª Madalena. A mãe estendeu o telefone para a filha. Do outro lado da linha, uma voz feminina perguntou:

— É a doutora Madalena?

— Sim, é a Madalena!

— Madalena, aqui é a Marlene. Ainda se lembra de mim, não?

— Oh, sim, como hei de não me lembrar! Você me ajudou tanto a encontrar o meu pai, como iria me esquecer de você tão rapidamente? Então, como tem passado, Marlene? Bem, não é verdade?

— Sabe o que é Madalena, o meu irmão Baltazar tem encontrado o seu pai aí no jardim, quando vão dar as suas voltinhas para esticar as pernas. Meu irmão me falou que o seu pai estava de viagem marcada para os Estados Unidos para tratar da saúde dele. Só queria dizer que, daqui, fico torcendo para que tudo corra bem com o seu pai!

— Ah, muito obrigada, minha amiga! Obrigada mesmo, de coração.

— Viu, Madalena, não se esqueça de dar este meu recado a seu pai, tá bem? Não se esqueça e muito obrigada por me ter atendido.

Um grande abraço desta sua amiga que lhe quer muito, ouviu? — terminou Marlene mandando um beijo para toda a família de Raul.

Madalena limpava as lágrimas que lhe escorriam pelas faces. E a mãe, admirada de ver a filha chorar copiosamente, indagou:

— Quem era essa moça que te fez chorar com tanta tristeza, hein, Madalena?

— Uma amiga minha que me ajudou muito, dando pistas para encontrarmos o papai quando ele estava sequestrado. A senhora não se lembra desses momentos tão tristes que passamos?

— Ah, e você conheceu essa sua amiga de onde? — Indagou a mãe, com uma pulga atrás da orelha.

— Ora, mamãe! Conheci na faculdade! Que importância tem onde a conheci ou deixei de conhecê-la? O que interessa é que ela foi uma pessoa que me ajudou muito, se quer saber!... — Disse Madalena, levantando-se da mesa, com o rosto ruborizado e os olhos rasos de água, e dirigindo-se para seu quarto.

Os preparativos para a viagem aos Estados Unidos continuaram. No dia seguinte, Lurdes telefonou para o irmão que combinou com ela de o casal se hospedar na casa dele. Disse que talvez não fosse uma hospedagem descontraída como a de um hotel qualquer, porém teriam mais calor humano se ficassem na sua residência. E assim, no dia 10 de novembro, Raul e Lurdes embarcaram no voo da Via Brasil Transportes Aéreos com destino à cidade Nova York.

Foi uma viagem confortável e agradável. O avião aterrissou em Nova York às 18h00. O irmão de Lurdes, Fernando, e sua esposa, dona Betty, americana, foram buscar os hóspedes no aeroporto, que não ficava muito longe da casa do Dr. Fernando. Mas o trânsito estava horrível. Chegaram em casa já depois das sete e meia da noite.

O médico morava numa bela residência, com um bonito jardim gramado em frente. A casa, apenas térrea, estava muito bem localizada, entre muitas árvores. Não chegava a ser luxuosa, contudo era confortável e muito arejada. Naturalmente, o casal se instalou no quarto de hóspedes. O jantar havia sido encomendado a um buffet ali do bairro, para ser servido às 20h30. De fato, a essa hora lá estava um furgão entregando o jantar na residência do médico. O jantar foi monótono por causa do cansaço da viagem do casal, porém apreciado por todos. Em seguida, Fernando e Raul foram para a sala de estar, fumar um charuto Havana, enquanto as senhoras tentaram se entender em inglês porque a dona da casa não falava nada em português. Foram apenas uns quarenta minutos de bate-papo, visto que as visitas, cansadas da viagem, precisavam descansar.

No outro dia, depois da higiene matinal, o casal dirigiu-se a uma saleta próxima da cozinha para tomarem o café da manhã. Eram oito horas da manhã e o casal anfitrião já os esperava à mesa para um café típico dos Estados Unidos: ovos quentes, bacon, salsichas, três tipos de pães, queijos, presunto fatiado, sucos, frutas e compotas diversas. Enfim, era uma mesa farta e requintada. Após a suculenta refeição, o Dr. Fernando e o cunhado saíram de automóvel diretamente para a casa de saúde, onde o médico trabalhava. Era uma ampla casa, com mais de vinte quartos, todos mobiliados com móveis hospitalares e algumas salas de espera cheias de sofás e mesinhas de centro. E mais as salas de operação. A clínica era toda ajardinada no seu entorno, com uma grama bem tratada, que fora plantada com esmero.

Na chegada à clínica, um funcionário se acercara do médico e, tirando o quepe, cumprimentou-o com reverência, assim como ao seu acompanhante Raul. Falando em inglês, o médico entregou o automóvel ao empregado e foi direto para o seu consultório, sempre acompanhado do cunhado. Como o Dr. Fernando já sabia do mal que o cunhado sofria, ao chegar à sua sala disse para Raul tirar a roupa a fim de examiná-lo. Raul tirou a roupa com alguma dificuldade e vergonha. Não era vergonha do seu estado de eunuco, mas por estar ali uma pessoa íntima de sua família. Todavia, tinha que se expor perante o médico. Foi difícil, mas foi...

O cunhado, um garrulante inveterado, dizia, em inglês, ao assistente a seu lado, do estado deprimente que constatou nos órgãos genitais de Raul. E exclamou:

— Bem, Raul, o que se pode fazer no seu caso é colocar uma prótese de um novo produto que foi lançado agora no mercado. Entendo ser esta a melhor resolução neste momento para você. Naturalmente, as coisas vão evoluindo e, quem sabe daqui a algum tempo, se possa encontrar uma solução mais natural para o seu caso.

Raul, que já havia mentalizado em fazer um implante de um membro natural, mastigou, fez-se vermelho e, gaguejando num tumulto de exasperação, remexendo-se na poltrona onde estava enterrado de pernas cruzadas, disse:

— Oh, Fernando, eu esperava fazer um implante natural e não uma prótese! Para colocar uma prótese, eu não precisava vir aos Estados Unidos, fazia-a lá no Brasil mesmo. Entendes-me, não?

— Entendo, mas nesse caso é necessário esperar algum tempo. Acredito que os hospitais onde encomendo esses órgãos para transplantes provavelmente não devem tê-los disponíveis no momento. — E, retomando a conversa, acrescentou:

— Vou entrar em contato com o serviço nacional de doadores daqui para saber se eles têm algum órgão que sirva para você. Entretanto, receio que haja dificuldade em conseguir um órgão semelhante ao seu, e que não apresente rejeição. Teremos ainda de fazer coletas de material e vários exames complementares necessários para esse tipo de transplante e cujos resultados demoram uns dias, compreendes não?

Raul, homem pragmático e inteligente, coçou a cabeça, esfregou as mãos uma na outra, e indagou do cunhado:

— Quanto tempo demora isso? Porque eu poderia voltar ao Brasil e quando a clínica fizesse a análise dos exames e obtivesse o órgão, eu viria outra vez e tratávamos do transplante definitivo. É o que penso fazer, você me entende, não?

— Bem, nesse caso, vamos começar a colher o material e a fazer os exames necessários para detectarmos se haverá ou não rejeição. Vamos tratar disso o mais depressa possível. — enfatizou o Dr. Fernando

— Ótimo, ótimo. — aquiesceu Raul, esperançoso.

As coletas de material foram rápidas. Às 13:00 horas, os

dois homens saíram para almoçar num restaurante onde o Dr. Fernando costumava fazer suas refeições diariamente. Por volta das quatro horas da tarde, ambos voltaram para casa. Lurdes estava sentada na saleta de leitura da residência do irmão, lendo "*O Crime do Padre Amaro*", de Eça de Queiroz. Assim que sentiu o carro chegar à garagem, correu a saudar tanto o irmão como o marido.

Naquela noite, os dois casais foram jantar num restaurante nas proximidades da célebre Ponte do Brooklyn, na ilha de Manhattan, renomado bairro de Nova York. A temperatura já estava um pouco baixa, afinal estávamos em novembro, época do sombrio outono daquela fabulosa cidade norte-americana. À mesa do restaurante, falava-se em português porque nem Lurdes e nem Raul tinham intimidade com o inglês. Quem não entendia bulhufas destas conversas era a dona Betty, esposa de Fernando. A conversa só terminou por volta das onze da noite. Depois, os casais foram descansar. Já no quarto, Lurdes observou na fisionomia de Raul alguma tristeza ou algo inconveniente. Daí a pergunta:

— Você me parece triste, Raul, por quê?

— Ora, por que... — e Raul, excitado, explicou que Fernando apontara certas dificuldades para realizar de imediato seu implante e que o que poderia fazer neste momento seria coletar material e realizar vários exames. E que, por isso, combinara com o médico de voltar ao Brasil e aguardar nova ordem de retornar a Nova York para, então, começar o tratamento.

— Como é essa história, Raul? O que te disse o meu irmão para não começar o tratamento? Dize lá, explica-me isso novamente que não entendi muito bem essa conversa!

— Bem, é o seguinte: ele alvitrou de me colocar uma prótese. Mas se eu não me adaptasse a esse tratamento, iria verificar no banco de órgãos se encontrava um órgão natural que não apresentasse rejeição. Disse-me ainda que demora muito até se encontrar um doador compatível, além do que preciso fazer muitos exames antes. De sorte que concluí que, realizados os exames, é melhor voltarmos ao Brasil e, quando ele tiver com tudo pronto, voltaríamos para submeter-me à operação do implante. Compreendes?

— Ah, agora entendi. — Esclarecido o assunto, o casal deitou-se.

No outro dia, não foi preciso Raul ir à clínica porque ele já havia feito a coleta de sangue, urina e fezes para os exames preliminares, assim como testes cardiológicos. Como a cunhada Betty não falava nada em português e o casal não dominava o inglês, foi um dia aborrecido e difícil de passar. Raul, então, telefonou para o escritório da Via Brasil a fim de providenciar o seu regresso o mais depressa possível. Entretanto, a companhia aérea só tinha passagens para o Brasil para dali a três dias. O casal fez a reserva. Mas Raul pensava que gastara dinheiro e não resolveram nada dos seus problemas. Porém, as coisas ficaram bem encaminhadas para o retorno a Nova York e a possível realização do implante.

Já em São Paulo e na expectativa dos resultados dos exames feitos nos Estados Unidos, Raul telefonou para o Dr. Carlos Francisco para conversarem sobre a ação que pretendia mover contra o Estado e os bandidos que o sequestraram. O capitão Waldemar agora desfrutava do cargo de deputado estadual na

Assembleia Legislativa e, como sempre, andava aprontando suas picaretagens na casa das leis.

O Dr. Carlos não estava. Só viria trabalhar na parte da tarde. A secretária logo perguntou se desejava deixar recado.

— Não. Mas diga que Raul Lopes lhe telefonou e que na parte da tarde voltarei a ligar novamente, está bem?

— Está bem, senhor Raul, darei o recado ao Dr. Carlos. Muito obrigada!

Raul ainda fez outros telefonemas para os amigos Magalhães, Verdasca, Castro e outros mais chegados. Ligou também para a Marlene. Naturalmente, esta ficou admirada de ele já estar de volta. Ele explicou-lhe os problemas que teve em Nova York, dizendo que teria de voltar àquela cidade. Confessou-lhe que não se esquecera dela, pois tinha trazido uma lembrancinha para ela, que ficou lisonjeada e agradeceu-lhe. Todavia, esperava que ele a fosse visitar. Ainda falaram sobre o Baltazar, e quis saber se o marido de Marlene já tinha iniciado o tratamento recomendado pelo irmão dela. Enfim, falaram sobre outras novidades que teriam acontecido no Brasil durante a sua viagem. De repente, lembrou-se das aventuras sexuais que tivera com Marlene, sem que a esposa soubesse. Se bem que sua filha mais velha, a Madalena, supunha suas intimidades com Marlene. O assunto ficara subentendido entre Madalena e Marlene, sem que as duas conversassem diretamente sobre isso. Era coisa enrustida que a filha guardara desde que chafurdara nos documentos do pai para buscar pistas sobre o sequestro dele.

As consequências trágicas do sequestro mantinham-se vivas

no pensamento e na memória de Raul. Quanto mais se lembrava do auge de sua força física, mental e de sua virilidade, de sua predisposição para o trabalho, mais lhe doía a sua vida atual, sedentária, sem motivação e sem qualquer ambição que não fosse a de recuperar a sua imagem de antigamente. Cheio de angústia e tristeza, chorava pelos cantos, escondido. Nesse dia, a esposa saíra para fazer compras levando a empregada, as duas filhas estavam trabalhando. Estava sentado à sua escrivaninha e não havia ninguém em casa para que pudesse desafogar as suas mágoas.

Desceu ao jardim do edifício a fim de encontrar alguém com quem bater um papo sem pretensões. Encontrou um seu vizinho do andar de cima, que tinha sofrido um acidente de carro, e ficara paralítico. Andava numa cadeira de rodas e várias vezes já se tinham cruzado pelos corredores do prédio. Era um homem ainda novo, talvez de uns quarenta e poucos anos, e que sabia do seu sequestro.

Ao se cumprimentarem, ambos tiveram as mesmas reações de perguntarem sobre os sofrimentos um do outro. Raul tinha sido um homem de negócios bem-sucedido no seu ramo. E sempre havia uma nesga de conversa sobre negócios com as pessoas com as quais falava. Porém, na condição em que estava, se abstinha de conversar com quem não conhecia. Dessa forma, foi Arlindo, o homem da cadeira de rodas, quem puxou conversa, perguntando-lhe se já se tinha refeito do susto que sofrera.

Raul ficou hirto, sem saber o que responder, mas, depois de pensar alguns segundos, objetivou:

— Bem, é preferível ter uma vida, ainda que inútil, que se

goza ao lado da família a ir para debaixo da terra com um tiro desses bandidos, que vulgarmente nos tiram a vida. Meliantes terríveis que a polícia prende hoje, quando prende, e o Judiciário solta amanhã.

— Oh, sim, sem dúvida. — respondeu Arlindo. Porém, voltando-se para Raul, inquiriu:

— Mas o senhor, além dos maus tratos que lhe fizeram os covardes sequestradores, não tem problemas outros, tem?

— Quem é que lhe disse isso? — E, avançando vagarosamente para o lado onde estava Arlindo, disse:

— Olhe, regressei há uma semana dos Estados Unidos, onde me submeti a uma consulta para saber de uma sequela provocada pelos meus sequestradores, se quer saber!

— Oh, diabo! Essa é nova para mim. Juraria que o senhor não tinha mais nada, a não ser os grandes traumas que sofreu sob pressão daqueles celerados! Quer dizer que ainda está sofrendo os efeitos psicológicos das maldades daquelas feras?

Encostado à ombreira da porta que dava acesso ao jardim, Raul tristemente se lamentou:

— Quem vê cara não vê coração. Só eu sei o que tenho sofrido nestes três últimos meses. Só eu sei!

Lamentava-se, virando o rosto para o lado oposto onde estava o paraplégico para este não ver duas lágrimas que escorriam em silêncio. Mas Arlindo queria saber o que tanto afligia Raul, pois, segundo ele, o industrial gozava de boa saúde e não o via assim com problemas maiores para se queixar.

— Bem, isso é que o meu amigo pensa. A realidade é outra

bem diferente. — Quando ia terminar os seus queixumes, eis que viu entrar D. Lurdes, com a empregada, que chegava do supermercado onde fora comprar os mantimentos para a semana. Ao entrar em casa, no relógio do corredor soavam as cinco horas da tarde.

Convenhamos que o Arlindo se preparava para saber qual era a desgraça que Raul escondia atrás de sua tristeza profunda. Por isso, ficou de boca aberta quando o seu vizinho, alegando que a esposa já chegara em casa com as compras, se abalou, sem se despedir, para o seu apartamento, furtando-se de dizer quais eram esses males sorrateiramente escondidos...

De fato, Raul saiu apressado, com a desculpa de ir ajudar a esposa a guardar as compras. Mas o fato é que ele não queria confessar o seu miserável estado de eunuco. Inclusive, já tinha pensado várias vezes em se ocultar da vizinhança e dos amigos, tal o seu estado de depressão. Não o tinha feito já porque a esposa e as filhas incentivavam-no a manter contato com as pessoas, a ir passear ao jardim, ao clube que já até deixara de frequentar.

Parte III

XVI
O sol de Nova York e o de São Paulo

Apesar de Raul querer se isolar do mundo, amigos e conhecidos o procuravam por telefone, por e-mails e até através de cartões postais para dissuadi-lo dessa ideia. Precisamente naquele dia em que encontrara Arlindo, Marlene lhe telefonou para saber como estava sua saúde, lhe perguntando ainda se ele tinha encontrado o seu irmão Baltazar no passeio matinal do jardim, onde ambos costumavam conversar.

— Não, não fui ao jardim. Não tenho mais disposição para conversa fiada. Sequer tenho descido ao jardim do prédio porque, se for lá, com certeza vou encontrar alguém querendo puxar uma palha. E não tenho mais saco para conversar. — dizia Raul, revelando mágoa e uma tristeza sem fim.

Às vezes, chegava até a pensar que se os bandidos lhe tivessem matado, talvez fosse melhor. E por quê? Porque, na condição em que o deixaram, ele se sentia um imprestável e muito desgostoso com o seu estado incapaz. Pois não era verdade? Que gosto tinha ele em viver e andar pelas ruas, avenidas e jardins, olhando aquelas mulheres bonitas, que às vezes ombreavam consigo, sem que tivesse condições de nada fazer ou dizer. Naquelas suas observações, quantas não foram às vezes em que, olhando uma mulher bonita, elegante e cheirosa passar por perto e que lhe retribuía o seu olhar, de soslaio, quem sabe talvez o cobiçando também, ele simplesmente fazia que não percebia, disfarçando a sua condição de homem e de macho! Quantas não foram as vezes em que sua libido lhe despertava grande desejo sexual e ele, subitamente, baqueava diante da impossibilidade de satisfazer sua necessidade física e psíquica de homem. Ai, quantas vezes isso acontecia! Todavia, dava um sorriso amarelo sobre aqueles apetites ascéticos e, murmurando consigo mesmo, dizia: "Ai, já se foi o tempo em que eu matava essas nobres e lascivas vontades de um ser completo". Ao lembrar-se desses tempos com saudades, uma especial melancolia se apoderava do seu espírito e uma angústia se instalava de repente em seu coração ávido de afetividade. Num embaraçado silêncio, pensava: "Como posso eu mudar essa minha imagem entristecida por minha condição humana incompleta?".

Peremptoriamente, não tinha vontade de sair para conversar com quem quer que fosse. O que mais desejava era ficar em casa sem saber de notícias boas ou ruins. Nem sobre os bandidos que todos os dias apareciam nos jornais e televisões com seus assassinatos, latrocínios, homicídios e tudo o que de pior poderia fazer um ser humano e de causar arrepios aos indivíduos mais céticos do mundo. Não! Não era este o mundo que ele imaginara para seu viver. O mundo tinha virado, os valores se modificado. Os honestos não tinham vez nesta sociedade bárbara. Tínhamos voltado à Era da Pedra Lascada, com a humanidade atingindo um estado tal de brutalidade que era quase impossível uma sociedade civilizada, como a que ele tinha imaginado na sua mocidade.

Sozinho na sala de estar, sentado no cadeirão de braços forrados por um veludo azulado e florido, Raul observava o brilho das pratas e o vermelho do buquê de rosas que Lurdes comprara na feira para dar frescor e perfumar o ambiente. A rama de rosas exalava um aroma que revelava o expressivo desvelo de sua esposa.

Nesse clima resignado, passou-lhe pela cabeça uma ideia que jamais permitira que fluísse. Se já não via sentido naquilo tudo, se já superara a pobreza da infância, se casara, tivera filhos, uma empresa bem-sucedida, muitos amigos e ainda a felicidade de ter tido Marlene, se viajara a muitos países, por que então continuar se já não podia fazer quase nada do que lhe dava prazer? Para que continuar? Para que ficar dando trabalho a seus queridos familiares, mantendo conversas constrangedoras com amigos, carregando uma tristeza e uma angústia intermináveis? Para quê?

Raul assuntava consigo mesmo a possibilidade de suicídio. Pesava, conscientemente, se tirar a própria vida não seria uma decisão a ser tomada para benefício de todos, a começar para ele mesmo. Mas seu lado religioso denunciava que aquela solução que aliviaria a todos seria, no entanto, uma covardia para aqueles que gostavam e se preocupavam com ele.

Enquanto colocava na balança os prós e contras da decisão mais grave que um indivíduo pode tomar, o telefone retiniu uma, duas, três vezes. Ele atendeu a contragosto. Era de Nova York. O cunhado já tinha encontrado no serviço de doadores de órgãos, um membro semelhante ao que Raul lhe tinha encomendado. Faltavam pequenos detalhes para concluir a sua pesquisa, mas as coisas iam caminhando bem, esclarecia Dr. Fernando ao telefone. Pedia-lhe ainda para ir se preparando para a viagem de retorno àquela cidade a fim de realizar o implante. Esta notícia, neste momento em que estava tão deprimido e angustiado, veio a dar-lhe uma espécie de alento e algum entusiasmo. Foi à cozinha onde estava Lurdes dar-lhe a notícia. A esposa, a par do sofrimento de Raul, regozijou-se com a boa nova e perguntou ao marido quando viajariam.

— Bem, o teu irmão só disse para ir me preparando para viajar, mas ficamos na dependência de ele nos falar quando podemos ir. Vamos ver se não ficamos aqui mofando, nesta angústia por dias melhores...

Lurdes, que terminara seus afazeres na cozinha, veio dar um beijo na testa de Raul, pedindo-lhe calma e muita paciência porque seu estado não era para nervosismos nem desesperos:

— Devagar com o andor porque o santo é de barro! Não adianta fazer as coisas de afogadilho! A tua situação não recomenda que corramos, não é? — dizia, muito consciente de sua responsabilidade com o marido ainda deprimido.

As filhas chegaram para almoçar. Madalena mostrava-se aborrecida porque, segundo ela, nada dera certo com o negócio do apartamento que ela e o noivo foram ver em Pinheiros. A empresa intermediária do negócio, depois de tudo fechado e combinado, veio dizer que o construtor não aceitava a proposta de compra que o casal tinha feito. Raul escutara a conversa da filha com a mãe e, vendo Madalena chateada, se intrometeu no assunto:

— Mas não deu certo por que, Madalena?

— Ora, papai, o corretor disse que os preços que ele tinha eram para vender à vista. O Marcos havia dito que não tinha todo o dinheiro disponível no momento, mas que poderia fazer um pagamento na hora e outro em um mês ou dois. O corretor aceitou, então, a proposta. Mas agora veio com outra conversa, de que tem de ser tudo à vista, de uma vez, e que os 30 dias não estavam nas condições da empreiteira, além de inventar mais uma porção de lorotas, entendeu, papai?

— Mas o Marcos deu quanto em dinheiro de entrada? — indagou o pai da moça, com cara de entendido em negócios, como de fato era.

— Me parece que o Marcos deu R$ 300.000,00, que era o que ele tinha no momento, e os R$ 150.000,00 restantes, ele já pediu ao banco que assumiu o compromisso de lhe arrumar em 30 dias. Agora o corretor vem com essa conversa de que tem que ser tudo de uma vez! Isso não está certo, o que o senhor acha?

— Mas está tudo preto no branco? Há um contrato nesse sentido?

— Claro, claro que está tudo no contrato que o Marcos assinou com o corretor!

— Ah, então o corretor ou os responsáveis, se pretendem recuar no negócio, têm de devolver em dobro o sinal que o Marcos deu. Eles têm de devolver R$ 600.000,00 se quiserem desfazer o negócio. É assim que funciona. — Esclareceu o pai da moça.

— Ah, então vou falar com o Marcos para ele dizer que vai entrar na justiça e eles terão de devolver o dobro, não é isso, papai?

— Mas o Marcos não sabe disso? Que diabo de advogados são vocês que nem ao menos sabem dessa praxe tão antiga? — criticou Raul com certa indignação.

— Ora, papai, o senhor sabe como é o mundo moderno, as pessoas não estão nem aí para esses hábitos antigos. Por isso, não dão importância a esses negócios, sabe!

— Mas agora você já sabe como funciona. O sinal, desfeito o negócio, deve ser devolvido em dobro. Isso não é brincadeira de criança que faz e desfaz sem arcar com as consequências. Está certo?

O telefone retiniu novamente. Era o irmão de Lurdes. Queria saber se Raul poderia embarcar imediatamente para os Estados Unidos a fim de se submeter à operação na clínica dele. Lurdes deu a resposta que eles embarcariam assim que tivessem as passagens e o visto de entrada naquele país. Mas Fernando queria saber exatamente em qual dia chegariam lá. Muito atrapalhada, Lurdes disse que, no máximo, em cinco dias estariam em Nova York. Telefonar-lhe-iam na véspera do embarque. Assim ficou combinado.

De fato, quatro dias depois, Lurdes telefonou para o irmão dizendo que estariam lá no dia seguinte. Chegaram numa quinta-feira esplendorosa. Nova York parecia mais alegre e bonita por causa do sol que, naquela manhã, viera rutilante, claro e nobre.

Dr. Fernando esperava pela irmã e pelo cunhado no vasto saguão do aeroporto. O encontro foi fraterno. E encaminharam-se para a garagem, onde estava estacionada a van do médico. Acomodando-se no veículo, começaram logo a conversar sobre a vida, os negócios, até que, ansioso, Raul perguntou ao cunhado:

— Então, encontrou o órgão, Fernando?

— Sim, encontrei! — Exclamou o médico, com um sorriso,

mas logo emendou:

— Só que a cor da pele não é bem igual à sua... é uma cor... é um pouco mais morena... mas coisa pouca... não se deve notar muito. Mas também me parece que não é para andar mostrando isso a ninguém, por isso não faz diferença, não é verdade, Raul? — disse o médico, dando uma risadinha sacana.

— Sim, lógico, não é para exibir isto a toda a gente. Entendo que não sendo muito diferente a pele, não tem importância! — Exclamou Raul, com alguma ironia, e ambos riram gostosamente.

A van seguia o fluxo do trânsito e cerca de meia hora depois estavam na residência do médico. Tiraram as malas do carro e foram descansar um pouco, para depois almoçar. Assim que deixou os hóspedes em casa, Fernando foi imediatamente para o consultório. Tinha um assunto de extrema importância a tratar naquele dia, àquela hora. Enquanto isso, Raul e Lurdes almoçaram com a cunhada e, de tarde, foram dar um passeio ali por perto, até o retorno do médico, que se deu por volta das sete horas da noite. Conversaram um pouco sobre as novidades do Brasil, generalidades e coisas sem importância até vir o jantar, encomendado pelo médico do próprio consultório ao restaurante de sua preferência.

Refestelaram-se. Depois, foram dar uma volta de carro no Rockefeller Park, que recebia àquela hora intenso afluxo de turistas. Os hóspedes ficaram maravilhados com tantas novidades. Mulheres muito bem vestidas, homens cheios de luxos desfilavam por entre a enorme multidão de turistas que passeavam pela grande metrópole. Mas o cansaço da viagem começou a pesar durante o passeio e os visitantes pediram ao Fernando para irem para casa. Mas foi um dia inesquecível.

Já na manhã seguinte, Raul foi para a clínica fazer novos exames e preparar-se para o transplante. De fato, os exames estavam em ordem, tal qual os outros que ele havia feito antes. Poderia, se quisesse, começar a tratar do implante imediatamente. Todavia, um pouco receoso, Raul pediu ao cunhado para esperar mais uns três dias. Ia pensar.

Passados os três dias, Raul decidiu fazer, sem interrupções, o resto do tratamento, cujos resultados o cunhado afiançava seriam ótimos. Começou, de fato, o período mais doloroso do processo de transplante. O hábil médico, empregando toda sua experiência e prática e toda a tecnologia disponível para esse procedimento, levou cerca de duas horas para transplantar o membro doado em Raul. Viu, no final do procedimento, a real diferença de cor entre a pele do cunhado e a do novo órgão, mas ignorou. Sua preocupação era a de que o novo membro, primeiro, não despertasse nenhuma infecção, segundo, não apresentasse rejeição, para, por último, realmente funcionar. Por enquanto, a operação havia sido um sucesso. Tirando um inchaço da zona do púbis, considerado normal, o resto estava controlado.

Raul ainda ficou dois dias internado na clínica para depois ser levado para a casa do cunhado, onde permaneceu em repouso durante uma semana. Sentia algumas dores, é verdade, mas restabeleceu-se de alguma forma a ponto até de poder andar, mas com cuidado. No entanto, o inchaço perdurava. Seria necessário esperar mais uns dias. Embora a operação tenha sido bem-sucedida, tratava-se de um caso delicado que poderia demandar até alguns meses para Raul se livrar do inchaço e de algum latejamento na região do púbis. O médico se certificou de que não havia nenhuma infecção instalada e acompanhou de perto o pós-operatório de Raul.

Passado um mês, o industrial ainda se encontrava nos Estados Unidos. A incerteza quanto à sua recuperação e o compasso de espera em que vivia levavam Raul quase ao desespero. Tinha dúvidas e suspeitas se ficaria em condições normais de saúde, como antes do sequestro. Então, vinham-lhe aflições, descrenças, desconfianças. Nunca esteve tão cético com relação ao seu amanhã. Tentava esquecer este assunto, pegando um livro ou outro para ler. Não conseguia se concentrar na leitura ou em outra coisa que procurava fazer para desviar seus sentidos daquele seu estado de eunuco. Foram dias maus de passar, de muita cisma. Questionava, caso viesse embora para o Brasil, se a linha do tempo avançaria com maior fluidez e os sofrimentos seriam amenizados. Não estava bem em lugar nenhum, nem o distraíam as conjecturas de uma vida mais feliz.

Naquele dia mesmo, o cunhado lembrou-lhe de que deveria ir à clínica para fazer o curativo, muito dolorido e indesejável, mas necessário para mudar as gazes e renovar os medicamentos aplicados para o implante não infeccionar. A situação era, de fato, perigosa. No quarto da casa do cunhado, Raul passeava de um lado para outro esperando o tempo correr o mais depressa possível. Lurdes veio avisá-lo de que o café estava na mesa. Todavia, ele não tinha apetite para nada. Mau sinal esta falta de vontade de comer, que se misturava à insatisfação pessoal, resultando num inefável fastio generalizado.

Foi ao banheiro, lavou as mãos, mirou-se ao espelho. Parecia cansado, envelhecera rapidamente. Veio para a sala onde a esposa sozinha fazia crochê. Olhou à sua volta, não viu ninguém. O sol de Nova York já não lhe dizia nada: era um sol tímido, com aqueles raios amortecidos pela neblina e pela atmosfera poluída da grande cidade. Nada se comparando ao sol rutilante e alegre de São Paulo que, nesta estação, geralmente entrava logo pela manhã no seu quarto, como quem vinha a saudá-lo. Deu-lhe saudades da Pauliceia. Lurdes, no seu enlevo distraída com o crochê, mal reparara que ele estava falando ali tão perto dela. De repente, ele lhe perguntou:

— Você não está com saudades da nossa casa em São Paulo, das nossas filhas, das nossas coisas, hein, Lurdes?

— Claro, claro que estou. E você não está também?

— Vige! E como estou! Se me fosse possível, agora mesmo pegava as malas e partia imediatamente sem olhar para trás!

— Então, o mesmo acontece comigo. Mas infelizmente temos de ficar aqui por causa do seu tratamento, de sua saúde, o que poderíamos fazer?

XVII
Essa gente maldosa

Enquanto o casal Lopes passava dias amargurados no estrangeiro, o deputado Waldemar da Costa curtia as belezas e o bom clima da capital paulista, desfrutando das velhacarias que praticava na política. Agora mesmo, acabara de receber uma grande soma, em dinheiro, por ter beneficiado um dos maiores traficantes de drogas de São Paulo. Metera no bolso cerca de R$ 7 milhões por ter intercedido junto à polícia para relaxar a prisão de um bandido contumaz, livrando-o de responder, preso, a vários processos.

Waldemar entrara na política não para apresentar projetos ou leis que visassem beneficiar o povo, que seria o dever de qualquer legislador, mas para usar o poder do cargo de deputado para comprar as consciências de policiais corruptos ou para negociar casos de foras-da-lei junto a órgãos judiciários que se deixavam corromper. Era a isso a que se dedicava diuturnamente.

Exultante, telefonava para Marlene falando que tinha feito um projeto que lhe tinha rendido R$ 10 milhões, outro R$ 20 milhões e um terceiro... Dinheiro era o que não faltava na conta bancária do ex-capitão. Gabava-se com empáfia a Marlene e convidava-a para ir a boates luxuosas de São Paulo. Agora, ele dizia, poderia lhe dar vestidos finos de Paris, sapatos italianos, bolsas inglesas, joias do Oriente... Porém, Marlene conhecia Waldemar de outros carnavais e sabia que ele não era de gastar dinheiro com ninguém. Então, furtava-se aos seus convites, dando desculpas esfarrapadas ou lhe dizendo francamente que não estava interessada no dinheiro dele. Jamais fora aos encontros que ele insistia em marcar.

Entretanto, um dia Marlene telefonou para o seu irmão Baltazar a queixar-se das propostas de Waldemar. É claro que Baltazar desaconselhou Marlene a não cair na conversa do capitão porque o dinheiro dele não deveria ser honesto. Baltazar disse que nunca tinha escutado que um deputado ganhasse dinheiro apresentando um projeto de lei na Assembleia Legislativa. Isso era um dever do parlamentar, que já ganhava muito para exercer esse trabalho. Portanto, ela que tivesse muito cuidado com Waldemar. Marlene ficou impressionada com as recomendações do irmão.

Contudo, Waldemar não desistia de procurar Marlene. Num de seus vários telefonemas, ela aceitou ir a seu encontro. Combinaram de se encontrar no Shopping Morumbi numa quarta feira. Para se mostrar pobre, colocou um vestido amarelo desbotado, uns sapatos muito usados, desarranjou um pouco o cabelo, usou pouca maquiagem. Eram duas horas da tarde e estava um calor abafado. Encontraram-se em frente à uma Livraria, no último piso do shopping. Ele viera com um terno novo, azul claro, camisa branca, gravata vermelha, sapatos pretos de bico chato, de cromo alemão. Não parecia o Waldemar que ela conhecia, sempre fardado, barbudo, parecendo um gebo qualquer. Ele apareceu ainda, para espanto dela, bem asseado, garboso, bem barbeado. E ela com um vestido velho, aparentando estar sujo e com sapatos aparentemente encardidos. Destoavam um do outro. Ao vê-la assim tão mal trajada, exclamou:

— Como você está mudada, Marlene! Não parece mais aquela morena exuberante que conheci anos atrás, mulher! O que aconteceu com você, meu Deus?

— É a vida meu caro, é a vida! Uns sobem, como é o teu caso, outros descem, como é o meu, entende?

— Ah, mas vou cuidar de você. — respondeu ele, muito senhor de si.

— Jura que você vai cuidar de mim? Você nunca foi disso! Só se mudou muito porque, pelo que o conheço, você nunca olhou para ninguém. Só olhava para o teu umbigo, não é verdade, Waldemar?

— Não, não é isso. É que quando estava na polícia eu ganhava pouco e meu dinheiro nunca dava para o orçamento de casa. Afinal, a minha família já era grande, com quatro filhos, e a despesa era imensa, era só isso Marlene!

— Quer dizer que você agora ganha uma fortuna por mês como deputado estadual?

— Uma fortuna, não, mas que ganho bem, isso é verdade!

Iam os dois passando em frente a uma vitrine de uma loja de roupas femininas sofisticadas e Marlene, de olho na moda, chamou a atenção de Waldemar para um vestido comprido, muito bonito, que estava exposto:

— Olha que lindo vestido nessa vitrine!

— Mas olha o preço! — exclamou ele — É muito salgado! Dois mil e quinhentos reais? É muito caro! — disse ele, arregalando os olhos.

— Mas acho que vale. Pelo preço que as coisas estão, dois mil e quinhentos reais não é caro. Acho eu, não sei! Além do mais, já pensou em você ao lado de uma mulher vestida com um vestido desses, que luxo, não acha? Todos os homens ficariam de boca aberta, invejando o seu status, a sua elegância ao lado de uma mulher finamente vestida, não é verdade?

— Não, não sou assim tão vaidoso como você me julga, não, Marlene!

— O quê? Você não é vaidoso? Não diga isso, ò Waldemar. No meu entender, você é um poço de vaidade, um egocêntrico, se você quer saber!

A conversa acabou por ali porque, logo depois, ao passarem por uma loja de sapatos, ela se encantou com umas botas de cano alto expostas na vitrine. Marlene não se cansava de elogiar os lindos artigos expostos nas lojas de um dos melhores shoppings de São Paulo. Mas, cansada de andar por corredores repletos de lojas, explicou a Waldemar que precisava ir embora para fazer o jantar para a família.

— Mas você não veio aqui para eu lhe comprar um vestido, Marlene?

— Ah, não, Waldemar, se lhe disse isso, foi brincadeira. Não quero vestido nenhum. Queria apenas te perguntar algumas coisas, mas como não tive oportunidade, fica para a próxima vez. Está bem?

— Você queria me perguntar... Mas que coisas são essas? Se eu puder responder agora, respondo.

— São coisas muito complicadas que talvez você não me

possa responder agora.

— Bem, você é quem sabe. Se for coisa fácil de responder, respondo com a maior honestidade.

— Vamos deixar para a próxima vez, está certo? Também não tenho pressa, e é mais um motivo para nos encontrarmos novamente, não acha?

— Você tem condução ou vai tomar o ônibus? Se quiser, levo você ate à sua casa...

— Não, não vale a pena. Vou de ônibus mesmo, não se incomode comigo. Muito obrigada. — Despedindo-se do antigo amante, Marlene deu-lhe um beijo na face e saiu para tomar o ônibus na avenida.

Pouca gente das relações de Marlene ficou sabendo deste encontro dela com o deputado. Da boca dela, apenas o seu irmão Baltazar soube. Marlene lhe confidenciara que iria ao primeiro convite que Waldemar lhe fizesse para saber dele algo sobre o crime cometido contra Raul. Queria ajudar o industrial na sua ação penal contra seus sequestradores. Baltazar, que não sabia que o encontro deveria ser mantido em segredo, deu com a língua nos dentes e, dias depois, uma colega de Marlene ficou sabendo dessa aproximação dela com o antigo amante. A amiga ficou surpresa, pois sabia da ojeriza a Waldemar que Marlene tinha adquirido. Certo dia, então, perguntou-lhe:

— Oh, Marlene, então você já fez as pazes com o teu ex-amante?

— Eu? — respondeu Marlene. — Eu não posso vê-lo, quanto mais reatar relações com esse pulha!

— Como assim? Me disseram que você até foi passear com ele no shopping! Como é que você agora vem dizer que não o tolera?

— Bom, isso é verdade, encontrei-me com ele. Mas foi por outros motivos, não por causa de uma amizade. Continuo a não tolerá-lo, porém aceitei vê-lo por motivos que nada tem a ver com meu ódio contra ele, está bem?

— É porque o teu irmão me disse que você se ia encontrar com ele. Aí pensei que vocês tinham reatado. Ademais, ele agora, segundo dizem, ganha muito bem e pensei que você estava interessada na sua amizade, sabe como é, né, Marlene!

— Bem sei que as pessoas logo iriam fazer mau juízo dos meus sentimentos. Tanto é que pedi ao meu irmão que não comentasse nada com ninguém. Mas o Baltazar não pode ficar calado, sempre dá com a língua nos dentes. — Foi o suficiente para que todos do relacionamento dela soubessem destes últimos acontecimentos.

Marlene não se dava por vencida, protestava por todos os poros contra as más línguas que deturpavam tudo. Ela tinha cedido aos pedidos do Waldemar, não pelos lindos olhos ou pelo dinheiro do deputado, mas por uma causa nobre. Sua aproximação objetivava descobrir se ele tinha pertencido à corja de lacaios que tanto maltrataram Raul, quando cativo. Por isso, nunca cedeu aos reiterados pedidos de Waldemar para que ela fosse com ele para um motel. Jamais cederia novamente o seu corpo aos desejos daquele animal...

Estava indignada com o julgamento das pessoas. Se, em tempos passados, se entregara de corpo e alma ao capitão, não fora para obter vantagens, presentes e mesmo dinheiro, porque aquele homem nunca lhe oferecera nada. Pelo contrário, se banqueteava em sua casa sem sequer comprar um grama de arroz ou feijão. Era apenas sexo que, com o tempo, perdera o seu encanto. Revoltada, telefonou para o Baltazar reclamando de sua deduragem que resultou em maledicências contra ela. Quase todos os amigos e conhecidos do bairro onde morava souberam do suposto reatamento e passaram a galhofar dela, transformando o encontro num falso escândalo. Era uma vergonha! E lamentava-se, censurando o irmão pela situação vexatória em que ele a havia colocado. Estava aborrecida com a situação e com a atitude hipócrita e maldosa da sociedade.

Entrou no quarto, jogou-se na cama e chorou, doloridamente, pela maldade daquela gente. Deitada, com os olhos úmidos e pregados no teto, lembrou-se de Raul. Coitado, pensou: "Como estaria ele de saúde depois da operação a que fora submetido lá na América". Soubera, através de Madalena, que ele já fora operado e que estava passando bem. Felizmente, pensou, pois sempre quisera bem a Raul. Tinha muitas e boas recordações dele, guardadas a sete chaves na sua memória. Novamente seus olhos se encheram de lágrimas. Não podia lembrar-se dos bons tempos que vivera com Raul sem lamentar a desventura do homem que, de fato, gostara durante um tempo fugaz. Ficou alguns minutos deitada. Não tinha vontade de se levantar. Uma preguiça atroz tomou conta do seu espírito. Persistiu mais uns minutos na cama, mas lembrou-se de que tinha de se arrumar para ir trabalhar. Entrava às duas horas da tarde, exatamente quando o marido

Jorge chegava em casa de regresso do quartel.

O sargento também andava esquisito, ressabiado por ela ter saído com o Waldemar. Ainda que Marlene lhe dissesse que não sairia mais com o capitão, o marido não acreditava. Achava que ela sempre sentiria atração sexual por ele. Ainda que ela dissesse que não havia mais nada com o agora deputado, Jorge pensava o contrário. E Marlene se irritava com ele, dizendo que ele era um casmurro, um teimoso que quando punha alguma coisa na cabeça ninguém a tirava dali. As brigas caseiras continuavam.

Certo dia, Marlene convidou o irmão para vir almoçar. Baltazar, de início, recusou o convite. Por insistência dela, o irmão veio ver o cunhado que não via há muito tempo. Pelo menos foi a desculpa que ele inventou para almoçar com a irmã. Ela ainda se lembrava de quando eles moravam todos na casa da mãe. O irmão gostava muito da galinha de cabidela que a mãe fazia. Para agradar o irmão, lembrou-se de fazer aquele prato, sem que Baltazar soubesse de antemão.

Quando Jorge viu o cunhado entrar porta adentro, não o largou mais. Ficara sentido de Baltazar ter deixado de falar com a irmã e com ele próprio por causa do Waldemar. Uma vez que Marlene não convivia mais com o capitão, tudo poderia se ajeitar agora. Porém, Jorge não se abriu com o cunhado sobre o encontro de Marlene com Waldemar.

Muito atrapalhada na cozinha com a galinha de cabidela, Marlene ainda não conversara com o irmão. Já era uma hora da tarde e o almoço ainda não estava pronto. Veio até a sala onde estavam os dois e avisou que, em quinze minutos, o almoço estaria na mesa. Iria demorar, mas ficaria mais gostoso, dizia ela. Marlene aproveitou para dizer ao irmão, com os olhos cravados no marido, porque o convidara para este almoço. Contou de sua briga com Jorge por conta de seu encontro com Waldemar e, por isso, queria declarar solenemente, na presença do irmão, que não tinha mais nada a ver com o capitão. Disse ainda que se tratou de um encontro que deveria ser secreto e fora motivado por outras razões. Sem rodeios nem preâmbulos, falava tudo na cara do marido, tentando fazer com que Jorge acreditasse nas suas explicações.

Esclarecimentos feitos, a família reunida começou a se refestelar. O almoço estava delicioso, dizia Baltazar, recordando os bons tempos em que vivia na casa de sua mãe. Para ele, não havia ninguém no mundo que fizesse uma galinha de cabidela como a sua saudosa mãe, já falecida. Marlene, emocionada, relembrando a mãe, pediu que todos fizessem um minuto de silêncio em sua memória. Todos se compenetraram, mas logo voltaram a se confraternizar, restabelecendo a alegria e estima mútuas. Momentos hilariantes e generosos se seguiram entre eles, com o casal Marlene e Jorge fazendo uma saudação ao Baltazar.

XVIII
Milagre da tecnologia

Passaram-se os meses e os cortes e incisões da operação para o transplante em Raul foram desinchando e cicatrizaram. Ele estava já em condições de viajar para o Brasil para grande alívio dele e de Lurdes. Já não era sem tempo, estava ficando insuportável a permanência do casal em Nova York, que se somava à imensa saudade do Brasil, de sua família e dos amigos.

As filhas foram buscar os pais no aeroporto, em São Paulo. Madalena, a mais chegada ao pai, disse ter algumas novidades. É que o advogado que Raul contratara antes de ir a Nova York, telefonara pedindo para que o industrial entrasse em contato imediatamente com ele, no seu escritório, assim que chegasse ao Brasil. A filha também falou ao pai que fizera umas investigações que indicaram pistas que, se fossem verdadeiras, levariam a descobrir quem teria sido o mandante dos crimes contra ele. Todavia, isso ainda estava em sigilo e nada poderia ser revelado a ninguém, por enquanto. Assim que chegou a casa, ainda muito cansado da viagem, Raul não quis telefonar de imediato para o Dr. Carlos. Deixou para fazê-lo na semana seguinte, logo na segunda-feira.

Madalena tinha entabulado algumas atividades de espionagem em conluio com Marlene, com a intenção de descobrir o mandante do sequestro de Raul. Esta nova investida das duas mulheres se deu depois de Marlene ter falado que, se tivesse dinheiro e o tempo que Madalena tinha, correria a investigar tudo o que pudesse. Aliado a isso, Marlene também não se conformava com a falta de ação da família de Raul para chegar aos bandidos que fizeram aquele trabalho. Se havia um mandante nesse episódio, ele deveria ser descoberto e castigado para pagar pelos danos causados a Raul. Daí, Marlene ter saído naquele dia com o deputado Waldemar, tentando, na verdade, tirar dele alguma pista sobre o crime. Ficou também evidenciado que Marlene nada extraiu em suas conversas com o ex-capitão. Entretanto, ela não desistiu e se aliou a Madalena que concordou em investigar o que pudessem.

Marlene então contou à filha do industrial que os boatos sobre seu suposto reatamento com Waldemar deixaram-na furiosa e irritadíssima, além de ter chegado ao ponto de o seu marido Jorge não a perdoar por esse encontro. Madalena, que já sabia dessa estória, dizia:

— Deixa disso, Marlene! Você não tem a tua consciência tranquila? Se tem, manda-os plantar batatas, mulher! — E dava risada.

As duas prosseguiram nas investigações e conseguiram até levantar os nomes de vários suspeitos. Certo dia, quando Madalena passou pelo Banco Banpade (Banco Paulista de Desconto), para fazer um saque e falar com a gerente, e notou a presença de muitos seguranças na agência. Soube que o pessoal da segurança estava de olho em um sujeito que lá estava indo quase todos os dias nas últimas duas semanas. Sabiam que se tratava de um marginal, mas ainda não tinham reunido provas para pegá-lo. A gerente do banco, preocupada em explicar a Madalena, a atípica movimentação de seguranças dentro da agência, disse à cliente:

— Oh, Madalena, não se preocupe, está tudo bem. É que esteve aqui há pouco um marginal no qual o pessoal está de olho.

— Um marginal aqui dentro da agência? Por que não o prendem?

— É, sabemos que é um meliante, mas não temos provas ainda para chamar a polícia e prendê-lo. Ele se chama Zelão e parece que trabalha para aquele picareta do deputado Waldemar. Tenho a obrigação de lhe falar, inclusive, que os seguranças dizem que ele bem que pode ser um dos marginais que estiveram envolvidos no sequestro do seu pai.

— O quê? — perguntou Madalena, espantada com a conversa da gerente.

— Você já ouviu falar dele? — indagou a gerente.

— Não, eu não conheço ninguém com esse nome de Zelão. Espera aí... — interrompeu Madalena, buscando na bolsa a lista de suspeitos do sequestro que levantara junto com Marlene. Para seu espanto, constava lá nessa lista o nome Zelão. Sem dizer nada à gerente, retomou a conversa:

— A senhora poderia me falar sobre esse sujeito?

— O Zelão é um marginal muito conhecido por aqui. Mora na Favela do Buraco Quente e circula pelo Cambuci, Ipiranga, aqui pela Vila Mariana e por outros bairros próximos. Dizem que é muito perigoso, e esteve conversando com o outro gerente do banco há apenas uns minutos atrás.

— Mas a senhora sabe o endereço dele, por acaso?

— O endereço, não sei. Sei que ele mora nessa favela. Mas também essa gente não tem residência fixa. Hoje está num lugar, amanhã em outro, sabe como é, não?

— Mas se ele tem conta aqui, vocês devem ter o endereço dele! Ou não?

— Se for mesmo o marginal que pensamos ser, ele terá dado certamente um endereço falso ou de algum parente. Pode mesmo movimentar uma conta em nome de outra pessoa, entende?

— Ah, sim, mas vou conversar com uma amiga para ver se nós descobrimos onde mora esse sujeito! Muito obrigada pela informação. — E Madalena despediu-se da gerente e foi tratar da vida.

Intrigada com o fato de a gerente ter conhecimento de um possível bandido que quase certamente estivera envolvido no sequestro do seu pai, Madalena dirigia o seu carro cismando com essa situação surpreendente e insólita. Quando chegou em casa, foi direto para o seu quarto telefonar para Marlene, focada no assunto:

— Oh, Marlene, você se lembra de um marginal chamado Zelão que colocamos na nossa lista de suspeitos?

— Zelão... Madalena... preciso me lembrar... — titubeou Marlene.

— Zelão, Marlene! Zelão, lembra-se por que o colocamos na lista?

— Zelão... ah, sim, agora me lembro. Colocamos na lista porque eu o vi cumprimentar Waldemar e me pareceu um cara muito estranho! Mas nada mais apuramos!

— É que estive hoje no banco e a gerente me disse que, se eu tivesse chegado mais cedo uns minutos, teria conhecido esse Zelão que a equipe de segurança da agência afirma que pode fazer parte do grupo de bandidos que mutilaram meu pai, entendeu?

— E ela não te deu o endereço desse pilantra?

— Não, disse-me apenas que ele mora ali para os lados da Favela do Buraco Quente. Foi a única pista que ela me deu. Disse que se for mesmo o marginal que pensamos, os dados de sua conta serão falsos ou de outra pessoa.

— Bem, quando você a encontrar novamente, vê se colhes mais algumas pistas desse meliante para irmos atrás dele. Está bem? — murmurou Marlene, mergulhada nos seus pensamentos de detetive. Madalena ficou, contudo, um pouco incrédula na possibilidade de encontrar Zelão naquela imensa favela, a maior da região. Portanto, seria natural que jamais o encontrasse.

Foi então à cozinha tomar um café. Deu um sorvo lento na xícara e pensou: "E se eu fosse à procura da gerente para obter mais informações, tentar extrair tudo o que poderia..." Foi sucessivamente nos três dias seguintes e a gerente lhe informou que Zelão havia desaparecido e que ela não tinha mais informações a acrescentar, infelizmente. No terceiro dia, voltou para casa aborrecida, mas sempre pensado no raio do homem que se chamava Zelão.

Os pais dela estavam deitados na cama, ainda descansando daquela viagem longa e maçadora de retorno dos Estados Unidos. Não quis acordá-los. Foi para o seu quarto escrever algo a respeito dos últimos acontecimentos... O telefone repenicou várias vezes até que foi atender. Era o namorado querendo saber dos pais dela. Disse que estavam ainda descansando da viagem. Ele então perguntou se estavam bem de saúde, ao que ela respondeu que tudo estava bem, na medida do possível.

No dia seguinte, um domingo, Raul e a esposa saíram depois do café foram ao supermercado comprar alguns mantimentos que já tinham acabado. O pai de Madalena, após regressar dos Estados Unidos com o seu ego ainda machucado, sentia a necessidade de sonhar, de se tornar outro homem, como fora antes do sequestro. Se, em tempos atrás, ele pensara que jamais seria possível ser um homem normal, via agora que, uma nova oportunidade se lhe apresentava, graças às novas tecnologias e ao avanço do conhecimento científico.

Na verdade, a ciência humana tinha operado um milagre agora, no seu organismo pois, Raul sentira suas primeiras ereções desde que ficara eunuco. Mas ainda não o suficiente para manter relações sexuais normais e completas. Começara a pensar na possibilidade de ficar livre daquele sentimento de inferioridade que tomara conta do seu pobre espírito criador desde quando fora mutilado.

Nesse espetáculo da vida, via agora os dias fluírem agradáveis, felizes e ordenados. Seus sentimentos prurídos como a dizer-lhe em solilóquio, onde, procurava as bonitas vistas, os lugares aprazíveis e tranquilos, com alegria plena em todas suas iluisões que se concentravam na sua razão de lugares lenientes e pacificos.

Foi uma manhã agradabilíssima se comparadas àquelas que o enfadavam e que carregara durante algum tempo em seu espírito estremunhado. Sentia-se mais seguro de si, mais animado, enfim, com outra disposição para encarar o futuro, apesar de ter que lutar com algumas sequelas neste mundo tão virado e diferente. Muitas vezes, antes de se submeter à operação do implante, teve vontade de abandonar tudo e recolher-se a uma vida caseira e sedentária de monge Franciscano ou, no limite, de se suicidar.

Acudia-lhe, de quando em quando, uma vontade de assistir a uma peça teatral ou até mesmo um daqueles dramalhões do cinema americano com Cary Grant ou Gregory Pack ou com outros atores que esbanjavam categoria artística e faziam grande sucesso de bilheteria no Brasil naqueles seus tempos de mocidade. Começara agora uma busca constante por algures para se esquecer das vicissitudes que sofrera no período em que estivera doente, quando apenas pensava em matar o tempo ocioso, sentado numa cadeira em casa, e impotente no dia a dia de uma vida normal.

Em seus passeios matinais, Raul sentia uma espécie de fadiga ligeiramente acompanhada de certo mal-estar, que ele não conseguia detectar. Qualquer coisa o incomodava, porém ele não sabia de onde surgira aquela aflição e ansiedade, sempre presente em seu espírito.

Um dia pela manhã, ainda um pouco fresca, foi deambulando até ao jardim, onde costumava esticar as pernas, endurecidas pela falta de exercício. Era uma manhã de fim de verão, muito agradável e cheia de sol. No passeio, por acaso encontrou o irmão de Marlene. Mostrando-se como sempre alegre, Baltazar dizia que já sabia que ele tinha regressado dos Estados Unidos e dava-lhe as boas vindas ao país do Sol e do calor. Andava também se exercitando outro senhor, também de certa idade, que conversava com Baltazar, quando ambos se encontraram. Por acaso, os dois amigos conversavam sobre saúde. Foi quando Baltazar, mais por curiosidade, perguntou a Raul como tinha sido sua operação.

— Foi positiva. Fui muito bem tratado e assistido. Você sabe como é que os americanos encaram a questão de saúde nos hospitais deles, não sabe? Na verdade, não tenho nada do que reclamar, sobretudo no que diz respeito ao profissionalismo com que eles praticam a medicina.

Então, Baltazar, voltando-se para ele, disse:

— Oh Raul, você poderia ter-se operado aqui no mesmo Brasil, homem! Por que não o fez? Tem tantos médicos bons aqui na nossa terra! Você poderia ter feito esse tratamento aqui, não poderia?

— De fato, — acrescentou de imediato o senhor Aristides — o amigo de Baltazar teria... — no que cortou Raul:

— É, poderia, diz você. Talvez vocês pensem que foi esnobação de minha parte ter ido para Nova York, mas não foi isso, não. Na verdade, só tenho uma vida, dinheiro felizmente não me falta, então por que iria arriscar a minha vida aqui se poderia tratar-me lá fora de forma mais segura, sem passar pelos riscos que corremos aqui, sobretudo nessa área da saúde. Por quê? — questionou Raul, com alguma razão. E, continuando, acrescentou:

— Estou farto de ouvir dizer aqui que fulano morreu de infarto, sicrano de infecção hospitalar, beltrano nas mãos de médicos etc.. Com a nossa saúde não se brinca. Lá fora pagamos caro, é verdade, mas temos a garantia que somos bem servidos, não é vero, Baltazar?

— Sim, isso é verdade. Mas o diabo é que aqui temos também bons médicos e hospitais, era só o amigo escolhê-los e fazer o seu tratamento aqui mesmo. — Respondeu Baltazar, com apoio do Aristides.

Entretanto, Raul entendia que Baltazar nunca saíra de São Paulo e jamais assistira a alguém que se fosse tratar na América, e, dando de ombros, exclamou:

— Oh, Baltazar, que sabe você, que nunca saiu da São Paulo e jamais pôs o pé num avião, a respeito da medicina dos Estados Unidos? Nada, absolutamente nada, homem! Portanto, deixe de dar opiniões sobre aquilo que não conhece.

— Isso é a pura realidade. — disse Aristides, que caminhava ao lado de Baltazar. Virando a sua palavra para Aristides, aquele tartamudeou:

— Só porque não conheço o país, não posso dar a minha opinião, ora essa!? Não conheço, mas tenho assistido a muitos episódios americanos de desgraças e casos escabroso, na televisão, se quer saber.

— Baltazar, repare no que te vou dizer depois, você fala se quiser. — argumentou Raul um pouco irritado — Mas repare bem para depois não vir com desculpa que não sabia ou coisa que o valha. Você de certo tem escutado de alguns dos seus amigos, ou lido nos jornais de São Paulo que o ex-presidente Dudu, quando foi governo durante oito anos, inaugurou uma quantidade de faculdades, seja de Medicina, de Direito, de Engenharia ou de Administração etc, e que também, no Brasil, abriram muitas faculdades particulares de diversos tipos. Você também já ouviu dizer que essas faculdades despejam, por ano, uma quantidade razoável de formandos nessas áreas. Pois bem! Você por acaso tem conhecimento que nessas faculdades os alunos tirem boas ou más notas? Todos eles têm de passar de ano. Isto é; saibam ou não saibam as matérias, eles têm de passar de ano. Milhares de maus profissionais são despejados no Brasil por ano, em todas as áreas. A educação, de uma forma geral, desde o ensino fundamental até o ensino superior, tem sido alvo de ataques severos pelo Estado, professores mau remunerados, maus profissionais sendo contratados, os alunos saem da escola como analfabetos funcionais; nem a própria língua portuguesa dominam. Saem das escolas com uma linha de raciocinio pré-estabelecida, repetem tudo o que o MEC ordena, sairão da escola como militantes mirins. Afinal, o que é o MEC hoje? Usado como aparelho político do Governo, os estudantes aprendem aquilo que o governo quer! Ou não ouviram falar disso? É um risco enorme termos profissionais sem qualificação para exercer seu ofício! Escutou, Baltazar, escutou bem?

— Na verdade, não tenho conhecimento disso que você me está a elucidar. Só soube que o Dudu andou construindo pelo Brasil várias faculdades...

Depois desta discução Raul olhou para Baltazar, assim de soslaio e disse-lhe num tom jocoso:

— O que é que você acha?

— Oh, Raul, você parece tão jovial, tão certo e convicto nas tuas palavras que nem parece que esteve tanto tempo fora da nossa terra. Que diabo fez você que, mesmo tão distante, soube tudo o que tem acontecido neste teu Brasil tão grande, homem?

— Pois, olhe, a resposta é simples e direta: sempre li, mesmo lá fora, quase todos os jornais de credibilidade que se editam em São Paulo e no Brasil. Tenho observado as notícias e as manobras políticas de quase todos os políticos e ministros, inclusive do atual presidente. Para minha infinita tristeza, o Brasil segue na sua política desastrosa de palmilhar cada dia mais os caminhos da ignorância e da incompetência. Ao contrário dos países que buscam o caminho do desenvolvimento científico, do conhecimento, das tecnologias avançadas, da inovação. — E continuou Raul, agora em tom de desabafo.

— Procurar saber tudo o que puder sobre o meu País, eis aí, meu amigo, o que tenho feito e o que busco fazer. Sei que não é muito, mas, para quem esteve fora do ar e do País, neste lapso de tempo, posso-lhe afirmar que é algo importante para mim. Jamais por vontade própria, estive fora das minhas obrigações sociais e nacionais de produzir riquezas para esta terra. No entanto, sempre haverá quem me possa criticar também, contudo, como esses nunca os vi produzirem nada! Só sabem criticar aqueles que produzem, fico na minha! É óbvio que fiquei impedido de trabalhar na minha fábrica, imobilizado pela ação malévola de malfeitores protegidos e sustentados pelas ações políticas dos nossos governantes, que ainda lhes dão salários e benesses maiores que aos trabalhadores que labutam um mês intero para ganhar um salário mínimo de R$680,00 para sobreviverem, enquanto os bandidos, presidiários e assassinos recebem R$920,00 sem fazer nada, e com tudo pago por nós que pagamos nossos impostos; você por acaso acha justa essa pouca vergonha que, um bandido que assaltou ou matou uma pessoa, ganhe mais que um trabalhador honesto e pai de família que labuta um mês inteiro, Baltazar? Ora Baltazar! Onde estamos nós, que leis são essas que o nossos legisladores aprovam no Congresso Nacional que só protegem os canalhas, bandidos e malfeitores. Até parece que nós andamos a eleger gente para os cargos do goveno, Deputados e Senadores, e toda essa gente que servem esses que fazem as nossa leis que, proteger aqueles que são iguais a eles e hagem como se fessem os próprios bandidos. Você acha que isto está certo, porra! Baltazar? Valha-me Deus, Baltazar! E, aquela lei do Auxílio Família, a quem serve essa lei? Essa lei é uma lei de caça ao voto disfarçada. Pois, não está na cara para quem foi criada essa lei? Dizem os que criaram essa lei que, foi visando criar uma melhor distribuição de renda. Qual renda, qual nada! Essa miséria de R$50,00 pode pretender uma melhor distribuição de Renda? Qual renda, qual carapuça! Isso nem dá para um almoço de quatro pessoas, como pode uma miséria dessas pretender uma melhor distribuição de renda! Essa lei vai atrasar ainda mais o nosso Brasil. Repare o que vai acontecer com essa lei, é aquilo que o nosso grande escritor e inteligente Monteiro Lobato, escreveu há 70 anos, quando ele criou aquele seu personagem o Jéca Tatu, que não queria trabalhar e ficava o dia inteiro ao Sol, coçando os bagos, fumando o seu cigarrinho de palha e não trabalhava. Essa lei vai servir para criar uma quantidade de malandros, que se acostuma a viver com essa mixaria, e nem ao menos cultivam o quintal do barraco onde vivem. Se você acha que isto está certo, já aqui não está quem falou. Essas pessoas que se acostumam com essas bolsas-esmola do governo, um bando de pobres-diabos ficam vinculados à ociosidade e compromissados a votar nas eleições naqueles candidatos que lhes paguem para eles e para a sua família o almoço daquele dia. Todavia, esses pobres diabos que vendem o seu voto e se alienam com esse pouco de dinheiro, não tem conhecimento do mal que estão causando à nação. São peões de um plano muito bem urdido para fazer deles cidadãos encabrestados. E nisso, entra o conjunto de sua família, pai e filhos, e comunidades alienadas em sua liberdade por suas carências do momento. Tal plano obriga todo aquele clã a assinar um cheque em branco aos senhores do poder para sobreviverem naqueles momentos de angústia, miséria e extrema pobreza, que existe no Brasil.

— Oh, Raul, mas isso aí do auxílio-família, ouvi dizer que as crianças devem estar matriculadas na escola, e isso serve para incentivar a educação. Não é isso?

— Baltazar, o atual Governo vive de estatísticas, e não de resultados. Usam dados para engarem o povo e se perpetuarem no poder. Ora, veja só, de que adianta as crianças estarem na escola se elas saem de lá sem saberem nada? Ultimamente, o PONAC disse que o seu governo foi o que mais gastou em educação, e é verdade, mas como pode gastar tanto em educação e a educação brasileira estar entre as piores do mundo? Isso é inépcia, incompetência! Como eu disse, este governo vive por estatísticas! E não por resultados. — disse Raul sentindo um tristeza profunda por saber do atual estado em que o Brasil se encontrava, mas ainda concluiu:

— Mas respondendo sua pergunta inicial, do porquê fui me

tratar nos Estados Unidos, Baltazar, digo-lhe que o principal motivo foi a falta de confiança nos profissionais brasileiros. Tudo isso que tem acontecido no Brasil, só tem reforçado minha decisão! Não é que eu não acredite que haja profissionais sérios e bons no Brasil, mas eu não quis arriscar! Estou desacreditado do nosso país e de nosso povo. Ainda mais com a vinda de médicos estrangeiros sem a devida comprovação dos diplomas. Qualquer um pode se passar por médico. Você se arriscaria se tratar com um suposto médico, sem ele ter pelo menos um diploma, ou ter alguma comprovação de que, pelo menos, frenquentou uma faculdade e está apto a exercer a profissão de médico?

— Na verdade, não... — disse Baltazar cabisbaixo.

Raul, olhando-o fixamente nos olhos, respondeu-lhe com um gracejo:

— Então, permita-me ser igual a você.

Depois desta arenga, os três encaminharam-se para suas casas, já era hora do almoço.

XIX
Sob o manto da lei

No dia seguinte, depois da discussão em torno da comparação entre a medicina do Brasil e a dos Estados Unidos e das bolsas do governo para pobres, Raul, que se preparava para o almoço, escutou o telefone repenicar. Era o Dr. Carlos, que queria falar com ele no seu escritório sobre a queixa que o advogado deveria apresentar contra o Estado, referente ao sequestro de Raul.

— A que horas o senhor quer que eu esteja aí no seu escritório, Dr. Carlos?

— Qual é o horário que convém ao amigo? — indagou o advogado.

— Bom, para mim, depois das duas horas, qualquer hora me serve.

— Bem, então marcamos às duas e meia. Está bom assim?

— Certo, às duas e meia em ponto, estarei aí no seu escritório.

Raul foi acompanhado da filha Madalena para saber qual era o teor inicial da acusação que o advogado iria apresentar ao Ministério Público. Conversavam os três sobre a viagem aos Estados Unidos. Raul não se cansava de elogiar a organização das instituições daquele país em relação às do Brasil.

— Oh, Dr. Carlos, lá tudo funciona como um relógio, não há os jeitinhos que existem aqui no Brasil! Dá gosto a gente ver como eles respeitam as leis, como são patriotas e cumpridores das normas do seu país.

— É outra cultura. É outro respeito pelas leis. O nosso povo não gosta de cumprir as leis, é realmente muito diferente. Mas vamos ao nosso caso, que é o que nos interessa agora. Diga-me uma coisa, Raul, você lembra-se de alguma coisa ou de como aconteceu o seu sequestro? Você reconheceria qualquer daqueles indivíduos que o maltrataram, se por acaso os encontrasse em algum lugar? Digo qualquer um,desde do carcereiro até àquela pessoa que dava a sua alimentação, daqueles que o transpotaram,ou até mesmo daqueles que lhe montavam guarda. Você seria capaz de reconhecer qualquer um desse indivíduos? Ou não tem alguém que lhe chamou a atenção?. Lembra-se das feições, de sinais e características de algum dos elementos que conviveram com você durante o tempo em que ficou prisioneiro deles, lembra-se?

— Oh, doutor, lembro-me de um indivíduo mal-encarado, com umas barbas compridas, muito pretas. Foi a única pessoa que me chamou a atenção, os outros eram figuras comuns, não tenho assim lembrança de nenhum, em especial.

— Bom, e se você vir esse das barbas pretas, você o reconheceria? —Perguntou o advogado a Raul.

— Esse, sim, reconheceria sem nenhuma dificuldade! Porém, se ele tirar a barba, dificilmente eu o reconhecerei, entende, doutor?

Madalena, que até ali se mantivera calada, porém atenta à conversa, quis fazer uma observação ao Dr. Carlos, seu colega de profissão:

— Dr. Carlos, tenho uma amiga que sabe o nome de um

homem mal- encarado com umas barbas compridas e pretas que se chama Zelão. Pelo que dizem e por informações que colhi, esse homem pertenceu à quadrilha que sequestrou o meu pai. Por acaso, esse indivíduo serviria para o assunto que o senhor pretende apresentar no tribunal? Se acaso esse indivíduo servir para algum fim, eu sei mais ou menos onde ele mora, e já temos seu nome de guerra.

— Bem, vamos ver como vão correr as coisas. Se for preciso o depoimento desse indivíduo, eu falo consigo e pensaremos o que iremos fazer. Está bem assim? Por enquanto vamos deixar em aberto essa questão porque, penso eu, é muito prematuro irmos ao encontro dele, está certo?

Raul ficou ansioso para saber quando o Dr. Carlos iria entrar com a ação contra o Estado:

— É só uma questão de tempo. — disse o causídico — Quando a questão subir para o tribunal e eu souber qual é a Vara que irá decidir o feito, o informarei, com mais detalhes, o desenrolar do processo. Você sabe que estes assuntos de justiça geralmente são sempre muito demorados. Assim que tiver ciência do andamento da ação, vou pondo você a par dos acontecimentos está certo? — Esclareceu o Dr. Carlos, ao pai e à filha, que estavam ansiosos. Depois de tudo tratado, despediram-se do advogado, esperando que agora o caso se resolvesse.

Na volta para casa, Madalena confidenciava ao pai que o Dr. Carlos parecia um homem digno da confiança da família. Sim, na verdade, Raul tinha contratado os serviços dele porque entendia que era de sua inteira confiança e que não iria fazer o mesmo o que aquele tal presidente da comunidade portuguesa, fez. Tinha quase a certeza de que as coisas agora iriam enveredar por outros caminhos, com a ajuda do Dr. Carlos.

Eram cinco horas da tarde quando chegaram a casa. Madalena exultava de alegria em observar o pai com boa disposição para enfrentar os tribunais. O período crítico das agruras de Raul, que incluiu até a possibilidade de suicídio, passara, e agora Madalena sentia que o pai já tinha algum prazer de viver. Era dignificante e, sobretudo salutar ver a boa disposição dele. Não falou nada destas conversas com a mãe, sempre sua grande confidente.

Naqueles dias, muitos dos amigos de Raul vinham a sua casa dar-lhe os parabéns, não só pelo regresso à pátria, mas também para saber e ver o estado em que Raul se encontrava. A campainha do apartamento dos Lopes tocou. Lurdes abriu a porta e se deparou com o amigo Magalhães, que vinha cumprimentar Raul e fazer-lhe uma visita de cortesia pela recuperação de sua saúde, congratulando-o pelo sucesso na difícil operação a que se submetera.

Ao abraçar o amigo, Raul segredou-lhe ao ouvido, dizendo que tinha se lembrado muito dele. Tanto isso era verdade que lhe trazia uma pequena lembrança dos Estados Unidos, justamente para reverenciá-lo naquela noite. Desvencilhando-se atabalhoadamente dos braços do amigo, em largos passos, dirigiu-se à despensa, tirou uma garrafa de vinho tinto maduro que trouxera de Nova York. Pousou-o em cima da mesa de jantar, enquanto todos à sua volta olhavam com certo espanto a sua desenvoltura. Dizia, fixando seu olhar no amigo Magalhães:

— Esta garrafa vai ser aberta esta noite e servir para homenagear o meu grande amigo Magalhães. Faço questão que todos provem deste néctar dos deuses daquele país de onde acabo de chegar.

Magalhães, que não esperava encontrar o amigo assim tão ruidoso e alegre, pegou a garrafa nas mãos, fixou-a bem de encontro à luz da lâmpada da sala e disse hilariante:

— Vejo que meu considerado Raul jamais se esqueceu de aqui do seu amigo. Mesmo muito distante, ele adquiriu essa garrafa de vinho e faz questão de me brindar. Muito obrigado, Raul, muito obrigado. — dizia Magalhães emocionado.

Abraçaram-se e, depois, abrindo a garrafa, Raul deu a provar a todos que ali estavam e que beberam um pouquinho do vinho americano. Todavia, Raul, ainda entusiasmado e alegre, saiu logo em defesa dos vinhos portugueses, dizendo:

— O vinho é bom, porém em nada se compara aos vinhos portugueses, especialmente ao Casal Garcia ou aqueles brancos de Colares. — Eram os seus prediletos. Encostado ao amigo Castro, que tinha chegado um pouquinho atrasado, perguntou-lhe.

— Que lhe parece a você, ó amigo Castro? Que lhe parece o sabor deste néctar norte-americano, hein?

— Por mim, qualquer um que venha é bem-vindo. Não tenho lá essas preferências. Porém, ainda prefiro os portugueses aos estrangeiros, é claro. É uma questão de hábito ou de paladar, não é mesmo?

Magalhães ria por ser ele o centro destas discussões sobre o sabor do vinho de algures. D. Lurdes servia com grande exagero uns pasteizinhos de queijo para os convidados, sempre muito amável, aventando com certa dose de alegria:

— Há muito tempo não vejo o meu marido tão bem disposto e hilariante. Não sei se é por estar junto aos seus amigos ou se é por que estamos na nossa terra, tão alegre e generosa conosco. Há muito que não o via rir e gracejar. Especialmente enquanto esteve nos Estados Unidos, quase nunca o vi sorrir, nem tampouco dizer uma pilhéria alegre, daquelas que ele muito bem sabe contar ao meu irmão. Lá, parecia sempre triste e acabrunhado, não era o Raul de outros tempos, creio eu.

Logo todos acudiram em observar que, de fato, as pessoas, quando estão fora dos seus ambientes de convivência, quase sempre se retraem ou não se sentem muito à vontade para dichotes ou fazer rir os outros. Aquela conversa descontraída e apimentada se foi prolongando e se arrastando até quase à meia-noite. Os convidados que moravam mais distantes se foram indo embora aos poucos, sempre em cumprimentos cheios de emoção ao casal Raul e Lurdes por volverem à sua casa alegres, felizes e expansivos, como sempre foram. Foi uma noite agradável, apesar de não reunir todos os amigos de Raul. Assim mesmo, veio muita gente prestigiar o casal que, sempre muito receptivo, sabia receber os amigos com cortesia. Era um cavalheiro da nossa sociedade o amigo Raul.

A residência dos Lopes ficou completamente vazia, todas as visitas já se tinham despedido. Raul, sentado numa cadeira com os cotovelos fincados na larga mesa da sala, pensava naqueles seus amigos que ali vieram apenas para cumprimentá-lo e saber da sua saúde, que começava a melhorar. Levantou-se e foi até a sacada que dava para a avenida. As lâmpadas penduradas nos fios de cobre da avenida refletiam um amarelo pálido sobre a sacada. Por ali ficou a refletir até sentir o sono se anunciar suavemente, quando então foi para a cama.

Ao se levantar no outro dia, Lurdes foi para a cozinha fazer o café, enquanto Raul lia a *Gazeta Paulista*. As notícias não eram nada boas. Muitos assaltos à mão armada ocorriam em São Paulo. A Polícia Militar e a Polícia Civil não tinham mãos para medir as ocorrências daquela noite que passou. As populações viviam assustadas com tantos assaltos, roubos e mortes que ocorriam todos os dias. Parecia que se vivia uma guerra civil não declarada. Com tanta violência, não havia ninguém que se atrevesse a sair à noite. As coisas se tinham invertido: as famílias ficavam presas em casa e os bandidos andavam à solta nas ruas, vandalizando a cidade.

Depois de analisar este cenário violento entre os bandidos e a polícia, Raul começava a descrer que havia justiça no país. Lembrou-se, então, do caso dele que fora entregue ao Dr. Carlos. Meditando, observava que, como as coisas iam correndo, poucas esperanças tinha no sucesso dessa ação. Pelo andar da carruagem, seria muito difícil: primeiro, apurar quem foram os bandidos; segundo, mesmo que se encontrassem os marginais, seria de admirar que o advogado ganhasse a ação porque, para ele, a justiça estava mais a favor dos bandidos do que das pessoas honestas.

D. Lurdes chamou o marido para tomar o café. Deveriam ser

umas nove horas da manhã. O dia viera calmo e ensolarado. Da janela da sala de estar do seu apartamento se via os automóveis nas ruas rodarem em baixa velocidade. As duas filhas vieram dar um beijo no pai para seguirem para os seus empregos. Raul, embevecido, olhava as filhas bonitas e perfeitas abrirem a porta da sala para pegar o elevador que as levaria à garagem onde Madalena guardava o seu veículo. Mas o telefone tocou. Era justamente o Dr. Carlos:

— Pode falar, doutor, é Raul que está ao telefone.

— Oh, Raul! Sabe o que é? Eu precisava que você me dissesse o nome daquele sujeito que a sua filha disse que pertenceu à quadrilha que o sequestrou. Você sabe ao menos o nome dele? Sabe onde mora? O que é que você sabe desse sujeito?

— Bom, Dr. Carlos, quem sabe o nome desse sujeito e onde ele mora é a minha filha Madalena e ela acabou de sair. Mas posso telefonar para o celular dela e retornar para si o que ela sabe, entendeu?

— Então, faça isso. E se você tiver mais algumas pessoas suspeitas ou conhece alguém que, de qualquer maneira, tenha se relacionado com outras que conheçam o caso, por favor, escreva os seus nomes e me mande entregar aqui no meu escritório, urgente. Preciso de provas, entendeu você? Quanto mais, melhor!

— Entendi. — respondeu Raul ao advogado. Despediram-se, ficando Raul de enviar ao advogado, por escrito, todas as pessoas suspeitas ou outras que soubessem alguma coisa.

No seu escritório, Raul iniciou uma pesquisa nos papéis que ele tinha arquivado a fim de remetê-los ao Dr. Carlos. Lembrou-se do caso em que ele foi abordado pelos policiais, quando eles vieram averiguar de quem era o automóvel que estava estacionado perto de sua indústria. Deu volta a todos os papéis e não encontrou nada. Telefonou para Madalena, perguntado se ela sabia onde estava a papelada. A filha informou-lhe que estava em casa junto com os bilhetes que ela recebera dos bandidos quando o pai estava sequestrado.

Foi ver nos seus arquivos e os encontrou: lá estavam os nomes daqueles policiais e do sargento que tomara nota dos documentos onde ele constava como dono do automóvel. De início, teve alguma dificuldade em se lembrar daquele imbróglio e como acontecera. Porém, veio-lhe à memória a figura obesa do sargento, do cabo e inclusive dos soldados. Junto com os nomes, estava inclusive, o número do batalhão da Rota da Rua Abdias do Nascimento, do qual pertencia o sargento João Pedro Portela, o cabo Francisco do Nascimento, e os soldados nº 123, 45 e 38. Aos poucos, foi iluminando a memória e se lembrou de um dos bandidos que ficava muitas vezes junto dele naquele esconderijo fétido em Parelheiros, e que se chamava Zelão. Precisava tirar cópias dos documentos para enviá-los o mais breve possível ao Dr. Carlos. Raul encarregou a sua filha mais velha de entregar os papéis, em mãos, no endereço do advogado.

Tão logo o Dr. Carlos recebeu aqueles documentos, inseriu na petição que já tinha feito ao tribunal e entrou com ação contra o Estado. Como sabemos, estas coisas são sempre muito demoradas. E, de fato, foi o que aconteceu com o processo de Raul. Os fatos todos comprovavam que o sequestro se originara no batalhão da

Polícia Militar comandado pelo capitão Waldemar da Costa. Assim o capitão foi indiciado no inquérito como principal responsável por aquele crime hediondo e pulhesco, o que pegou de surpresa a cúpula da PM. A tramitação desse processo foi lenta e morosa, ainda mais porque havia sido indiciada uma alta figura da polícia do Estado.

O Ministério Público Estadual, chamado a intervir em todas as fases do processo, concluíra que todas as figuras citadas na petição inicial do Dr. Carlos eram cúmplices e, portanto, teriam de depor naquele processo. Entre elas, estava o celerado do Zelão, que morava na favela do Buraco Quente. Quase todos os citados no inquérito prestaram depoimentos, exceto Zelão. Mas a polícia, num trabalho de muita paciência, conseguiu localizá-lo e, sabendo que o marginal já tinha passagens pelo sistema prisional, ofereceu a Zelão o instituto da delação premiada, convencendo-o de que seria muito vantajoso para ele, já que este crime se somaria a outros e ele poderia mofar na prisão. A delação poderia resultar em anos a menos na cadeia. Convencido, Zelão finalmente cooperou com as autoridades, confirmando com todas as letras quem comandou a maior parte das operações do sequestro e cárcere privado. Disse que a obra fora maquinada e planejada pelo capitão Waldemar da Costa e operacionalizada por ele, Zelão. A justiça, finalmente, apontou o capitão afastado como o principal mentor do crime. Porém, este se escondia das acusações por meio da imunidade parlamentar, prerrogativa que o protegia e impedia que fosse preso. O Judiciário queria a sua prisão, por um lado, e, por outro, o Poder Legislativo, por meio da Assembleia Legislativa do Estado, era contra a prisão de um dos seus membros. Estes alegavam que o parlamentar só poderia ser julgado pelo Supremo Tribunal Federal, e que, portanto, era inconstitucional a sua prisão sob o foro do Tribunal de Justiça estadual. Dessa forma, mesmo tendo a justiça provado que ele havia cometido vários ilícitos penais contra a sociedade, ficaria impune.

Assim, se estabeleceu uma grande confusão e discussão sobre este rumoroso caso jurídico: o Ministério Público e a Justiça Estadual enfrentavam o Poder Legislativo local. Já o Poder Executivo ora pendia para um lado, ora para o outro. No vácuo dessa arenga, o deputado Waldemar, ousado e cara-de-pau como era propunha uma lei, para ser aprovada na assembleia estadual, que anistiava vários crimes de funcionários públicos do Estado, a viger já a partir de janeiro do ano então corrente. Assim, além de se livrar da condenação, ele teria seu nome incluído na chamada ficha limpa de candidatos. Uma pouca-vergonha, diziam alguns comentaristas em manchetes jornalísticas. As assembleias legislativas dos Estados-membros da Federação estavam fabricando leis pulhescas, contrariando o que diziam as leis federais. A confusão chegou a tal ponto que os tribunais estaduais e regionais já não se entendiam, tal era o descalabro e a bagunça estabelecida.

XX
Justiça no tempo do caos

O Deputado Waldemar da Costa ia gozando das atrapalhadas leis brasileiras e se beneficiando de uma legislação frouxa que protegia políticos meliantes em detrimento dos cidadãos comuns. Estes que pagam os seus impostos para terem uma justiça séria e eficaz, sem favorecimento a grupos mafiosos das corporações.

Entretanto, o Dr. Carlos conseguira junto ao juiz da primeira instância que Waldemar fosse citado e este teve de comparecer em juízo para fazer o seu depoimento sobre o caso. Como estava acompanhado de um bom advogado, disse apenas aquilo que não o prejudicasse, o que lhe convinha. Nestas condições, o advogado de Raul observou que estava diante de um grande bandido, extorsionário e estelionatário, e que seria muito difícil conseguir sua condenação. Waldemar, para garantir ainda mais a sua liberdade, tratou de mudar a sua filiação partidária do PCCB para o PONAC, que era o partido do Governo Federal, naquele momento. Tudo visava apenas fortalecer sua posição na Assembleia Legislativa para derrubar eventual pedido de cassação de seu mandato e também para aumentar a pressão sobre o Judiciário em relação àquele caso.

Naturalmente que a imprensa noticiava todas essas manobras bem visíveis dos políticos e dos agentes do governo para não sofreram as penas da lei. Mesmo tendo comprovadamente praticado atos delituosos contra os cidadãos comuns e o próprio Estado. Era uma luta inglória contra as máfias da corrupção que ameaçavam o Estado de Direito, dizia o Dr. Carlos, desabafando com Raul. Contudo, declarava o causídico:

— Vamos lutar contra todos esses empecilhos jurídicos que estão sendo alimentados pelas corporações dentro da Justiça. Segundo os meus precisos cálculos, o processo vai se estender ad infinitum. Precisamos ter muita coragem e determinação, viu, Raul! — esclarecia o Dr. Carlos.

Raul nada comentava porque estava vendo como era difícil a missão do advogado nesta luta insana e de poucas alternativas. Em conversa com a filha em casa, disse:

— Coitado do Dr. Carlos, chego a ter pena dele, pois não é que agora o deputado Waldemar vem, com embargos, contestar tudo o que as testemunhas disseram na frente do juiz! É possível uma coisa destas? E os meus direitos, para onde vão? — dizia Raul à filha, possesso.

— Ora, papai! — exclamou Madalena vendo o pai irritado — O Dr. Carlos, com certeza saberá contestar esses embargos, isso é assim mesmo. Os advogados do deputado vão fazer de tudo para atrasar a sentença do juiz, como é natural, mas uma hora, as coisas irão tomar outro rumo, entendo eu. — Esclareceu Madalena, pedindo calma ao pai, e confiando na Justiça do Brasil.

— Pois, sim! Concordou com a filha em termos. O Dr. Carlos não tem muita esperança em ganhar a causa porque, segundo ele, há grandes forças ocultas por detrás da justiça. Será muito difícil fazer com que o Waldemar cumpra a sentença, ainda mais como deputado estadual. Ele mesmo me disse isso. — disse Raul, descrente.

— Mas o Waldemar não foi inquirido pelo juiz, papai? — perguntou Madalena ao pai.

— Foi, foi! Mas você sabe como a justiça age contra funcionários do Estado. Ainda mais que ele agora trocou de partido e se mudou para o PONAC, da base do governo federal. Será muito mais difícil. Eles fazem as leis para condenar o povo, mas quando estas os atingem, eles têm o poder de mudá-las. Por isso, jamais serão atingidos pelas leis que eles mesmos legislam. — Respondeu Raul à filha.

— Lá isso é verdade! — disse a moça, também descrente das leis brasileiras, sabendo que o legislador aqui pensa sempre em deixar uma brecha legal para que se beneficiem delas os apadrinhados dos governos, o poder econômico, empresarial, enfim os grandes senhores do Brasil.

Calaram-se e cada um ficou pensando como seria possível mudar esse estado de coisas. Depois, foi Madalena que questionou o que o pai iria fazer no caso de não conseguir nada na justiça.

— Sei lá o que vou fazer! Justiça pelas minhas próprias mãos, não vou fazer, então o que me resta? — interrogou o pai, cravando seus olhos na filha. — Dize tu o que poderei fazer na situação em que me encontro, tu que és formada em Direito, tens alguma idéia do que eu possa fazer?

— Eu também não tenho ideia de qualquer alternativa que o senhor possa tomar neste caso. Se os tribunais não conseguem apenar esses indivíduos que transgridem as leis, o que poderemos nós os advogados fazer? Na verdade, me sinto impotente na minha profissão e todos os meus colegas são unânimes em afirmar que sentem o mesmo que eu. — respondeu a filha de Raul ao pai.

— É, de fato, essa gente pensa que está acima das leis do país. Nós, os do povo, que pagamos impostos, geramos empregos e riquezas e levamos progresso a todos os rincões deste Brasil, não temos nada a nosso favor. Não temos leis, não temos direitos, só temos deveres e só existimos para pagar tributos e para votar nesses políticos safados e sem-vergonhas! — reclamava Raul desesperado. No fundo, os cidadãos comuns não contavam com nada que os protegessem dessa cáfila de marajás que se agarrava com unhas e dentes ao governo e às instituições, como se o País fosse só deles.

XXI
Um parlamentar à solta

Já se tinham passado cinco longos anos da entrada do processo que Raul movera nos tribunais do Estado de São Paulo para ser ressarcido das despesas e dos maus tratos a que fora submetido pelos algozes que o mutilaram. Até aquele momento, mesmo depois de as autoridades terem chegado aos malfeitores comandados pelo capitão Waldemar da Costa, ninguém havia sido preso. Embora já tivessem sido julgados e apenados, continuavam em liberdade. Isto demonstrava o pouco-caso da justiça para com o caso de Raul. Como por exemplo, o caso da reeleição de Waldemar, para a Câmera Estadual de São Paulo.

Descrente da justiça e vendo a sociedade brasileira entregue à própria sorte, Raul foi ao escritório do Dr. Carlos, conversar sobre a condenação dos bandidos que andavam à solta pela cidade, sem que ninguém os incomodasse. Porém, a secretária do causídico informou a Raul que ele estava a caminho e que, dali a uns dez minutos, estaria ali para conversarem. Antes desse tempo, o Dr. Carlos entrava pelo escritório, encontrando Raul a ler a *Gazeta Paulista,* junto a uma mesinha de centro da sala de espera do escritório do advogado. Eram dez horas da manhã. O advogado, que não esperava Raul, cumprimentou-o com a alegria que lhe era peculiar e perguntou-lhe:

— Então, temos alguma novidade ou só está de passagem,

fazendo-me uma visita, Raul?

— Não, não vim fazer-lhe visita nenhuma, vim aqui para conversarmos. Quero fazer-lhe uma pergunta: por que os indivíduos que me maltrataram ainda não foram presos?

O Dr. Paulo, encarando Raul, olhou-o bem no fundo dos olhos e respondeu:

— Raul, um dos meliantes já está atrás das grades. Os outros, espero que a qualquer hora sejam detidos. Agora, o Waldemar é muito difícil que vá para a cadeia.

— E qual daqueles bandidos foi detido, doutor? — indagou Raul, com um sorriso amarelo nos lábios.

— Foi aquele com alcunha de Zelão, lembra-se dele?

— Oh, sim. Lembro-me muito bem. Mas esse não era dos piores. Gostaria mesmo é que fosse preso o Waldemar, o autor intelectual do crime hediondo. Mas se o senhor me fala que é muito difícil prendê-lo, não sei como deveremos prosseguir nessa questão.

— Raul, eu não disse que ele não irá preso. Mas como deputado, ele tem imunidade parlamentar e, por isso, é muito difícil que o prendam. Ainda mais porque ele diz que não sabe de nada, que não tem conhecimento desse caso. Enfim, você sabe como são esses crimes de comando, não sabe? Você não sabe do caso do Mesadão ? O Lineu disse que não tinha conhecimento das conversas e das consultas das pessoas que ele dirigia nesse caso escabroso que deu prejuízo aos cofres públicos de muitos milhões de reais! Por aí você pode imaginar como é difícil pôr essa gente atrás das grades!

— Mas, ó doutor! Não há um meio de castigar aquele assassino do Waldemar?

— Bem, vamos tentar, mas que é complicado, é! Essa gente tem atrás deles brechas legais que os favorecem. Você sabe que ele pertence a uma corporação que, muitas vezes, os protege dos crimes que cometem! É por isso que entendo que dificilmente ele será preso, entendeu, Raul?

Raul ficou apreensivo com os argumentos do advogado. Olhando distraidamente a uma janela que dava para a rua, disse muito emocionado:

— Dr. Carlos, esse homem solto aí pela cidade é bem capaz de me mandar assassinar. Pense bem neste assunto que lhe estou dizendo! Ele é capaz de armar um bandido seu conhecido e me mandar assassinar a qualquer hora e em qualquer lugar! Eu preciso de proteção do Poder Judiciário, no mínimo! — exclamou o empresário apreensivo. Depois de expor esta sua preocupação, o empresário pediu licença, despedindo-se do advogado, e saiu cabisbaixo e pensativo.

Era quase meio-dia quando Raul saiu do escritório do Dr. Carlos. Já na rua, fez sinal para um táxi. Entrou e mandou-o seguir para a Vila Mariana. Pelo caminho, demonstrava estar tenso e nervoso e sem esperanças de ver o deputado Waldemar detido. Afinal ele estava lutando com um homem sem caráter e, ao mesmo tempo, muito violento e temerário. Convenhamos que, se ele cometera o crime só por causa de ciúmes, por ter perdido a amante, não seria ele capaz de fazer alguma maldade com a pessoa que fê-lo sentar-se no banco dos réus e agora atentava contra a sua liberdade? Era o diabo! Estava metido numa grande enrascada, ou numa camisa de onze varas! Pensava Raul, e muito bem!...

Chegando a casa, a esposa perguntou-lhe onde tinha ido.

— Fui ao escritório do advogado, por quê? —Respondeu de mau humor!

— É que telefonaram para cá perguntando por você e eu não soube dizer onde você tinha ido.

— E quem telefonou não deixou recado nenhum ou o nome? Não disse quem era? — Inquiriu Raul, impaciente.

— Não, disse apenas que retornaria a telefonar.

Era mais outra dúvida para Raul. Quem queria se comunicar com ele? Naquele momento, não vislumbrava quem seria a pessoa que desejava conversar consigo. Pensou logo no pior, talvez fosse alguém que o andava espiando, algum inimigo.

Exasperado e engasgado, Raul ruminava-se todo por dentro, nervoso com o que o Dr. Carlos lhe dissera sobre a posição altaneira e arrogante que o patife do outrora capitão Waldemar, mesmo sendo um bandido, um assassino, gozava dentro da corporação dos deputados. Era também considerado na sociedade paulistana por causa de sua posição social, adquirida nem se sabia como e a que preço. Pensativo, dobrava o jornal do dia anterior, que trazia a notícia daquele assassinato da criança no colo da mãe. Daí Raul intuir que a vida nas grandes cidades do Brasil não valia nada. Seu pavor aumentava mais com as palavras do advogado que lhe ressoavam em seus ouvidos como se fossem marteladas desferidas em si próprio.

Apalpou na algibeira do casaco à procura do maço de cigarros.

Tinham acabado e havia se esquecido de comprar. Tinha de voltar à rua para comprá-los. Que maçada aquele seu hábito de fumar! Não aguentava mais se submeter ao vício. Deveria fazer um esforço e deixar de fumar. Já tinha tentado abandonar o vício duas ou três vezes. Mas sempre, passados alguns dias sem cigarro, vinha-lhe aquela incontrolável vontade de fumar. Era prisioneiro desse hábito prejudicial a sua saúde e dele não conseguia se desvencilhar.

Pegou o jornal que estava em cima da mesinha de centro. Mal o pegara, o telefone retiniu. Era o amigo Magalhães, convidando-o para, no outro dia, irem jantar naquele restaurante da perna de cabrito assada, que ambos tanto apreciavam. Porém, Raul não saía mais à noite. E explicou:

— Se fosse ao almoço poderia ser, mas jantar, não.

— Por que só ao almoço? — indagou Magalhães.

— É que só saio de casa de dia. À noite tenho medo de sair por causa dos assaltantes. Você não vê o que está acontecendo nos restaurantes de São Paulo, geralmente à noite?

— Oh, Raul, o que é isso, homem? Você, que era um grande amante da noite, deixa-se intimidar com esses assaltos e arrastões que os bandidos andam fazendo? Isso só acontece às grandes casas. Naquele boteco aonde vamos não há arrastões, homem!

— Não há arrastões? Pois, sim, fia-te na virgem e não corras que, de repente, você está jantando tranquilo nesse boteco e entram porta adentro quatro ou cinco bandidos atirando para todos os lados e tua vida era uma vez, não é verdade, Magalhães ?

— Que nada, homem, deixa-te de ser medroso! Vamos lá. Se você quiser, vou te buscar aí na tua casa, lá pelas oito horas, está bem!

— Não, não venha que, de noite, não saio. Se você me quiser vir buscar para almoçar, vou, mas para jantar não contes comigo. Está bem?

— Bem, então vamos almoçar amanhã. Passo aí na tua casa e pego você à uma hora da tarde, está bem?

— Certo, pode vir que estarei esperando. Pode vir, sem problemas!

No outro dia, lá estava o Magalhães, que tinha novidades para dizer ao amigo. Havia ouvido de terceiros que Raul andava assustado por causa do deputado Waldemar. Pretendia aconselhá-lo para que não encasquetasse coisas na cabeça porque o deputado não deveria ter nenhum interesse em fazer-lhe mal.

— É o que você pensa! — exclamou Raul — É o que você pensa! Se ele, sem motivo, mandou os seus capangas fazer aquilo comigo, imagina agora que ele sabe que o quero atrás das grades! Você acha que ele não é capaz de mandar aqueles quadrilheiros me tirarem a vida? Medita nisto e você vai chegar ao que estou pensando!

— Oh, Raul, você acha que o deputado Waldemar é capaz de fazer isso que você pensa bem, homem?

— Lógico que é capaz! Pois, se ele já usou de toda a sua maldade e crueldade sem motivo, agora que tem motivos fortes para atentar contra a minha integridade física, você ainda duvida de que ele seja capaz de maiores atrocidades contra a minha vida, hein, Magalhães?

— Bem, não conheço o homem, mas sei que, no momento,

ele pelo menos exerce um cargo de grande respeitabilidade política, o que supostamente o fará pensar bem no que vai fazer, não é Raul? — Respondeu Magalhães, convencido de que o deputado Waldemar da Costa não iria cometer atos tresloucados contra Raul.

— Magalhães tenho cá os meus motivos para pensar como agirá o Waldemar. Assim que ele souber que eu e o meu advogado estamos muito empenhados em pô-lo atrás das grades, ele vai pensar em maldades. Entendeu--te em que pé estão as minhas razões!

— Sim, o fato de ele ser um representante do povo não impede que se torne um assassino. Mas, na minha maneira de entender, quer você queira ou não, ele não deve extrapolar de suas funções da maneira como você admite, entende-te, Raul?

— Era para ser assim como você pensa, mas não é, sabe por quê? Porque esse homem é um psicopata e de um psicopata nós podemos esperar qualquer coisa por mais maluca e doentia que possa parecer. — Com esta última opinião de Raul, terminava também o almoço dos dois amigos naquele restaurante de Moema que ambos frequentavam desde longa data.

Quando Raul chegou a casa, D. Lurdes estava sentada à máquina de costura fazendo um simples bibelô de usar em casa. O marido perguntou-lhe se alguém havia telefonado.

— Sim, telefonaram, mas a pessoa, disse que telefonaria novamente, para falar com você, só isso! — disse D. Lurdes, sem tirar sua atenção do que estava fazendo.

Do seu lado, Magalhães comunicou-se com seus amigos e

também com os de Raul a dizer que o industrial estava muito preocupado com o deputado Waldemar. Alertava-os de que concluíra, durante sua conversa com Raul, que ele estava preocupado com a sua segurança pessoal e que temia alguma maldade da parte de Waldemar como vingança pela teimosia de Raul em pô-lo atrás das grades. O receio de Raul, explicava Magalhães, era de que se o ex-capitão já fizera atrocidades sem motivos, agora com certeza faria coisas muito piores. A situação não era nada confortável para Raul, dizia Magalhães.

Como seria natural, todos os amigos de ambos ficaram preocupados com a situação. Alguns desses, logo entraram em contato com o industrial perguntando-lhe se ele necessitava de alguma ajuda, e ao mesmo tempo punham-se à sua inteira disposição para qualquer eventualidade. Por impulso natural, Raul agradecia e dispensava todas as ofertas de auxílio da parte dos amigos, dizendo que contava com a ajuda de seu advogado para orientá-lo nessa decisão que tomaria contra o deputado. Mas essas manifestações de solidariedade dos amigos deixaram Raul enternecido, ainda que nunca lhe fosse negada em tempo algum.

Naquela noite, Raul deitara-se depois de assistir a uma grandiosa manifestação popular em Belo Horizonte, onde houve de tudo: protestos pacíficos de estudantes misturados com muita violência de vândalos quebrando vidraças, ateando fogo a lojas de automóveis, arrombando portas e assaltando estabelecimentos comerciais, enfim, havia baderneiros de todos os lados cometendo atos tresloucados pelas ruas e avenidas da cidade.

No outro dia, acordou ainda com aquela barafunda na cabeça. Eram oito horas da manhã. O jornal já tinha chegado e, sem tomar café, começou a lê-lo. Vinha exatamente o que ele vira na TV na noite anterior. Mas não era só em Belo Horizonte, mas também no Rio de Janeiro, São Paulo, Porto Alegre, Curitiba, Goiânia, Salvador, Recife, Niterói. Enfim, em quase todas as grandes cidades brasileiras houve atos de contestação contra os governos regionais e por tabela contra o Governo Federal. A pauta de reivindicações já era a conhecida: menos corrupção em todos os níveis de governo e melhoria em todos os serviços públicos, saúde, saneamento básico, abastecimento de águas, transportes públicos, maior e melhor segurança pública nacional, serviços judiciários etc. O povo saía às ruas mais uma vez para reclamar os seus direitos e as promessas não cumpridas de políticos e governantes. Vivenciava-se o caos por todos os cantos do Brasil, de Norte ao Sul.

Entretanto, os senhores do poder, acuados pelas reclamações oriundas da mal versação do dinheiro público, mal gasto pelos corruptos e corruptores, davam desculpas capadócias através dos meios de comunicação. Enrolavam os reclamantes com as mesmas promessas de sempre, deixando um país tão rico e nobre se afundar no mar de lama pelo descaso e má administração. Incultos, atrasados e retrógados, os poderosos viam agora que tinham criado um caos econômico, administrativo e político no País. Os partidos políticos da base aliada do governo, baseava-se na sua militância para envolver as populações dispersas e sem organização para amedronta-las, com uma suposta maioria, que, aparentemente, eram pagas pelo partido que nesta hora estava no poder e, que espalhavam a barberie de Norte a Sul deste grande país, sendo Justificado todos os tipos de vandalismo pela bandeira da “causa social” e “manifestação legítima”.

XXII
Pânico e realidade

Raul, positivamente, não era mais o mesmo homem de antes, em razão dos sofrimentos que suportou durante o sequestro, das dificuldades para superar os traumas psicológicos da terrível experiência, além daquela do implante a que se submeteu. Mesmo o súbito entusiasmo com as possibilidades de voltar a manter relações sexuais, que o animara logo depois de voltar ao Brasil, foi se esvaindo. Para além de perder muito da sua vitalidade, perdera a confiança no futuro, e, principalmente, sua autoestima. Vivia momentos de aflições e tristezas. Não confiava em ninguém. Parecia esquisito, tinha arroubos de pessoa maníaca.

Novamente, não conversava com quase ninguém de fora. As únicas pessoas a quem às vezes dirigia a palavra era à filha Madalena, à esposa ou ao seu advogado o Dr. Carlos, além de Marlene. Sair de casa, só para a padaria, quando de manhã ia comprar pão e leite ou à tardinha, lá pelas quatro ou cinco horas, quando passava por lá de novo. Algumas vezes, telefonava do seu celular para Marlene para saber de sua saúde e colher algumas informações sobre o Waldemar.

Naquela manhã mesmo, tinha descido à garagem para pôr o carro a funcionar para a bateria não descarregar. Nesse momento, lembrou-se de telefonar a Marlene, que sempre tinha novidades para contar a Raul. Desta vez, ela dissera-lhe que o Waldemar a tinha convidado para irem ao Shopping Iguatemi, para que ela o ajudasse a escolher um sobretudo. Estava fazendo muito frio em São Paulo e ele precisava de um bom agasalho. Entretanto, ela não aceitou o convite porque não queria mais aparecer com ele ao lado. Achava esquisito ele vir com aquelas propostas sabendo que ela jamais aceitaria. E perguntava a Raul se caso ela puxasse o assunto do processo com o Waldemar, este não caísse em dar-lhe algumas dicas a respeito.

— É bem provável, bem provável. — disse Raul cautelosamente, porque também não sabia ao certo como ela levaria esta conversa. Raul alertou Marlene quanto à lábia do patife do Waldemar que, seria bem possível, poderia lhe armar alguma esparrela e ela cair nas palavras macias dele. Por mais cuidado que as pessoas tivessem com o deputado, seria sempre muito difícil saber quais as reais intenções dele. Depois dessa conversa com Raul, Marlene ficou esperta, não se deixando ludibriar pela conversa aveludada de Waldemar.

Raul arriscou uma descida até o jardim que dava para a avenida. De braços cruzados e do lado de dentro do edifício, olhava para os veículos que trafegavam muito lentamente por causa de um engarrafamento no cruzamento com a Rua Domingos de Morais. Qual não foi o seu espanto quando, ao olhar em direção a um carro que transitava devagar, lhe pareceu ver o deputado Waldemar ao volante de um veículo com chapa branca, com a legenda da Assembleia Legislativa do Estado de São Paulo.

Naturalmente que esta visão lhe veio turbar um pouco os sentidos. Indagou a si mesmo: "Que diabo anda aquele sujeito a fazer por aqui?". Em seguida, subiu ao apartamento e telefonou para o Baltazar, irmão de Marlene, indagando-o se sabia por que Waldemar andava a passear naquela rua, àquela hora?

— Baltazar aborrecido, respondeu:—Não sei de nada, nem de minhas voltas eu me lembro, quanto mais as dos outros Raul!

— Às vezes você podia saber, não é, Baltazar!...

— Não, não sei e nem quero saber. É pessoa que lhe tomei tamanho asco que nem o posso ver, se você quer saber! — lembrou Baltazar, encolerizado, ao mesmo tempo em que cuspia no chão, exclamando:

— Cruz-credo!

Raul colocou o telefone no gancho. De fato, tanto Raul quanto Baltazar tinham uma aversão tão grande ao deputado que só de lhe pronunciar o nome davam-lhes nausias. Provocou-lhe um enorme azedume a aparição daquele seu rival bandido andando pela avenida na qual morava, como se tivesse a insultá-lo. Ora, ele que já não aceitava a aproximação do safado, logo julgou que Waldemar o estava a ameaça-lo,ao aproximar-se da sua residência. Essa presença dele, que considerava uma provocação à sua segurança pessoal, reforçou ainda mais o seu isolamento, ao levá-lo a decidir não mais pôr seus pés na rua, sequer para ir à padaria ou ao mercado comprar coisas de que necessitava.

Os meses foram passando. Sempre naquele mesmo ramerrão, Raul descia até o salão de festas do prédio, que ficava de frente para a avenida, olhando o movimento da rua através da grande vidraça. Ficava de braços cruzados e olhos fixos, horas e horas sem fim, num embasbacamento infantil, fútil, oco e sem valor. Era a única distração que tinha. De manhã, lia os jornais, tomava café ainda de pijama, descia e lá vinha aquele rituál de olhar fixo na rua a ver desfilar os carros, uns atrás dos outros. Dona Lurdes então, dizia-lhe:

— Oh, Raul, por que não vai você dar um pequeno passeio até ao jardim? — Ele então rosnava:

— Não tenho vontade. Incomodo você em ficar aqui?

— Não, não me incomoda, mas se você ao menos desse de quando em quando um passeio, acho que te faria bem à tua saúde, não é verdade?

— Não tenho vontade de sair, entendeu? — Exclamava irritado.

Isto se passou numa segunda feira. Dois dias depois, dona Lurdes pediu à filha para agendar uma visita de um médico em casa para o marido. Foi nessa altura que os familiares ficaram então sabendo por que Raul não queria sair de casa.

Segundo diagnosticou o médico, Raul estava com síndrome de pânico, doença do sistema nervoso que leva as pessoas a se isolar e a ficar com medo de tudo. A doença fora causada pelo estresse de Raul com as rondas que o capitão Waldemar fazia no entorno do prédio onde o industrial morava. O distúrbio de Raul chegara ao ponto de impeli-lo a se plantar atrás das vidraças do prédio que davam para a avenida, espiando e vendo a hora, num qualquer momento, em que Waldemar entraria pelo hall de entrada para assassiná-lo. Esse medo também tinha raízes no seu cativeiro lá em Parelheiros.

Depois de o médico diagnosticar qual era o problema de Raul

e lhe receitar alguns remédios, o paciente, no princípio, apresentou alguma melhora, todavia, sem grande conforto de longo prazo para o doente.

Todos os dias, ele se plantava em frente às vidraças, espiando o que se passava na avenida, preocupado em detectar, na entrada no prédio, a figura do deputado Waldemar. Só saía dali quando a mulher o vinha buscar para almoçar. Apesar de potencializadas pela doença, as desconfianças de Raul tinham razão de existir. Alguns dias depois, quando estava de pé observando a avenida em frente à vidraça, ele viu novamente Waldemar passar. Só que, dessa vez, o ex-capitão parou e olhou para cima em direção à janela do apartamento de Raul.

XXIII
A última lembrança

Nos dias subsequentes, o irmão de Marlene lembrou-se de fazer uma visita a Raul, que já não saía de casa e continuava a espiar, pelo grande janelão de vidro do seu edifício, tudo o que se passava na avenida em frente. Numa dessas tardes em que se prostrara a observar, Raul viu a figura inconfundível de Baltazar passar pela avenida, com aquele seu andar bovino, olhando para sua janela, do mesmo local onde o industrial avistara o capitão Waldemar quatro dias atrás.

Deu a volta rapidamente, saiu de seu apartamento, desceu as escadarias correndo, saiu pela porta que dava para a rua e ainda pegou o irmão de Marlene olhando para cima. Chamou Baltazar com um leve e baixo psiu, psiu. O irmão de Marlene ainda assim conseguiu escutar e se dirigiu a Raul e, pegando-lhe a mão e abraçando-o, disse com admiração:

— Ó Raul, que prazer em vê-lo, homem! Puxa vida, tenho passado aqui várias vezes para ver se te via e jamais consegui te encontrar! Como vai essa saúde, essa força? Espero que continue bem, como parece!

— Bem, bem, não vai, mas já esteve pior. É a vida! — Raul encaminhou-se para o vasto salão de visitas onde ambos se sentaram num sofá comprido que decorava o salão. Conversaram a respeito das famílias. Raul dizia que não tinha mais notícias de

Marlene e perguntava ao irmão como estava ela.

— Pelo que sei, vai bem, sim. E você, como vai depois do tratamento que fez nos Estados Unidos? Melhorou ou continua na mesma?

— Na verdade, vou um pouco melhor, mas não muito, ainda sinto alguns sintomas e angusttias de antes de fazer o tratamento, mas tenho falado com o meu cunhado e, ele me tem informado qua é assim mesmo . Entretanto, parece que preciso retornar lá porque o tratamento é um pouco complicado e o meu cunhado acha que devo voltar para garantir que tudo esteja correndo normalmente.

— A propósito, Raul, você está mais bem encarado, com menos rugas, menos cabelos encaniçados. Parece que esses tratamentos lhe têm rejuvenescido, não é?

— Não sei. — respondeu Raul, com um sorriso de alegria no rosto, agradecendo pelo elogio. Conversaram mais de meia hora sobre assuntos diversos, quando Baltazar lhe perguntou:

— Oh, amigo Raul, por que não sai mais à rua? Escutei dizer por aí, de pessoas que só falam da vida alheia, que o amigo não quer mais sair de casa com medo dos seus inimigos, é verdade essa história?

— De certa maneira, é verdade. Disseram-me que o ex-capitão Waldemar me jurou de morte por eu ter entrado com um processo para que o Estado me ressarça das despesas que tive com as sequelas do meu sequestro. Como ele é o maior suspeito desse crime, na verdade é o autor, ele teme ser preso e mofar na cadeia, mesmo sendo deputado. Por isso, dizem que ele anda no meu rastro para me matar. Não sei se isso é verdade ou mentira, mas sei que ele é bem capaz de cometer outro crime ou até um assassinato. Enquanto isso eu fico enclausurado aqui em casa para que não me aconteça alguma coisa pior do que já aconteceu. Você não acha que tenho alguma razão?

— Sim. — ponderou Baltazar, acrescentando — O capitão Waldemar é capaz de cometer qualquer tipo de maluquice para salvar a sua pele, ainda mais porque têm seus direitos de impunidade penal garantidos por ser parlamentar, conforme reza a nossa Constituição Cidadã.

— Cidadã! ... Só se é cidadã, só para os bandidos, porque para mim não me protege e nunca protegeu, em nada! — Protestou Raul com muita veemência

Convicto de que Raul tinha razão em não se expor, Baltazar não quis mais opinar sobre os acontecimentos ulteriores do sequestro. E despediu-se, prometendo que voltaria outro dia para cavaquear mais um pouco e com mais tempo. Entretanto, Raul ficou surpreendido com a visita do irmão de Marlene, que mal discutiu alguns problemas de saúde e logo se retirou. E desconfiado, indagava a si mesmo: "Será que há alguma coisa a meu respeito com Marlene ou com algum membro da sua família?" E pensava: "Bem, não me consta que tivesse feito ou dito alguma coisa que denegrisse ou ofendesse a família de Marlene para que Baltazar aqui viesse com intenções estultas a fim de averiguar se sobraria alguma acusação à Marlene". Pensativo, subiu até o seu apartamento porque eram horas de almoçar.

D. Lurdes já o estava esperando com o almoço posto na mesa. Mas vendo-o entrar assim tão cabisbaixo, perguntou-lhe:

— Aconteceu alguma coisa com você lá embaixo, Raul?

— Não, não aconteceu nada comigo, por quê?

— Sei lá! Vejo-te tão taciturno e entristecido que pensei que tivesse havido alguma conversa para você ficar assim tão esquisito.

— Não, não houve nada de desagradável comigo! Pode acreditar. Estou talvez um pouco aborrecido devido a esta minha vida enclausurada neste apartamento, sem ter vontade de sair um pouco por aí. Talvez seja isto, mas isto passa, não se preocupe comigo, está tudo bem! — Exclamou. E se ia retirando para o seu quarto quando a mulher lhe disse:

— Por que não vais dar uma volta aí pelas ruas do bairro para te distraíres?

— Talvez, talvez de tarde, quem sabe...

— Vai, sim, homem! Sempre metido aqui em casa, isso não é vida. Quem sabe encontras algum conhecido para bateres um papo, homem. Vai, sim. Com o frescor da tarde, é mais agradável e saudável! — exclamou a mulher com um sorriso lacônico nos lábios.

Incentivado pela esposa, resolveu naquela tarde dar uma volta pelas ruas em redor do prédio onde morava. Depois de andar quase uma hora, encontrou o senhor Aristides, aquele homem que o irmão de Marlene lhe apresentara, a quem cumprimentou com muita efusão, abraçando-o calorosa e carinhosamente:

— Ah, sim, o senhor é amigo de Baltazar, não é isso? — Indagou Raul já sabendo a resposta.

— Sim, sim. Agora me lembro. Naquela ocasião, nós discutimos o porquê de o senhor ter ido fazer uma operação muito complicada nos Estados Unidos. Baltazar questionou o senhor por ter trocado os médicos brasileiros pelos americanos, lembra-se disso, não?

— Claro, claro que me lembro. Fui eu quem puxou essa conversa de comparar a medicina americana com aquela que praticamos no Brasil. O Baltazar, como patriota que é, queria elevar as qualidades da medicina do Brasil. Mas não dá para comparar, não é?

— Oh, na verdade eu não conheço a medicina que se pratica nos Estados Unidos, porém acredito que a medicina brasileira está muitos pontos atrás de muitas outras. Ainda mais agora que o Brasil importou esses médicos de Cuba, sem uma avaliação, para dar assistência aos brasileiros, aí então é que a vaca vai para o brejo.

— Sim, o amigo está correto. — respondeu Raul. Bem depois deste papo demorado, o industrial pediu licença e retirou-se em direção à sua residência, onde encontrou a esposa nas lides de casa, em especial com o jantar. Conversaram sobre o passeio que Raul havia feito e o encontro com o amigo:

— Viu? Você parece outra pessoa. É bom a gente conversar com as pessoas, trocar ideias, tomar contato com o mundo, enfim distrair-se, não é Raul?

— Isso é tudo verdade, mas na maioria das vezes não tenho disposição para sair! Não tenho paciência e nem saco para me arrumar e sair por aí, entendeu, Lurdes? — Finalizou Raul aborrecido com sua clausura, e o seu isolamento.

— Bem, então vamos ver se te habituas a sair mais vezes

até te acostumares. Amanhã não sais, mas depois de amanhã sais novamente, até te habituares e retornares novamente a dar os teus passeios matinais que te fazem tão bem a tua saúde. Até pareces outro homem — disse Lurdes exultante de alegria e concluindo: — Combinado?

— Nada te posso prometer, entretanto, vou fazer o possível para satisfazer essa tua vontade e tentar atender ao seu pedido, está bem?

— Está ótimo. — respondeu Lurdes, sorrindo para o marido ao mesmo tempo em que o beijava na face.

Lurdes e Raul formavam, como se disse, um casal muito amigo. Raul, de maneira nenhuma, desejava decepcionar Lurdes deixando-a saber, de seu envolvimento com Marlene na época do seu sequestro. Guardava este segredo a sete chaves. Porém, a filha mais velha de Raul, a Madalena, presumia, mas não tinha a certeza, que havia uma aproximação mais íntima de seu pai com Marlene. Mas a filha resolvera que, para o bem de todos, não iria questionar o seu pai nem cavoucar essa história. Com naturalidade, desviava os seus pensamentos para coisas mais salutares do que andar à procura de sarna para se coçar.

Enquanto isso, Raul sentia que o implante deixara de lhe dar coceira. Sinal de que já havia terminado todo o processo de cicatrização da cirurgia. Além do que, volta e meia, tinha ereções involuntárias, ainda que esporadicamente. Por isso, aumentava sua expectativa sobre o funcionamento de seu pênis transplantado. Estaria ele apto a funcionar? Poderia tentar alguma relação com sua esposa? Seria melhor tentar com Marlene? Pensou numa solução mais cautelosa. Iria tentar se masturbar para saber se tanto a ereção como as outras funções do pênis estavam funcionando bem e sem lhe causar nenhum problema colateral de ejaculação.

Mergulhou naquelas fantasias que tinha frequentemente com Marlene, sentiu seu membro em lenta ereção até vê-lo enrijecido. Masturbou-se uma vez. Depois, outra e mais outra, e cada vez mais sentia a velha potência voltando. Teve uma das sensações mais prazerosas que misturava a alegria e um otimismo incontido com uma surpreendente confiança restabelecida. Ao fim, percebeu que tudo funcionava muito bem como antes.

Dir-se-ia que Raul se renovara, parecia outro homem. Todavia, conteve-se nesta alacridade sem deixar transparecer, em casa, a possível recuperação de sua virilidade. Precisava comunicar imediatamente, com o cunhado que o operou sobre a grande boa nova. Eufórico, Raul disse ao cunhado que, antes de ter relações com alguma mulher, tinha experimentado a masturbação e que tudo havia funcionado naturalmente como antigamente.

— Está tudo normal! — disse Raul ao médico, não se contendo e gargalhando de felicidade.

O cunhado também se regozijou com o estado eufórico de Raul, dando-lhe os parabéns. Alertou-o para que continuasse tomando os medicamentos e que mantivesse as primeiras relações sexuais de forma cuidadosa, sem pressa nem muitas euforias a fim de que pudesse aos poucos retomar todo o ímpeto libidinoso de forma positiva e definitiva.

Em seguida, Raul telefonou para Marlene a fim de convidá-la para sair. Disse-lhe que precisava conversar com ela para espairecer, pois estava cansado de ficar em casa. Nada lhe adiantou sobre a novidade. Marlene disse que estava com saudades das conversas agradáveis que levavam. Combinaram de se encontrar na pizzaria do shopping no dia seguinte, uma terça-feira, às 18h00.

Raul havia chegado mais cedo e, enquanto degustava seu vinho predileto, viu Marlene se aproximando da mesa. Não se cansava de admirar o porte e a beleza da morenaça, como ele mesmo dizia.

— Oi, querido, como está você? Há quanto tempo não nos vemos! Saudades de nossos encontros. Agora me conte tudo sobre sua viagem, seus negócios e sua vida! — Pediu docemente Marlene ao seu antigo amante Raul.

— Ah, nem me fale de saudades, meu amor. Como tenho sentido falta de nossos encontros! — E a conversa se estendeu, com Raul explicando sua viagem e suas dificuldades com a operação e com o seu estado de ânimo nos últimos tempos. Falaram sobre o processo, sobre Waldemar, o Jorge, Baltazar, Madalena. Colocaram todos os assuntos em dia. Raul postergava o mais que podia o assunto que o levara ali, a sua possível reabilitação sexual. Até que, com um confuso sentimento de medo e desejo, resolveu tocar no assunto. Disse-lhe de suas ereções espasmódicas e que poderia estar a caminho de se tornar sexualmente um homem ativo, e consequentemente uma pessoa normal em todos os sentidos que a vida nos proporciona.

Surpreendida, Marlene ficou entre alegria e apreensiva

com essa nova possibilidade. Convenhamos que não estivesse preparada, assim de supetão, para manter relações sexuais com Raul, que lhe propôs marcar um dia especial para se encontrarem. A amante pensou duas vezes antes de responder. Acabou por concordar com Raul, todavia, ficaram de marcar a data e o lugar numa outra conversa que tivessem oportunidade de falar.

— Confirmamos tudo então por telefone amanhã ou depois, certo? — Indagou Raul com grande e efusiva expectativa.

— Combinado! — disse Marlene muito satisfeita de ver o seu antigo amante com uma disposição que havia muito tempo, aliás, antes dele ser sequestrado e depois mutilado em todo esse tempo que ficou impotente, não sentia nele. Raul pediu a conta ao garçom e antes de se levantarem, deram-se um longo e caloroso beijo.

Ocorre que, por azar dos dois amantes, passava naquele momento ali na praça de alimentação do shopping o deputado Waldemar, ladeado por dois seguranças, que presenciou estupefato, o longo beijo sem deixar que o casal o percebesse. O ex-capitão, que frequentava o shopping, inclusive havia levado Marlene para ali ver uns vestidos tempos atrás, ficou à espreita, seguindo o casal pelas escadas rolantes até o estacionamento e observando-os ir embora, de mãos dadas e muito carinhosos um com o outro. Apenas muito tempo depois, Marlene iria se arrepender de não ter lembrado que o ex-militar era frequentador assíduo daquele lugar no shopping.

Fulo e alterado com o que observara, Waldemar não acreditava no que vira e pensava consigo mesmo: "Então o casalzinho está de volta, de mãozinha dada, beijos, abraços e tudo mais... Como pode isso? Como pode a Marlene se envolver de novo com esse capado? O que estará acontecendo? Será que, eles estão só no sexo oral? Preciso averiguar isso melhor, porra! Preciso saber porque que é que Marlene prefere sair com um patife que no momento é um eunuco, e me rejeita com tudo o que lhe posso oferecer, agora! E, imediatamente, como deputado que era e, com bastante influencia pessoal, mandou seus capangas irem atrás da companhia telefônica e tratarem de grampear tanto o telefone de Marlene, como o de Raul, para saber das conversas mais intímas que ambos tinham.

Não foi preciso esperar muito tempo para saber de tudo o que o casal se dispunha a fazer , pois, pelo grampo do telefone ele ficou sabendo que Raul ficara de se encontrar com Marlene, na próxima sexta-feira seguinte, depois do almoço, por volta das 14h00, na casa dela. Nesse dia, Jorge iria estar de serviço no batalhão até as oito da noite e o casal podia ficar à vontade na casa de Marlene, sem que ninguém os ecomodasse. Nesse dia Raul também iria saber se o seu implante tivera o sucesso que le esperava, porque seria a primeira vez que teria releções sexuais normalmente com a Marlene.

Ousado e sem temor, o ex-capitão tratou tudo com muito método e meticuloso zelo. Convocou dois ex-soldados, antigos subordinados, avisando-os que, havia um trabalho a ser feito na sexta-feira, mas, que era coisa a princípio simples, era só levá-lo e trazê-lo no local aonde iriam. A princípio simples porque,se acaso algo desse errado, eles teriam de entrar em ação.

Na sexta-feira, em seu dia de folga, Marlene acordou cedo.

Preparou o café para o seu marido Jorge, que se sentou à mesa, deu um gole no café e uma mordida no pão com manteiga e disparou:

— O que aconteceu com você, hoje, Marlene? Sempre saio antes de você acordar e deixo o café preparado na mesa. Estará você tendo pesadelos ou assombrações, Marlene?

— Olha aqui, Jorge, preparei o café pra você e ainda sou obrigada a ouvir essas palhaçadas? Não posso nem acordar mais cedo agora? Credo!...

— Poder, você pode, mas isso não é normal. Bom, tchau, vou trabalhar! — E saiu, deixando a esposa furiosa.

Marlene queria ter mais tempo para preparar-se e arrumar a casa, em particular o quarto, para receber Raul. Assim, tratou logo de deixar a cama de casal asseada e perfumada, e também a sala e a cozinha. Depois, tratou de comer algo leve e foi logo se embelezar para o industrial.

Por volta das 13h00, um carro comum, com vidros escuros, placas falsas, chegou à rua onde Marlene residia. Dentro dele estavam Waldemar e seus dois capangas. Eles fizeram um reconhecimento na área e estacionaram o carro a uma distância boa da casa, nem perto demais onde pudessem ser identificados, nem longe demais que os impedissem de ver o movimento na residência.

Waldemar mal falava com os dois ex-milicos. Pensava apenas na sua obsessão em saber o que de fato estaria ocorrendo entre o casal, em que ele supunha que Raul ainda estivesse eunuco. Até então, tudo estava correndo como programara. Apenas não tinha claro ainda o que iria fazer quando visse os dois. Poderia ser que daria apenas um susto em Raul, poderia também...

Às 13h45, um táxi deixava Raul na porta da casa de Marlene. Não precisou tocar a campainha. A amante, que ansiava por ele, ouviu o barulho do táxi e se adiantou, abrindo a porta, sem no entanto, sair à rua. O industrial reconheceu o perfume do ambiente assim que entrou na casa de Marlene. Beijaram-se e sentaram-se no sofá da sala para conversar. Ali começaram a se acariciar e a beijar.

Do lado de fora, Waldemar, que vira o visitante chegar e entrar na residência, pediu aos capangas que levassem o carro um pouco mais próximo à casa. Esperou um pouco mais.

Em meio a carinhos mútuos, os dois conversavam melosamente e o desejo aumentava gradualmente. Até o ponto em que Raul começou a arfar de vontade e Marlene a sentir uma volúpia poucas vezes experimentada. Passaram a se tocar mais fortemente. Foram aos poucos tirando as roupas. Não demorou nada dela sentir a ereção do amante. Foi devagar acariciando o pênis do amante até senti-lo completamente enrijecido. Raul beijava-a toda, sentia-lhe os poros transpirarem. Marlene pensou em levá-lo para a cama de casal no quarto, mas achou melhor ficar ali mesmo no sofá. Pediu ao amante para sentar um pouco mais pra frente no sofá. Então, ela ainda de calcinha, puxou-o de lado e sentou-se no colo de Raul, que sentiu um prazer indescritível, no qual pensara que jamais sentiria novamente, como de antes de seu pênis ter sido decepado pelos bandidos, comandados por Waldemar Marlene subia e descia. Para Raul, era como se seu corpo (e sua alma) estivesse todo dentro de Marlene, que cavalgava numa cadência suave, com certo cuidado, por recomendação médica.

O desejo do amante era eternizar aquele momento. Pediu a ela que trocassem de posição, para aquela que era sua preferida, com Marlene de quatro. Ela levantou-se, foi a um braço do sofá, virou de costas e abaixou-se, apoiando as mãos no móvel e chamou o amante. Raul, completamente excitado, que olhava e admirava a bunda perfeita naquele quadril exuberante sob a cintura afinada da morena por quem se apaixonara. Observou ele seu pênis totalmente ereto e duro e, propositadamente para senti-lo, pegou-o com a mão e penetrou Marlene. Agarrou-a pela cintura e a penetrou o mais o que pode, ainda que sem forçar muito. Não queria que isso acabasse. Marlene gemia de prazer naquele cadencia de cavalgada, ao sentir o órgão copulador de Raul, no vai e vem, como uma espécie de biela que entrava e saia natural e gostosamente.

Já Waldemar, que sabia que o casal estavam sozinhos em casa, e ele, de posse das chaves, desde o tempo em que ele ficava com Marlena várias horas no seu quarto, abriu a porta que dava para a rua e muito sorrateiramente sem fazer nenhum ruído, abriu a porta da residência e entrou na casa silenciosamente e se escondera na cozinha, o primeiro cômodo do corredor que levava, depois do quarto, à sala. O ex-capitão ouvira tudo, os gemidos, os urros de prazer e perguntava-se, inconformado, o que é que Raul havia feito para se recuperar. Ouvira sua amante se derramar em declarações e se abrir toda a seu rival. Ouvira tudo o que sempre quisera ouvir dela, mas agora ela falava a seu inimigo. Seu ódio súbito cresceu, sua obsessão foi lhe obscurecendo as vistas e guiando sua mão à cintura, de onde sacou o pistola calibre 48 com um silenciador para não se ouvirem os disparos, o qual ele sempre andava armado e sem que o casal ouvisse qualquer rumor, Waldemar andou até o final do corredor e parou na entrada da sala ao ver os dois amantes, de costas para ele, no auge do prazer. Marlene, arqueada com as mãos no sofá, gemia sonoramente ao sentir Raul penetrá-la. O industrial arfava como nunca, quase não acreditando no imenso prazer que voltava a sentir.

Enquanto isto, o ex-capitão Waldemar que penetrou na sala onde estava o casal copulando, e ouvira tudo que o casal disseram a seu respeito e cheio de raiva, disparou a sua pistola contra Raul que estava de costas, que caiu de lado e ficou gemendo e agonizando no chão, esvaindo-se em sangue. Ao mesmo tempo que Waldemar bravejava:

— Esse é de fato o nosso verdadeiro acerto de contas, Raul! Sabes quem sou eu, não sabes? Sou o deputado Waldemar da Costa, ex-capitão da PM, e nem mesmo te capando aprendestes com quem estavas tu a lidar , seu patife!

Marlene, antes curvada, deitara-se para se proteger e gritava desesperadamente. E o deputado Waldemar ensandecido, exclamava com a arma na mão, bradava em delírio:

— E, tu Marlene ! Esta é a última lembrança que levas da vida e de Raul, que levas para o Céu. — E, disparando o revolver contra mulher duas vezes, esta também ficou agonizando na cama com Raul estirado no chão. Enquanto Waldemar ria de prazer e ódio, com um rancor doentiu, ao ver o dois agonizando um perto do outro, exclamava:

— Nada mau, hein, meu caro Raul! Nada mau! — Waldemar disparou mais três tiros no corpo já moribundo do industrial, e ainda disse:

— Adeus... um dia nos encontraremos lá na eternidade, se Deus quiser. Que a terra te seja tão leve como a maior montanha que existe no Brasil!

Waldemar então saiu pelo corredor da casa, atravessou a porta que dava para a rua, onde os dois ex-soldados já o esperavam. Entrou no veículo e pediu para que o carro andasse normalmente. Fecharam os vidros escuros e saíram. No meio do caminho, jogaram a arma do crime num rio.

No momento do crime, não havia quase ninguém na rua. As casas próximas estavam quase vazias, ocupadas com poucos idosos e crianças. Apenas dois vizinhos, da outra quadra, saíram de suas casas para tentar descobrir o que fora aquele barulho provocado pelos gritos de Marlene. Apenas viram um carro (com placas falsas) sair normalmente.

Ainda que destroçada, Marlene conseguira telefonar para o hospital, pedindo uma ambulância urgente, e depois para a polícia. Raul, no entanto, já estava morto. A polícia chegou apenas uma hora depois. Foi aberto um inquérito contra Waldemar que, contudo, arrumou um álibi formidável. Um amigo seu, dono de restaurante, prestou depoimento afirmando que, na mesma hora do crime, o ex-capitão estava almoçando em seu estabelecimento. Não bastasse, outros dois amigos do dono do restaurante e de Waldemar corroboraram com este álibi.

O Ministério Público tentou, de todas as maneiras, incriminar Waldemar. O deputado sempre lançava mão de sua imunidade parlamentar para se escusar a prestar depoimentos. Quando não podia evitar, dizia ao juiz da Vara Criminal de São Paulo, onde corria o processo sempre a mesma coisa: que não conhecia a vítima e estava em outro local no dia do crime. No ano seguinte ao do inquérito, Waldemar foi reeleito Deputado Federal.

Todos os amigos e familiares de Raul ficaram desolados. Sua esposa entrou num colapso nervoso que a fez tomar calmantes e remédios por anos, sua filha mais nova, Margarida, entrou em uma depressão profunda sendo cuidada e amparada pela mãe. Madalena, entrou numa crise existencial e abandonou a carreira na área do Direito por perceber no que se tornou a justiça brasileira; "Um amontoado de normas e regras sem alguma validade eficaz para o povo. Mas um coro organizado de artimanhas para os bandidos, de todos os níveis, poderem cometer seus crimes sem medo de haver uma punição" — como ela mesma dizia à todos.

O Brasil está cercado pela corja de corruptos e militantes de partidos governistas. Alienados, propagadores de uma religião política, usam o povo como massa de manobra para obter seus fins ideológicos. Mascarados com um ideal democrático e respaldados por movimentos - ditos - sociais, os "ativistas" avançam com sua turba de seguidores e aliados para a destruição da nação. Utilizam da força, da destruição e do caos, para coagir pessoas com ideias contrários ao estipulado pelo manifesto ideológico partidário. Quando são, devidamente, presos, seus comparsas utilizam da pressão popular e dos juízes e desembargadores, corruptos, para soltá-los em liberdade. Voltando a praticar suas ações criminosas, formando quadrilhas, financiadas pelos partidos e por dinheiro público proveniente da corrupção.

Não é errôneo pensar que o atual sentimento do povo é o mesmo de Madalena. Estão desacreditados de uma possível mudança, não acreditam mais na justiça, o que se demonstra como sintoma de uma depressão coletiva, típica em sociedades que passaram, e algumas ainda passam, por grandes guerras e misérias. A descrença e o medo assolam as esperanças mais reconfortantes e profundas do brasileiro, o povo clama por mudanças, ao mesmo tempo em que a desacredita. Brasileiros e brasileiras, a cada dia que passa, observam nos noticíarios mais roubo, mais mortes, mais crimes, mais "Waldemares" à solta pelas ruas, e pelo Congresso, de nosso Brasil.

Haverá saída? O Brasil será, realmente, o país do futuro? Os jovens, herdarão os acertos e os erros dos velhos, e cabe a nova geração, e aos ainda vivos, perssistirem na busca de uma mudança no País.

O progresso, só será atingido com ordem e trabalho. Avante, brasileiros e brasileiras, as misérias, aí estão, agora é o momento de conquistarmos as glórias!

"Com fé, ou sem fé, quero morrer de pé"!
Joaquim Evônio – Poeta, Escritor e Filósofo

FIM